# 小書痴的下剋上

## 為了成為圖書管理員不擇手段！

### 第五部 女神的化身 Ⅶ

香月美夜——著
椎名優 繪　許金玉 譯

本好きの下剋上
司書になるためには
手段を選んでいられません
第五部 女神の化身 Ⅶ

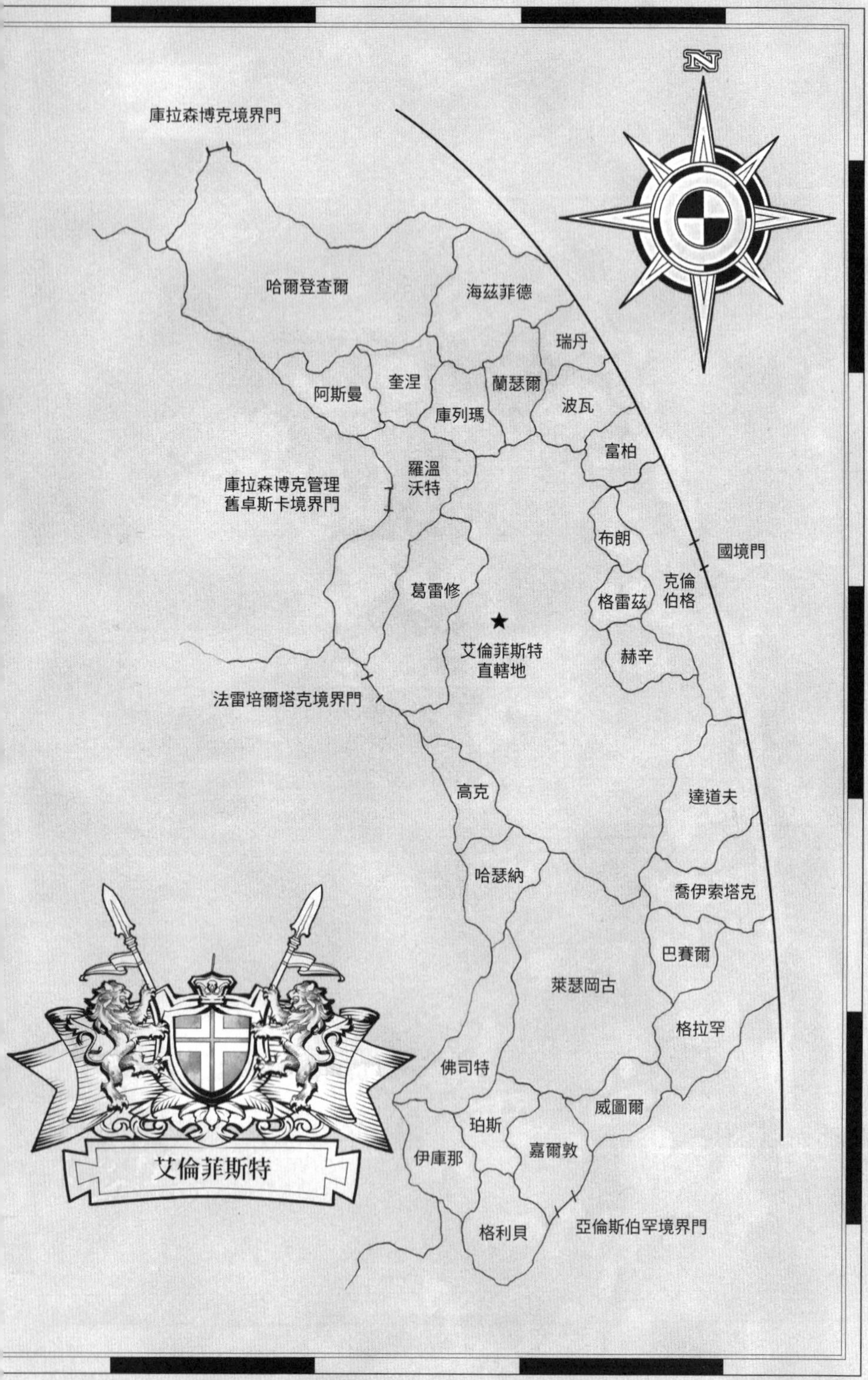
庫拉森博克境界門
哈爾登查爾
海茲菲德
瑞丹
阿斯曼
奎涅
蘭瑟爾
庫列瑪
波瓦
富柏
羅溫
沃特
庫拉森博克管理
舊卓斯卡境界門
布朗
國境門
克倫
伯格
葛雷修
格雷茲
艾倫菲斯特
直轄地
赫辛
法雷培爾塔克境界門
高克
達道夫
哈瑟納
喬伊索塔克
巴賽爾
萊瑟岡古
格拉罕
佛司特
威圖爾
珀斯
嘉爾敦
伊庫那
格利貝
亞倫斯伯罕境界門
艾倫菲斯特

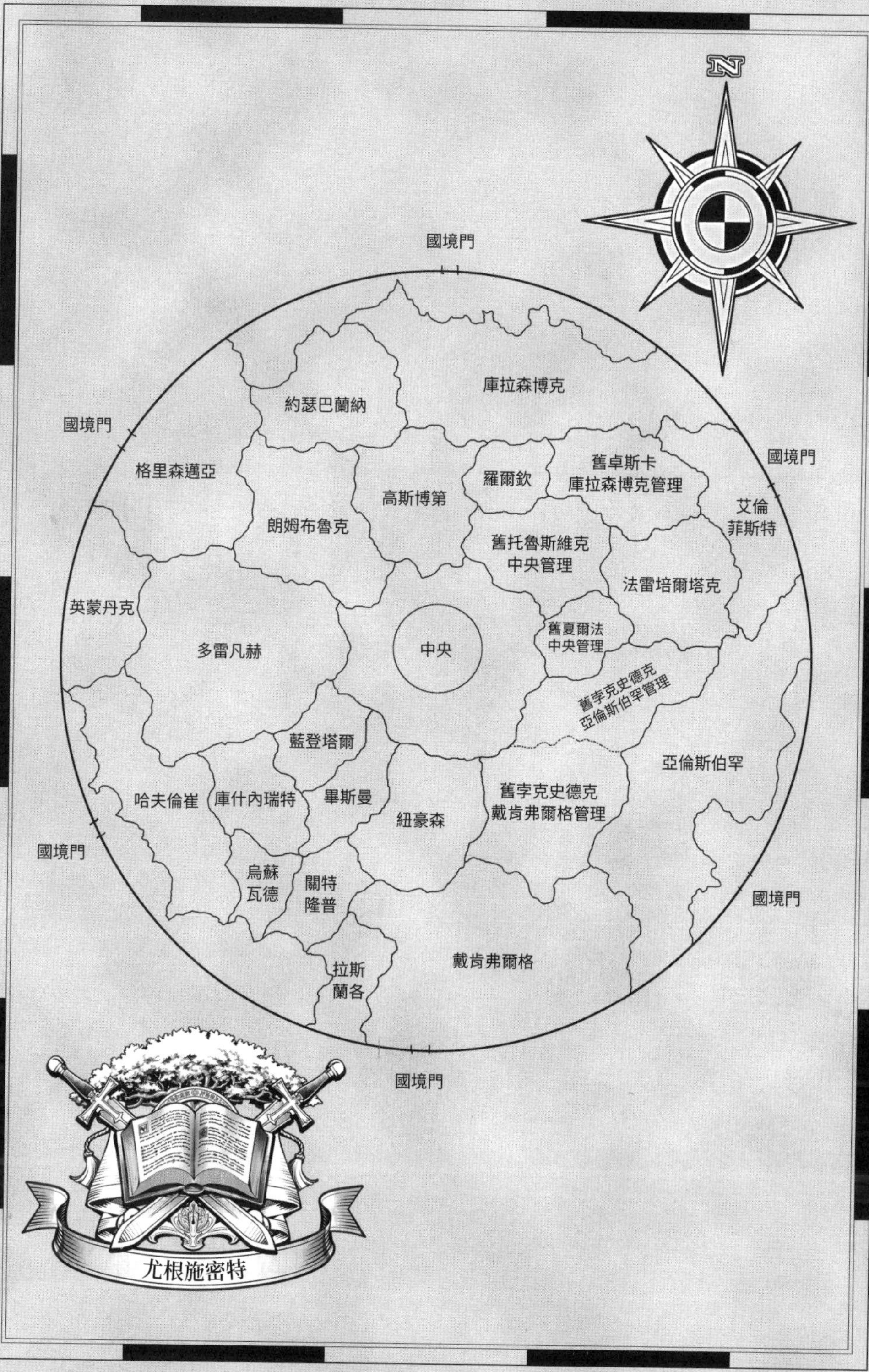

國境門
庫拉森博克
約瑟巴蘭納
國境門
格里森邁亞
國境門
舊卓斯卡
庫拉森博克管理
羅爾欽
高斯博第
艾倫
菲斯特
朗姆布魯克
舊托魯斯維克
中央管理
法雷培爾塔克
英蒙丹克
多雷凡赫
中央
舊夏爾法
中央管理
舊孛克史德克
亞倫斯伯罕管理
藍登塔爾
亞倫斯伯罕
哈夫倫崔
庫什內瑞特
畢斯曼
紐豪森
舊孛克史德克
戴肯弗爾格管理
國境門
烏蘇
瓦德
關特
隆普
國境門
拉斯
蘭各
戴肯弗爾格
國境門
尤根施密特

CONTENTS

第五部　女神的化身VII

序章……011
戴爾克與貝特朗的洗禮儀式……027
冬季兒童室與貴族院開學……041
交流會（四年級）……057
首週上課……073
貴族院的奉獻儀式……103
初見爺爺大人……119
梅斯緹歐若拉之書……133
歸來的我……147
基礎魔法……165
聖典的鑰匙……174
量身與焦急……185

守護之法……192
迎戰的準備……204
加米爾的洗禮儀式……220
防衛計畫的商討……229
親眼目睹的危機……238
誘惑……246
迅疾更勝休泰菲黎茲……258
終章……269
羅潔梅茵的失蹤與歸來……297
姊姊大人不在的貴族院……319
各自的野心……345
後記……360
卷末漫畫——
輕鬆悠閒的家族日常
作畫・椎名優……364

# 登場人物

## 第四部 劇情摘要

進入貴族院就讀後，羅潔梅茵既是問題兒童，也是連續兩年的最優秀者。在學期間，她因為釋出祝福成了魔導具的主人，還與大領地比了迪塔、為王族提供戀愛方面的建議，更打倒了黑色魔物、治癒採集場所……與此同時，因知曉斐迪南出生秘密的中央騎士團長所提出的建言，國王下令要斐迪南入贅至亞倫斯伯罕。斐迪南於是奉命前往了亞倫斯伯罕……

## 艾倫菲斯特的領主一族

**韋菲利特**

齊爾維斯特的長男，羅潔梅茵的哥哥。貴族院四年級生。

**羅潔梅茵**

本書主角。稍微長高後，外表看來約九歲左右，但內在還是沒什麼變。到了貴族院，依然為了看書不擇手段。現為貴族院四年級生。

**齊爾維斯特**

收養羅潔梅茵的艾倫菲斯特領主，羅潔梅茵的養父。

**芙蘿洛翠亞**

齊爾維斯特的妻子，三個孩子的母親。羅潔梅茵的養母。

**夏綠蒂**

齊爾維斯特的長女，羅潔梅茵的妹妹。貴族院三年級生。

**麥西歐爾**

齊爾維斯特的次男，羅潔梅茵的弟弟。

**波尼法狄斯**

齊爾維斯特的伯父，卡斯泰德的父親，羅潔梅茵的祖父。

**斐迪南**

艾倫菲斯特的領主一族。奉國王之命前往亞倫斯伯罕。

# 羅潔梅茵的近侍

**奧黛麗**
羅潔梅茵的首席侍從。哈特姆特的母親。

**莉瑟蕾塔**
中級侍從。安潔莉卡的妹妹。

**谷麗媞亞**
貴族院五年級生，中級見習侍從。已獻名。

**哈特姆特**
上級文官兼神官長。奧黛麗的么子。

**克拉麗莎**
上級文官。哈特姆特的未婚妻。

**羅德里希**
貴族院四年級生，中級見習文官。已獻名。

**菲里妮**
貴族院四年級生，下級見習文官。

**柯尼留斯**
上級護衛騎士。卡斯泰德的三男。

**萊歐諾蕾**
上級護衛騎士。柯尼留斯的未婚妻。

**安潔莉卡**
中級護衛騎士。莉瑟蕾塔的姊姊。

**馬提亞斯**
貴族院六年級生，中級見習騎士。已獻名。

**勞倫斯**
貴族院五年級生，中級見習騎士。已獻名。

**優蒂特**
貴族院五年級生，中級見習護衛騎士。

**達穆爾**
下級護衛騎士。

## 貴族院限定的近侍

**布倫希爾德**　貴族院六年級生，上級見習侍從。齊爾維斯特的未婚妻。

**繆芮拉**　貴族院六年級生，中級見習文官。已向艾薇拉獻名。

**泰奧多**　貴族院一年級生，中級見習護衛騎士，優蒂特的弟弟。

## 貴族院

艾格蘭緹娜　亞納索塔瓊斯的第一夫人。
傅萊芮默　亞倫斯伯罕的舍監。
赫思爾　艾倫菲斯特的舍監。
鮑琳　法雷培爾塔克的舍監。
索蘭芝　貴族院圖書館的中級館員。
休華茲　貴族院圖書館的魔導具。
懷斯　貴族院圖書館的魔導具。
漢娜蘿蕾　戴肯弗爾格的領主候補生，貴族院四年級生。
奧爾特溫　多雷凡赫的領主候補生，貴族院四年級生。
瑪蒂娜　亞倫斯伯罕的上級見習侍從，貴族院六年級生。
雷蒙特　亞倫斯伯罕的中級見習文官，貴族院五年級生。

## 艾倫菲斯特的貴族

卡斯泰德　騎士團長，羅潔梅茵的貴族父親。
艾薇拉　卡斯泰德的第一夫人，羅潔梅茵的貴族母親。
貝兒朵黛　貴族院一年級生，上級見習侍從。布倫希爾德的妹妹。
蘭普雷特　韋菲利特的上級護衛騎士。卡斯泰德的次男。
尼可拉斯　貴族院一年級生，上級見習騎士。卡斯泰德與第二夫人的兒子。
拉塞法姆　斐迪南的下級侍從。
艾克哈特　斐迪南的上級護衛騎士。卡斯泰德的長男。
尤修塔斯　斐迪南的侍從兼文官。黎希達的兒子。
薇羅妮卡　齊爾維斯特的母親。現正受到幽禁。

## 他領貴族

席格斯瓦德　中央的第一王子。下任國王。
亞納索塔瓊斯　中央的第二王子。
錫爾布蘭德　中央的第三王子。
勞布隆托　中央騎士團長。
喬琪娜　亞倫斯伯罕的第一夫人。齊爾維斯特的大姊。
蒂緹琳朵　亞倫斯伯罕的領主一族。喬琪娜的女兒。
萊蒂希雅　亞倫斯伯罕的領主候補生。
璐思薇塔　萊蒂希雅的首席侍從。
賽吉烏斯　斐迪南的侍從。璐思薇塔的兒子。

## 神殿相關人員

法藍　神殿長室的首席侍從。
莫妮卡　神殿長室與廚房的助手。
妮可拉　神殿長室與廚房的助手。
吉魯　負責管理工坊。
葳瑪　負責管理孤兒院。
戴爾克　孤兒。戴莉雅的弟弟。
貝特朗　孤兒。勞倫斯的弟弟。
康拉德　孤兒。菲里妮的弟弟。

## 平民區的家人

昆特　梅茵的父親。
伊娃　梅茵的母親。專屬染布工匠。
多莉　梅茵的姊姊。專屬髮飾工藝師。
加米爾　梅茵的弟弟。
路茲　多莉的未婚夫。

## 其他

伊馬內利　中央神殿的神官長。
雷昂齊歐　蘭翠奈維的使者。

第五部

# 女神的化身VII

# 序章

秋季尾聲，眼看再過幾天冬季的社交界便要開始，艾倫菲斯特在此時送來了一批行李。斐迪南剛到亞倫斯伯罕時，每當有行李送達都會先被搬到辦公室，然後當著好幾名文官與騎士的面打開，經人仔細檢查、確認有無危險。然而到了現在，送來的行李已被視為家常便飯，會直接送往他的房間，僅由近侍們進行檢查。斐迪南認為，這都是拜羅潔梅茵那些令人鬆懈心神的信件所賜。

「這些餐點是用萊蒂希雅大人送給大小姐的食譜與調味料所做的呢。除了要給斐迪南大人的，也有要給萊蒂希雅大人的點心與回信。」

「回禮的回禮嗎……還真是沒完沒了。」

斐迪南輕聲嘆氣，低頭看著尤修塔斯開始檢測暫停時間魔導具裡的餐點是否安全。送了回禮答謝羅潔梅茵至今送來的物品後，結果她又送來了回禮。由於沒有過這樣的經驗，斐迪南並不清楚應該何時停手。

……如今羅潔梅茵越長越大，是不是該減少往來互動了？

「請問送給萊蒂希雅大人的回信與點心，能交給休特朗檢查嗎？正好羅潔梅茵大人都會寄送物品給斐迪南大人，可以趁這機會熟悉檢查的步驟。畢竟前任領主身邊有很多近侍，你身為騎士團長想必沒有多少檢查行李的經驗吧？」

侍從賽吉烏斯開始檢查信件後，也把工作分配給休特朗。

休特朗原是備受前任領主器重的騎士團長。前任領主離世後，他依然以騎士團長的身分服侍蒂緹琳朵，但面對頻繁出入蘭翠奈維之館的主人，他終於忍不住出言勸諫，卻被蒂緹琳朵以「我討厭囉嗦的人」為由將他免職。

……竟為了這種理由就將優秀的人才免職，我實在無法理解愚蠢之人的想法。

事實上，會勸阻蒂緹琳朵出入蘭翠奈維之館的正派近侍們都已被她解任。因此聽說約莫從夏季中旬開始，近侍們的監督便變得鬆散，很難緊盯著她，不讓她偷跑出去。現在甚至光靠喬琪娜一人還不夠，也把已經下嫁給上級貴族的蒂緹琳朵親姊姊亞絲娣德找了回來，要她監督蒂緹琳朵。

……蒂緹琳朵身邊的人固然辛苦，但也怪他們當初沒有好好教育她，只能說是自作自受吧。

斐迪南冷眼旁觀蒂緹琳朵家人們的辛勞，自己則把休特朗納為護衛騎士。但由於騎士團長與護衛騎士該做的工作不太一樣，偶爾休特朗會有些無所適從。

「斐迪南大人，信上寫著要您邀請萊蒂希雅大人一起用餐，款待她送來的這些餐點。不知您意下如何？」

「沒辦法，冬季的社交界一旦開始了就會非常忙碌。賽吉烏斯，在那之前幫我問問萊蒂希雅是否願意共進午餐吧。」

賽吉烏斯的母親璐思薇塔是萊蒂希雅的首席侍從，因此經常請她居中聯繫。此外，據說休特朗的女兒菲亞吉黎還是萊蒂希雅的見習侍從。蒂緹琳朵基於一些無謂理由就將其解任的近侍們，過往都曾深受前任領主的器重。這讓斐迪南不由得猜想，背後或許有著不為人知的意圖。他彷彿可以看見喬琪娜在背地裡操控著蒂緹琳朵，只是自從被迫住進西邊別館，他實在蒐集不了多少情報。

「太好了，正巧您先前才說想從萊蒂希雅大人那裡蒐集蘭翠奈維的情報。」

站在身後的艾克哈特小聲說道，音量低得只有斐迪南能聽見。艾克哈特說的沒錯。由於萊蒂希雅接到過蒂緹琳朵幾近命令的邀請，因此去蘭翠奈維之館拜訪過幾次。即便只能仰賴孩童的視角與記性，但能得到內部消息終歸是好事。

……因為換作是我或文官們只會得到奇怪的答覆，比如「我不想再看到那種宛如埃維里貝的態度」，然後不讓我們靠近半步。

前去抗議貿易相關事宜的文官無不抱頭苦惱。分明是領主一族，竟然能在接受教育後還如此愚不可及。真難想像她是那個會公然表示「沒用的領主一族根本沒必要存在」的薇羅妮卡的外孫女。

「您需要指定日期嗎？」

「嗯，能幫忙安排在為蘭翠奈維舉辦餞別宴的那一天嗎？我們雖被禁止出席，但既然其他大半貴族都會參加，那麼當天也無法處理公務。我本來打算用調合消磨時間，但萊蒂希雅大人尚未成年，同樣無法出席餞別宴吧？這樣正好。」

而且挑那一天，可以確實杜絕蒂緹琳朵的干涉。聽完斐迪南所說，賽吉烏斯神情無奈地點點頭。一邊是不讓未婚夫出席公開場合的下任領主，一邊是對此斷然表示「這樣正好」、同樣有意保持距離的斐迪南，賽吉烏斯的表情五味雜陳，像是有話想說卻又難以開口。

「本日非常感謝您的邀請。」

斐迪南招呼萊蒂希雅入座時，尤修塔斯也開始從暫停時間魔導具裡接連拿出鍋子與器皿。

「餐點的種類不少，因此我會一個個慢慢端出。羅潔梅茵大人說了，她很想知道萊蒂希雅大人品嘗完後的感想喔。這一道據說是改良自普瑪燉迦爾納許。」

尤修塔斯邊看著羅潔梅茵所寫的信函，邊一一介紹桌上的餐點。餐點種類繁多，但每一道都無法看出究竟是什麼料理。順帶說明，斐迪南也每道菜都先試吃了一口以示安全，但就連他也吃不出原先是怎樣的料理。在他試毒期間，萊蒂希雅手上拿著餐具，雙眼注視餐盤，整個人卻始終僵硬不動。

……因為餐盤上怎麼也看不出迦爾納許的蹤影吧。這看起來根本不是普瑪燉迦爾納許，而是普瑪燉豬肉了。那個笨蛋。

眼見萊蒂希雅只是不知所措地盯著盤子瞧，斐迪南放下了餐具，露出苦笑道：

「萊蒂希雅大人，不如妳就把這當成是全新的餐點吧。既然使用了亞倫斯伯罕的調味料，味道應該不會讓妳感到太陌生才對……雖然因為沒有迦爾納許，已經是截然不同的另一道菜了。」

斐迪南邊伸手拿取柔軟的麵包邊如此建議，只見萊蒂希雅彷彿下定某種重大決心，終於開始用餐。她將用小刀輕輕一壓便能切開來的軟嫩肉塊放入口中，吃了一口後，肉塊便融化般地在嘴裡散開，同時伴隨著難以言喻的濃醇滋味。萊蒂希雅雙眼圓睜，隨即綻開燦爛的笑容，一眼便能看出她覺得非常美味。發現她接著又一臉納悶地歪過頭，斐迪南輕輕聳肩。

「羅潔梅茵的改良十分與眾不同吧？因為這道菜裡明明沒有迦爾納許，她卻能不以為意地在信上寫著這是改良自普瑪燉迦爾納許。」

「是的。味道確實是我熟悉的調味料沒錯，但這樣的餐點我還是頭一次吃到，感覺真是不可思議呢。雖然美味，但實在想像不出這是改良自我所提供的食譜，只覺得根本是另一道餐點。艾倫菲斯特提供的餐點都是這個樣子嗎？」

萊蒂希雅一派戰戰兢兢地開口問道，對此斐迪南搖了搖頭。可不能讓人以為這在艾倫菲斯特是普遍的情況。

「並非在艾倫菲斯特是如此，而是羅潔梅茵總吩咐廚師做些不尋常的料理。滋味固然不錯，但我也時常無法理解，為何最後會做出這樣的成品。」

看見萊蒂希雅露出了然神情後，尤修塔斯微微一笑。

「羅潔梅茵大人送來的餐點似乎可分成兩大類，一種是用亞倫斯伯罕的調味方式搭配艾倫菲斯特的食材，另一種則剛好反過來。她還說就算是頭一次吃到這些餐點，也應該都有熟悉的味道在，不至於完全無法接受。」

「萊蒂希雅大人，妳或許不太適應羅潔梅茵所構思的餐點，但其實他領的人通常也不太習慣從蘭翠奈維傳來的辛香料與調味料，所以反倒會覺得這些餐點比較美味吧。」

亞倫斯伯罕的本地料理因為會使用從蘭翠奈維傳入的調味料與辛香料，口味大多偏酸偏辣，也因此每當在領主會議上提供，他領的人接受度都不高。

「或許該考慮把羅潔梅茵的食譜買下來，然後當作是亞倫斯伯罕的新餐點。不如趁著領地對抗戰的時候與她進行交涉吧。」

只要萊蒂希雅點頭，斐迪南便能以購買食譜為由出席領地對抗戰。因為去年還有護送蒂緹琳朵這個藉口，但今年完全沒有。為了製作魔導具，斐迪南想去一趟貴族院的圖書館，因此他打算多備好一些正當理由，徹底消除喬琪娜從中作梗的可能。

「先不說這個了。我聽聞萊蒂希雅大人在蒂緹琳朵大人的邀請下，前去蘭翠奈維之館拜訪過……」

等到用餐告一段落，斐迪南便開口提起今日最重要的主題。這場午餐會對他來說，試吃羅潔梅茵構思的餐點不過是表面藉口，真正目的在於獲取有關蘭翠奈維之館的情報。萊蒂希雅露出心領神會的笑容，答道：

「蘭翠奈維似乎相當希望能與亞倫斯伯罕保持友好往來，所以雷昂齊歐大人的個性也很親切和善喔。不過……斐迪南大人，您對蒂緹琳朵大人的態度完全不加以譴責呢。是不是該以未婚夫的身分，出言規勸蒂緹琳朵大人幾句呢？」

……愚蠢至極。教養出如此品行不端還喜好男色的下任領主的，不正是你們亞倫斯伯罕自己嗎？我連看都不想看到她，為何還要把時間浪費在這種蠢人身上？

斐迪南在心中冷冷反駁，但表面上仍是面帶微笑，然後搖一搖頭。他根本不在乎蒂緹琳朵，想要的只有蘭翠奈維之館的情報。剛才的打探對小孩子來說或許太難理解，因此斐迪南決定開門見山。

「萊蒂希雅大人，蘭翠奈維之館是怎樣的地方？由於蒂緹琳朵大人提防著我，我無法靠近那棟宅邸。」

「……這麼說來，蒂緹琳朵大人好像告訴過我，要是讓斐迪南大人與雷昂齊歐大人待在一起，兩位很可能會為了她展開決鬥呢。」

斐迪南緊閉雙眼，極力把幾乎到了嘴邊的訓斥吞回肚子裡。他差點就要說出：「妳把這歸類為蘭翠奈維之館的情報嗎？」但這時出言責怪只會讓對方心生恐懼，無益於取得想要的消息。與羅潔梅茵還有艾倫菲斯特的領主候補生們接觸過後，斐迪南也學到了一些教訓。於是，他試著微笑再道：「其他還有嗎？」

「聽說雷昂齊歐大人與尤根施密特的王族有血緣關係，而且從今年夏天開始，也與中央騎士團長有私下往來……因為葬禮那時候的騷動，他們好像安排了幾次會面進行談話，但實際上交情變得有多好，這我並不清楚。」

斐迪南用力皺起了眉。中央騎士團長勞布隆托不僅知道斐迪南是阿妲姬莎之實，還以此為由建議國王讓他遠離艾倫菲斯特。雖不知道勞布隆托與阿妲姬莎之間有著怎樣的關聯，但他敵視斐迪南與艾倫菲斯特是無庸置疑的事實。

「勞布隆托大人與蘭翠奈維的雷昂齊歐大人有密切往來嗎……雖不曉得蒂緹琳朵大人說的話有多少可信度，但確實該提高警覺。」

「為什麼要對中央騎士團長勞布隆托大人提高警覺呢？像之前葬禮上出了狀況，他不是花了很多心力幫忙處理嗎？」

當時勞布隆托聽取了蒂緹琳朵愚蠢的要求，沒有調查清楚便處決了那些騎士。不僅如此，他還在向他領問話之際，反覆強調鬧事的是艾倫菲斯特出身的騎士，試圖把責任都推到艾倫菲斯特頭上。聽到勞布隆托那麼說，他領的人想必會留下既定印象，認為鬧事的騎士並非來自中央，而是艾倫菲斯特。後來他還宣稱這是為了調查，開始出入蘭翠奈維之館，但實際上卻似乎是與雷昂齊歐過從甚密。對他必須提高警覺才行。

然而，萊蒂希雅卻認為多虧中央騎士團長的幫忙，這場騷動才能在影響擴大前便平息下來，所以心裡對他只有感激，並不明白為何要對他心懷警戒。斐迪南判定對她多說無益。畢竟無論他如何解釋勞布隆托有多可疑，旁人只會曲解為他是因為艾倫菲斯特受到懷疑而在忿忿不平。他可沒忘記問話時，現場氣氛正是刻意被塑造成會讓眾人這麼認為。

「我的意思是該對蒂緹琳朵大人提高警覺。不曉得她又會在怎樣的場合上如何吹噓自己……」

斐迪南微笑說道，藏起了真心話。萊蒂希雅露出理解的表情後，終於進入正題。

「對了……我還聽蒂緹琳朵大人說過，蘭翠奈維之館內有一扇門只有奧伯能打開。好像是要去中央的蘭翠奈維公主都會使用那個房間，那幸好公主沒在基礎尚未染好的情況下前來，要不然就糟了呢。」

斐迪南非常清楚那扇門後有著什麼。裡頭是一道連接著亞倫斯伯罕與阿妲姬莎離宮的轉移陣。

……話說回來，她之前竟敢在還沒為基礎染色的情況下就想與王族交涉，讓王族接納蘭翠奈維的公主，還真是有膽量。

萬一王族真的答應，蒂緹琳朵卻打不開公主要使用的房間，那可真是丟臉丟到了極點。如此愚蠢的行為令斐迪南不由自主失笑，為了掩飾，他立即轉移話題。

「前些日子，蒂緹琳朵大人似乎終於為基礎染好了魔力。今後我也會為基礎魔法供給魔力吧。」

一般根本不會讓來自他領的訂婚對象供給魔力。但如今下任領主已為基礎染好魔力，又有前任領主留下的文件，雖然得簽訂一些麻煩的契約，便也不是沒有可能。

「趁這機會，我打算也開始讓萊蒂希雅大人練習如何供給魔力。」

「……斐迪南大人，羅潔梅茵大人應該送了很多點心過來吧？」

對還不習慣操控魔力的萊蒂希雅來說，這大概是件痛苦的事情吧。只見她的雙眼變得黯淡無光，接著更是問起有無當作獎勵的點心。明明她與羅潔梅茵不同，既有體力也不會因為一點小事就病倒在床，卻浪費了太多時間在休息上，學習成效也不佳。

「這次她送了比以往更多的點心過來，說是要給妳當作獎勵。聽說是妳寫信拜託了她吧，羅潔梅茵給我的回信裡還寫道：『亞倫斯伯罕那邊想必是有不得已的理由，但請別太過勉強還未進入貴族院就讀的萊蒂希雅大人。』」

……儘管人人都要我別與羅潔梅茵比較，但萊蒂希雅大人若能把看書而不是吃點心視為獎勵，完成作業的速度想必會快上許多吧。

斐迪南正想嘆氣時，萊蒂希雅像是想到了什麼般拍了一下掌心。

「對了，雷昂齊歐大人送給了我蘭翠奈維的點心唷。外觀看來十分華麗，就好像玻璃罐裡裝滿了魔石一樣，品嘗時甜味還會在嘴裡久久不散，讓人感到非常幸福。」

斐迪南本身對點心沒有什麼興趣，再加上在蒂緹琳朵的命令下，一直與蘭翠奈維有關的人事物保持著距離，所以從未收到過他國的點心。他純粹好奇蘭翠奈維那裡有著怎樣的產物、能否用來當原料。

「他還送給了我很棒的玩具喔，您想看看嗎？跟艾倫菲斯特的智育玩具不一樣，那種玩具很神奇，只能使用一次，但非常罕見又有趣唷。只要抓住繩子用力拉扯，五顏六色的花瓣就會飛出來，在房間裡頭翩翩飛舞，如夢似幻的景象讓人看著就很開心。璐思薇塔，麻煩妳去拿過來吧。」

發現斐迪南產生了興趣，萊蒂希雅便命自己的首席侍從去取來。

「就是這個。」

呈到眼前來的點心宛如魔石般七彩繽紛。萊蒂希雅吃了一顆以示安全後，隨即露出幸福的笑容。見狀，斐迪南也拿了一顆放進嘴裡。瞬間，驚人的甜味在口中散開來，他強烈地想要當場吐掉。這根本只是砂糖塊。

「太甜了。」

斐迪南皺起臉龐，用力將砂糖塊咬碎，然後一口吞下。萊蒂希雅臉上明顯寫著「這也太浪費了」，但他實在受不了嘴裡一直有著這種甜膩的味道。

「那邊的玩具呢？」

斐迪南喝了口茶，沖掉嘴裡殘留的甜味後，看向蘭翠奈維的玩具。玩具的外觀十分簡單，就只是銀色的筒子連著一條繩子。若是無人說明，完全不知該如何操作。

萊蒂希雅立即揚起開心的微笑，拿起一個銀筒握住筒身，然後抓住繩子用力一拉。五顏六色的花瓣倏地從中飛出，在空中飄揚起舞。

……這是基於怎樣的原理？想必和魔導具不一樣……

「是不是很漂亮？」

「萊蒂希雅大人，能給我一個嗎？我很好奇這個玩具的構造。」

這個要求想必不在她的預料之中吧，只見萊蒂希雅「……咦？」地愣愣反問，表情顯得相當為難。很顯然就算玩具還有好幾個，她也不想分給斐迪南。

萊蒂希雅注視著點心與玩具，猶豫不決了好一會兒後，最終下定決心般地伸手拿起銀筒與裝有三顆點心的玻璃罐，仰頭看向斐迪南。

「那、那個，斐迪南大人，這些我本來想要送給羅潔梅茵大人……如、如果您願意減少作業數量的話，我可以把其中一個讓給您！」

說到最後她的聲音有些分岔，大概是自己也知道，這樣的交涉不是貴族女性該有的行為吧。斐迪南馬上想到了罪魁禍首是誰，露出無言以對的表情。

「萊蒂希雅大人，是不是羅潔梅茵對妳說了什麼？」

「請別怪羅潔梅茵大人，是我自己……那個……」

會慫恿他領領主候補生這樣進行交涉的，想也知道只有羅潔梅茵一個。

……真是教人頭痛。

「好吧。以一個玩具做為交換，我會稍微減少作業的數量。但請妳自己也要小心，別讓羅潔梅茵給妳帶來太多負面的影響。」

斐迪南深深嘆口氣後，無可奈何地伸出手。為自己監護的對象收拾善後是監護人的工作。看來今晚就得進入秘密房間，寫封回信提醒她。

「斐迪南大人，這是已檢查完畢的羅潔梅茵大人來信，以及回信的草稿。請問，那是萊蒂希雅大人讓給您的……」

「幫我放進那邊的原料盒裡吧。」

聽見賽吉烏斯的叫喚，將銀筒拆解後正仔細觀察著的斐迪南抬起頭來。雖然已經成了一堆難以看出原形的殘骸，但這正是萊蒂希雅讓給斐迪南的蘭翠奈維玩具。

「這個玩具似乎不用靠魔法，光拉繩子便能讓裡頭的東西往外飛出。這次是花瓣，但下次可以是其他東西。依內容物而定，有可能帶來極大的危險。這我已經用不到了，麻煩你收拾吧。」

斐迪南發表了自己的觀察結果後，只見賽吉烏斯一臉「這個玩具是用來欣賞的喔」的憂傷表情。他似乎並不贊同斐迪南不僅搶走了萊蒂希雅喜愛的玩具，還無視於原本的用途加以拆解。但斐迪南會要來這個玩具，打從一開始就是為了拆解和觀察，所以就算賽吉烏斯對此有所不滿或露出哀傷神情，他也不痛不癢。

「斐迪南大人，您要把大小姐送來的原料帶進秘密房間裡是沒關係，但請不要一調合就忘記時間。」

「今晚不是我們當值，還請您別讓守夜的人太過為難。」

對於尤修塔斯與艾克哈特的叮囑，斐迪南隨口應道：「我會注意。」便捧著裝有信件與原料的盒子進入秘密房間。

「嗯，看來沒有什麼新情報……」

斐迪南一一檢視盒裡的字條。藏在羅潔梅茵的來信與回信草稿中，還有尤修塔斯與艾克哈特趁著午餐期間，向萊蒂希雅的近侍們蒐集情報後所寫下的字條。蒐集來的消息都是在為萊蒂希雅提供的情報多做補充，但看樣子雷昂齊歐與勞布隆托確實走得很近。據說勞布隆托不只詢問了葬禮上的情形，還有人目睹他一臉興味盎然地聽著有關蘭翠奈維的種種。

……蘭翠奈維與中央騎士團長嗎？

倘若勞布隆托與阿妲姬莎離宮有關，那麼他對蘭翠奈維或許會有一些特殊的情感。也說不定會建議王族接受蘭翠奈維的公主。

不僅如此，擔任嚮導帶著勞布隆托前往蘭翠奈維之館的人還是喬琪娜。原本該由蒂緹琳朵領路，但由於她剛感情用事地下了命令，要求處決所有對她不敬的罪犯，喬琪娜便判定最好別再讓她插手這件事情。會有這樣的判斷固然合情合理，但斐迪南還是覺得非常可疑。

「只是直覺罷了。」

齊爾維斯特說過的這句話在斐迪南腦海裡迴盪。齊爾維斯特的直覺不容小覷，畢竟他常常靠著直覺就順利度過各種難關。斐迪南也知道現在應該盡量留意喬琪娜的一舉一動、獲取情報，無奈搬到西邊的別館以後，想要辦到並不容易。況且，喬琪娜至今恐怕也因為齊爾維斯特的直覺吃過不少苦頭。那個時候，他察覺到喬琪娜非常細微地倒抽了一口氣。現在的警戒程度可說是非比尋常。

……之後肯定會發生某些事情。但無論發生什麼事，只要有了那樣東西，應該就有辦法與王族進行交涉。

想起羅潔梅茵製作的最高品質魔紙，斐迪南往椅子坐下。羅潔梅茵的魔力豐富，只要照著他所改良的配方接著製作，應該能在冬天的領地對抗戰到來前準備好他需要的原料吧。

……但更讓我在意的，是齊爾維斯特與第一王子交談時說過的話。

問話時，齊爾維斯特曾說「斐迪南與羅潔梅茵都已向王族展示忠誠」、「遵從了王命」。斐迪南知道自己確實是奉國王之命，入贅來到了亞倫斯伯罕。

……但羅潔梅茵呢？是指領主會議期間舉行的那些儀式嗎？還是除此之外還有其他事情？難道真如領主會議期間的傳言所說，有意讓她進入中央神殿？

夏季的葬禮結束後，由於鬧事的是艾倫菲斯特出身的騎士，不少人都在斐迪南與艾倫菲斯特接觸時密切監視。他根本無法與齊爾維斯特單獨討論機密，至多只能準備經過了檢查的信件與回禮。

在那之後，斐迪南也曾寫信不著痕跡地打探消息，但都沒能從齊爾維斯特與羅潔梅茵那裡問出有用的資訊。他當然希望什麼事都沒有最好，也懷疑可能是自己操心過度，但是，心中總有一股不祥的預感。

「……這次來信也絲毫沒有提到蓋朵莉希。果然有問題。」

斐迪南觸碰羅潔梅茵的來信，察看發光墨水所寫下的內容，上面卻沒有他想要的答案。看樣子她肯定有所隱瞞，而且還是不能與斐迪南商量的事情。

「告訴我妳的蓋朵莉希。」

斐迪南之所以在上一封信裡這麼詢問，是因為他想要確認艾倫菲斯特與羅潔梅茵周遭的情況是否毫無變化。

即便羅潔梅茵對貴族的特有措詞不甚了解，但也已經知道「蓋朵莉希是指故鄉或自己所愛之人」。倘若她心裡毫無其他想法，應該會這麼回他：「我的蓋朵莉希就是艾倫菲斯特、平民區的大家還有我的圖書館喔，這您也知道的吧？」抑或是：「您信上說的蓋朵莉希是指哪種意思呢？請講清楚說明白。」

「這個笨蛋，隻字不提蓋朵莉希反而更可疑。」

羅潔梅茵八成是在東想西想之後，因為對斐迪南的反應感到害怕，不知道該如何回覆。換句話說，現在的她正處在會如此胡思亂想，並且就連自己的蓋朵莉希也無法明確給予回答的情況。

「既然席格斯瓦德王子似乎知道內情，代表她隱瞞的事情與王族有關嗎？雖然不知道是怎樣的關聯，但王族的目的肯定是古得里斯海得吧。」

王族似乎連地下書庫裡的古文資料也不太能看懂，他們若想盡快取得古得里斯海得，多半會想把已熟讀神殿聖典的羅潔梅茵招攬過去。

但這真是羅潔梅茵想要的嗎？是否與斐迪南接下王命時一樣，她也是被逼到束手無策？若能親眼看到羅潔梅茵，他一眼便能看出她有沒有事情瞞著自己。然而，現在實際上卻是連情報也難以取得，這讓斐迪南十分火大。

「等到那樣東西完成，事情應該都還有轉圜的餘地吧……」

羅潔梅茵最重視又最想守護的事物是什麼？若無法釐清這一點，自己的行動很可能到頭來都只是白費工夫。

但是，如今兩人的距離已遠到他無法輕易開口發問。斐迪南心情煩悶，隨手將信件扔在桌上。現在的距離還真是遙遠啊，他心想。

「雖不曉得到底發生了什麼事，他們又在隱瞞什麼，而且為什麼要禁止羅潔梅茵透露，但是稍有不慎，那個笨蛋可是很容易就會失控。」

如薄霧般籠罩在自身四周的不安與不信任感，正日漸變得深沉且濃厚。在看不清身旁人們意圖的情況下，輕舉妄動很可能只會造成反效果。原本羅潔梅茵的蓋朵莉希是那般明確，現在卻變得隱晦不清，再加上齊爾維斯特不再提供情報，連帶地斐迪南也無法看清自己應該前進的方向。

……但等到了冬天，就能透過雷蒙特與羅潔梅茵聯絡，而且還有領地對抗戰。別再寫信來來回回地迂迴試探，到時候直接問她吧。

斐迪南厭煩地吐出嘆息後，與羅潔梅茵一樣，暫且將這個問題拋到腦後。

# 戴爾克與貝特朗的洗禮儀式

收穫祭結束後，就要開始為過冬進行準備了。由於已經是例行性作業，不管是孤兒院還是神殿長室，只要交給法藍他們就不用擔心。麥西歐爾與青衣見習生們的過冬準備也在神殿侍從們的主導下進行。畢竟他們的主人除了奉獻儀式外，整個冬天都會待在城堡裡頭，若不用心做好準備，屆時挨餓受凍的會是他們自己。

我把過冬準備交給神殿裡的眾人後，便專心投入自己該做的準備工作。每天都忙於製作斐迪南委託的魔紙，還有搜羅製作圖書館蘇彌魯所需的原料到貴族院，此外我還往亞倫斯伯罕送去了餐點與點心。因為算算時間，連同上次的回信一起送去的食物想必快吃完了，而且挑在這時候寄送，應該剛好能撐到冬季尾聲的領地對抗戰吧。

……唔呵呵，這次我還用魚熬煮高湯，把亞倫斯伯罕的餐點改良成了我喜歡的口味再送過去喔。

改良幅度之大，可能會讓吃慣亞倫斯伯罕料理的人覺得：「這雖然美味，但原本不是這樣！這才不是亞倫斯伯罕料理！」但我才不管。

「話說回來，斐迪南大人工坊裡的原料還真是豐富多樣。根本不用特別出去採集，在這裡就能集齊所有原料了吧？」

在我調合魔紙時，克拉麗莎就在旁邊看著赫思爾寫的清單，一邊翻找原料，一邊用讚嘆不已的語氣說道。她說對喜歡調合的文官來說，這裡簡直是寶庫。

「工坊裡頭雖然有不少原料是斐迪南大人蒐集來的，但聽說也有很多都是尤修塔斯前往各地採集，然後當作禮物帶回來的喔。我為了舉行儀式必須優先保存體力，但斐迪南大人好像都會趁著祈福儀式與收穫祭時出去採集。」

我邊說邊施展縮短時間的魔法，緊盯著配方進行調合。因為斐迪南改良後的配方不僅步驟多，所用的原料也多，相當費時費力。

……明明一鼓作氣使用魔力，再把金粉倒進去會更快啊。真是的。

正當我為了前往貴族院在做準備時，收到了谷麗媞亞捎來的奧多南茲。她說她為戴爾克與貝特朗蒐集到了洗禮儀式上要穿的服裝，還有要給青衣見習生們的衣服。因為之前我曾請她幫忙詢問，從舊薇羅妮卡派貴族那裡沒收來的物品中有沒有孩童衣物，也請她順便尋找有沒有能給孩子們穿的二手衣。

「服裝還是需要實際比對，請問我該何時帶著衣物前往神殿呢？」

「那就三天後吧，到時候調合應該也結束了。」

「考慮到中間還有休息的日子，那我五天後過去吧。」

透過奧多南茲來回討論了幾次後，敲定五天後谷麗媞亞與麥西歐爾的侍從將帶著衣物來到神殿。

到了當天，由於衣物是由領主所提供，青衣見習生們便來到麥西歐爾的房間挑選自己需要的服裝。有開場宴上要穿的服裝、待在兒童室時穿的服裝，另外要就讀貴族院的人還得挑選以黑色為基底的服裝，以及騎獸服與調合服等等，可以說是琳瑯滿目。

「那我去孤兒院讓戴爾克與貝特朗比對衣服了。」

接著我帶著谷麗媞亞與侍從們前往孤兒院，在一樓未受洗孩子們所用的大房間裡，為戴爾克與貝特朗比對服裝。兩個人都需要洗禮儀式時的正裝，以及在城堡兒童室裡活動時的服裝。谷麗媞亞拿起衣服迅速地在兩人身上比對，然後分別放進兩個籃子裡。

「好厲害喔，我居然可以穿到這麼漂亮的衣服。」

「明明是洗禮儀式上要穿的正裝，這些衣服也太廉價、太老舊了吧。」

戴爾克只穿過神殿裡的衣服，還有去森林時穿過滿是補丁的舊衣，因此一雙偏黑的深棕色眼睛高興得閃閃發亮。相比之下，大約一年前還是基貝．威圖爾之子的貝特朗則是厭惡地皺起臉龐。

「哎呀，身為罪犯的孩子能有這些衣服穿，都算是便宜你了呢。你要是不喜歡，大可以自己定做。你有能力的話，也省得我幫忙蒐集衣物。」

「什麼?!」

這始料未及的發言讓貝特朗猛地轉過頭來，只見谷麗媞亞對他投以冷笑。平常總是掩蓋在劉海下的藍綠色眼眸，流露出了再明顯不過的輕蔑。

「看來你完全不了解自己現在的處境呢。奧伯會留罪犯的孩子們一命，並不是因為他心地善良或大發慈悲，純粹是為了確保將來貴族的人數足夠。一旦判定罪犯之子還是有可能帶來危險，那些只是免於連坐的孩子會馬上被處分掉吧。」

谷麗媞亞冷冽的眼神與凌厲的話語讓貝特朗的表情為之凍結。想必是因為在孤兒院裡，從沒有人這樣對他說話吧。面對露出受傷神色的貝特朗，谷麗媞亞繼續說道：

「連坐本是長年來的慣例，想要避免絕非易事。如果有人一點也不明白自己現在有多麼幸運，那只會成為潛在的危險分子。是不是該在他離開孤兒院之前就先排除掉呢，勞倫斯？」

「谷麗媞亞，妳說得太過火了。」

我忍不住開口制止，谷麗媞亞卻是微微一笑，朝我投來嚴厲的目光。

「一旦他有任何愚蠢的行為，將有十條以上的性命跟著他陪葬，並且身為兄長的勞倫斯也未盡教導之責，這些都是不爭的事實。倘若您天真地認為，即便是潛在的危險也不該濫殺無辜的孩子，那麼至少該讓他認清自己的處境。一味的縱容對他們並無益處，羅潔梅茵大人。若是放任不管，那些好不容易有機會活下來、不必因為親人就遭到連坐的人們，往後將有可能因為一個愚蠢的孩童而喪命。屆時就連一起受洗、由奧伯擔任監護人的戴爾克也會同樣受罰。」

這次雖然饒過他們一命，但不代表次次都能如此。況且既然是由孤兒院收容他們，到時候就連孤兒院裡的孩子也會被視為危險分子。貴族根本不會在乎哪些孩子是一年前才進來的，哪些孩子是原本就在孤兒院裡的。不僅如此，正以青衣見習生身分努力生活著的孩子們與已經獻名的人，也會被等同視之。最糟糕的結果，就是神殿將

因為包庇罪犯而再度遭到貶低。谷麗媞亞指出這樣的可能性後，定定注視著我說：

「這不是您所樂見的吧？」我點一點頭。

「另外，聽說奧伯身為監護人會為他們準備戒指。然後戴爾克的陪同者會由我擔任，貝特朗的則是由麥西歐爾大人的侍從擔任。」

「……儘管認為應該將他排除，但你們還是願意擔任陪同者呢。谷麗媞亞，謝謝你們。」

谷麗媞亞淡淡微笑，回道：「我會留下洗禮儀式當天要穿的服裝，其他的則和去年一樣帶去城堡的兒童室。」說完她便站起來，帶著籃子返回城堡。看到貝特朗一臉茫然自失，勞倫斯輕拍他的頭。

「貝特朗，雖然她講話直接嚴厲，但說的全是事實。等你到了城堡生活，終歸也要面對現實。那裡可不像孤兒院，凡事這麼好說話。」

緊接著，戴爾克與貝特朗挑選了從春天開始要使用的貴族區域房間與家具，侍從則等他們春天回來以後再挑選。而康拉德說了，目前他想以見習灰衣神官的身分在孤兒院繼續生活，等到身體發育、魔力成長到了足以舉行儀式後，再成為青衣見習生擁有自己的房間。

後來戴爾克與貝特朗用我借給他們的戒指練習給予祝福，也為了首次亮相練習了飛蘇平琴，並且學習洗禮儀式的流程與貴族之間的上下關係。

就在大家忙碌地做著準備時，不知不覺秋季的成年禮與冬季的洗禮儀式都已結束。隨著平民的儀式暫且告一段落，幾乎所有貴族都集結來到了貴族區。冬季的社交界即將開始，我們也要往城堡移動。因為開場宴上有貴族孩童的洗禮儀式與首次亮相。

當天在城堡的房間裡，由莉瑟蕾塔與奧黛麗為我穿上儀式服。谷麗媞亞因為要擔任戴爾克的陪同者去了神殿，為他穿戴好衣物後，會帶著孤兒院裡的兒童用飛蘇平琴一起過來。

「今天的儀式結束之後，這件儀式服就要帶去貴族院了吧？」

「是啊，奧黛麗。聽說奧伯．庫拉森博克還聯絡了養父大人，說要在貴族院剛開學時就舉行奉獻儀式。」

因為若要向中央神殿借用神具，就必須避開神殿舉行奉獻儀式的那段時間。除此之外，若想讓將在術科課上舉行加護儀式的三年級生可以取得更多加護，最好是讓他們盡早體驗儀式。因此與中央神殿還有貴族院的老師們溝通協調過後，決定學生們的奉獻儀式就在貴族院剛開學時舉行，並且依照下級、中級與上級分作三次。

「居然完全不管我方不方便呢。莉瑟蕾塔，對此妳怎麼看？」

「中央與上位領地向來都是如此，只會單方面告知他們的決定。不過，為了減輕羅潔梅茵大人的負擔，韋菲利特大人已經找奧伯商量過了喔。他建議下級貴族的奉獻儀式可以由夏綠蒂大人主持，中級貴族的奉獻儀式則由他來主持。」

「那真是太好了。」

畢竟儀式的準備工作與事前溝通肯定得花不少時間，如果不趕快修完課，我會來不及返回領地舉行奉獻儀式。

「此外在奧伯出面交涉後，為了減輕學生的負擔，領主會議時曾與您同行的青衣神官們都將能夠前往貴族院。至少在貴族院的奉獻儀式結束之前，羅潔梅茵大人身邊會有很多護衛，這教人放心多了。」

奉獻儀式結束之前，神官長哈特姆特，以及曾穿著青衣擔任護衛的柯尼留斯、達穆爾、萊歐諾蕾與安潔莉卡都已獲准出入貴族院。

「這雖然幫了我大忙，但好像給大家造成了不小的困擾喔。因為這件事決定得太過突然，我聽說他們只能趕緊做好要去貴族院的準備，就連安排好的冬季社交活動也徹底被打亂了。而且，原本也打算趁我不在的時候打包好要帶去中央的行李吧。」

看我憤慨地為他們表達不滿，奧黛麗露出苦笑安撫道：

「羅潔梅茵大人，請您不必太過生氣，因為也有人很高興可以同行喔。」

「……這個妳不說我也知道。」

換好衣服時，正好谷麗媞亞捎來了奧多南茲。除了戴爾克與貝特朗，她說青衣見習生們也抵達城堡了。

「歡迎艾倫菲斯特的新成員。」

舞臺上站在我身旁的哈特姆特如此宣告後，大門隨即敞開，即將成為貴族一員的孩子們走了進來。總計十二名孩子中，戴爾克與貝特朗走在最尾端。

其中有六人今天將要舉行洗禮儀式。哈特姆特講述完神話後，接著從身分最低的孩子開始登記魔力。

「戴爾克。」

聽見自己的名字，戴爾克面色緊張地走上前來。於是我把檢測魔力用的魔導具遞給他。他握住棒狀魔導具後，魔導具便亮起光芒，場內響起熱烈的掌聲。我對鬆了口氣的戴爾克微微一笑，然後拿出牌子，將魔導具像印章一樣往牌子按壓，進行登記。

……怎麼回事？

明明登記了魔力，牌子的顏色卻幾乎沒有改變。看起來既像是整體都染上了一層極淡的顏色，又像是完全沒有，太奇怪了。硬要說的話，好像是風屬性比較明顯。

……這種時候該怎麼辦才好呢？

我下意識地回過頭，想要找尋早就不在這裡的斐迪南，目光對上哈特姆特的眼睛。不知為何有些尷尬。

哈特姆特似乎沒有發現我的尷尬，走過來低頭看向牌子，然後露出了和我一樣納悶的表情嘀咕：「看起來是有風的加護。」我也知道看起來應該有風的加護。

……哈特姆特好像也不知道這是怎麼一回事。

既然現在想破頭也沒有答案，我便轉頭看向戴爾克投以微笑。

「你擁有風的加護。若能合乎諸神的加護，秉持言行端正，定能得到更多的祝福吧。」

雖說發生了有些難以理解的情況，但牌子上的魔力登記已經完成。哈特姆特把牌子放進保管盒裡，這個步驟結束後，齊爾維斯特便拿著戒指魔導具走上舞臺。

瞬間大禮堂內一片譁然，眾人開始交頭接耳：「他就是舊薇羅妮卡派的孩子嗎？」、「原來他是免於連坐的孩子。」貴族們對於免於連坐的孩子有著怎樣的看法——這就是谷麗媞亞所說的，來到城堡後必須面對的現實。

齊爾維斯特全然無視場內的竊竊私語聲，向戴爾克遞去戒指。

「在諸神與諸位的見證下，在此將戒指贈予戴爾克。你沒有雙親，便由我擔任監護人，也因此你的階級是依魔力量而定，而非家門。從此你便是中級貴族了。戴爾克，恭喜你。」

「奧伯・艾倫菲斯特，由衷向您獻上我的感謝。」

戴爾克以一點也看不出緊張的笑容恭敬道謝後，垂眼看向左手中指上鑲著紅色魔石的戒指。

「為戴爾克獻上土之女神蓋朵莉希的祝福。」

我送上祝福後，戴爾克也照著練習過的回以祝福。朦朧的微光向我飄來。

這次場內的掌聲變得十分稀疏。有別於我至今經歷過的洗禮儀式，感覺得出在場眾人都表現出了明顯的排斥。儘管心生陣陣不安，但戴爾克的洗禮儀式已就此結束。

「貝特朗。」

沐浴在貴族們像要挑刺的審視目光當中，貝特朗也和戴爾克一樣上前來登記魔力。貝特朗的牌子倒是十分正常地變了顏色。

那戴爾克剛才到底是怎麼一回事呢？同樣是身蝕，跟我那時候相比還是有明顯的差異。但我是色彩鮮明的全屬性，說不定其實是我比較奇怪。

「你擁有水與火的加護。若能合乎諸神的加護，秉持言行端正，定能得到更多的祝福吧。」

為貝特朗登記好魔力後，齊爾維斯特再度帶著戒指上臺。這次戒指上的魔石是藍色的，看來貝特朗是在夏季出生。

「在諸神與諸位的見證下，在此將戒指贈予貝特朗。你沒有雙親，便由我擔任監護人，也因此你的階級是依魔力量而定，而非家門。從此你便是中級貴族了。貝特朗，恭喜你。」

「奧伯・艾倫菲斯特，由衷向您獻上我的感謝。」

說完貝特朗當場跪下來，朝著齊爾維斯特伸出兩手掌心。齊爾維斯特似乎馬上理解到了他想做什麼，稍微屈身伸出手去。貝特朗畢恭畢敬地以雙手承接後，將自己的額頭抵在齊爾維斯特的手背上。

親眼見到貝特朗在臺上對領主表現出了最高等級的謝意，貴族們的交頭接耳聲瞬間靜止。

之後其他孩子的洗禮儀式也順利結束，緊接著要彈奏飛蘇平琴。首次亮相會從下級貴族開始依序進行，輪到中級貴族時，戴爾克比貝特朗要先上臺演奏。儘管練習時間不長，但戴爾克的表現算是相當好。而貝特朗的彈奏更是悅耳動聽，完全感受得出是受過正規教育的貴族之子。

首次亮相結束後，哈特姆特又說了幾句結語，神殿長與神官長便可先行離開。我從神殿長的儀式服換上社交用服裝，前往餐廳。這時贈予新生披風與胸針的頒授儀式已經結束，我與領主一族共進了午餐之後，接著再度前往大禮堂。下午是社交時間。

會場上，最多人問我的問題就是：「您將要進入中央神殿嗎？」而在旁護送的韋菲利特總是幫我打發他們說：「這是無稽之談。」這幅情景令我印象深刻。

差不多與所有貴族都道過寒暄後，我便走向舊薇羅妮卡派的孩子們說：「今年在貴族院也一起加油吧。」隨後，我注意到有幾名貴族對著餐點吃得狼吞虎嚥。如果是幾年前也就罷了，但現在居然還有人在這種大型宴會上，吃著這些早就司空見慣的餐點吃得如此專心，實在非常罕見。

……好奇怪的一群人。

「他們大概是奉命從中央返鄉的貴族吧。等您冬季中旬回到領地，也預計安排時間讓您與他們會面。」

多半是察覺到我的視線，哈特姆特小聲為我說明。聽到他說因為會引來矚目，所以現在還不必過去打招呼，我便收回目光。

「羅潔梅茵大人。」

聽見戴爾克的呼喚，我轉過臉龐。站在他身旁的還有谷麗媞亞與貝特朗，附近則都是經常在神殿裡見到的熟面孔。看來他以青衣見習生為主，逐步在拓展人際關係。即將成為新生的青衣見習生們，都已火速別上了在頒授儀式上取得的領地披風與胸針。卡斯泰德第二夫人的兒子尼可拉斯也披著新披風。

「戴爾克，在這種貴族齊聚一堂的場合，你不要對羅潔梅茵大人表現得這麼親近，應該等她先向我們開口才對。」

貝特朗拉住戴爾克的手臂，告訴他貴族社會的規矩。聞言，戴爾克向我道歉：「羅潔梅茵大人，真是非常抱歉。」我先是對他微微一笑，再看向貝特朗。

「貝特朗，你剛才做得很好喔。用那種肉眼可見的方式向奧伯表達感謝後，雖然只有一瞬間，但貴族們都安靜了下來呢。」

貝特朗聽了後一臉說不出話來的樣子，稍微別開目光，大概是害羞了吧。明明勞倫斯可以若無其事地隨口說出：「那我跪下來表達謝意吧？」但看來即便是兄弟，性格也會大不相同。

「貝特朗，等一下請你與谷麗媞亞一起照顧戴爾克，免得他犯下嚴重的失誤。」

「羅潔梅茵大人，請別把這麼困難的工作丟給我。」

要照看不懂貴族常識的戴爾克是門苦差事吧。只見貝特朗立即一臉厭煩，看向戴爾克。不過，他在仔細叮囑戴爾克時，整個人看來倒相當神采奕奕。和之前在孤兒院時相比，現在兩人似乎相處得十分融洽，這讓我鬆了口氣。

「谷麗媞亞，看樣子不用為貝特朗擔心了呢。」

「羅潔梅茵大人，現在安心還太早了喔。」

從眾人對孩子們投來的目光與言辭，便能感覺得出如今舊薇羅妮卡派的貴族過得有多麼如履薄冰。在這樣的感慨之下，冬季的社交界正式開始了。

# 冬季兒童室與貴族院開學

冬季的社交界開始後，未成年的孩子們都是待在兒童室裡度過。和往年一樣，我接受了初次見面的孩子們的問好，再和大家一起學習與玩遊戲。期間我一直留心注意，不讓舊薇羅妮卡派的孩子們受到排擠或欺負。

已入學的孩子們可能是因為肅清期間都在貴族院裡一起生活，也可能是因為即使情勢一再改變，也希望貴族院裡的氣氛能夠維持不變，所以面對舊薇羅妮卡派的孩子們態度都相當坦然和善。

大概是受此影響，未入學的孩子們之間也感覺不到僵硬緊繃的氣氛。大家都熱中於玩遊戲，到了學習時間也努力取得好成績，以贏得當作獎品的點心。

「我本來還以為氣氛會更糟糕，想不到比我預期中要好呢。」

「是啊，原本夏綠蒂還擔心可能會和羅潔梅茵陷入沉睡時一樣，幸好並沒有。」

由於領主夫婦正忙於參加社交活動，晚餐時間只有小孩子們一起吃，也因此晚餐過後，我們順便針對兒童室召開檢討會，並按部就班地討論今年在貴族院的規劃。為了毫無顧忌地交流意見，甚至使用了指定範圍的防止竊聽魔導具。

看到兒童室今年的氣氛並未變糟，夏綠蒂與韋菲利特都顯得如釋重負。麥西歐爾則是在兒童室裡待得很開心，臉上笑容洋溢。

「可能這已經是種風氣了吧。大家都覺得只有在領內的時候才會被捲進大人的派系鬥爭裡，但到了貴族院就要齊心協力對抗他領。希望這樣的風氣能一直保持下去。」

「我們得讓大家在這種風氣下長大，將來才有能力看清自領與他領的關係，而不是把目光都放在領內的勢力鬥爭上呢。」

夏綠蒂說完，韋菲利特也點點頭，再看向麥西歐爾。

「最讓我驚訝的是麥西歐爾帶領孩子們帶領得很好，完全出乎我的預料。畢竟你去年因為肅清的關係，一直被隔離在北邊別館裡。我本來還很擔心，但看來你今年可以順利地帶領兒童室裡的孩子們吧。」

「哥哥大人，這大概是因為我都會在神殿的孤兒院裡和大家一起聊天和玩遊戲吧。現在只是人數多了一點，但其實沒什麼分別。」

麥西歐爾露出燦笑說道。正如本人所說，造訪孤兒院的經驗顯然派上了用場。他不會只顧著玩遊戲，而是能時時留意周遭情況。

「我比較擔心的是今年一年級生的學習進度呢。因為他們去年在兒童室沒有什麼學習的機會，不會有問題嗎？」

因為從以前就開始指導，學科不會有什麼大問題。儘管不見得所有人都能得高分，但肯定可以第一堂課就合格。然而，飛蘇平琴的練習卻是明顯不足。跟去年的一年級生相比，下級貴族與中級貴族間的差異十分顯著。

「姊姊大人，您現在擔心也無濟於事。只能趁著我們的樂師還在時，讓他們多練習一點，並且仔細確認每個人的學習進度了。」

夏綠蒂說完，韋菲利特便小聲咕噥：「確認每個人的學習進度嗎……感覺一年級時的惡夢會重新上演呢。」他馬上轉頭提醒我節制一點。

……真失禮。現在新生的成績又不會影響到我去圖書館，我才不會失控呢。

「我之前倒是很擔心戴爾克與貝特朗能否和大家打成一片，但目前看來都沒什麼問題，我總算放心多了。」

戴爾克與貝特朗因為早在孤兒院裡就玩過歌牌和撲克牌，贏了以後也都很高興可以得到點心。雖然多半是因為我們還在的關係，但看起來並未明顯受到欺負，也和大家相處得很融洽。

只不過，戴爾克在下定決心成為貴族以後，至今才過了半年左右。雖然玩歌牌與撲克牌的時候贏得了大家，但歷史和地理還是很弱，飛蘇平琴也需要持續練習。此外他最需要做的功課，就是學習貴族該有的常識。

貝特朗則是隨時隨地都得重新認清自己的身分。倘若肅清沒有發生，原本他會是接近上級的中級貴族，然而現在卻是以孤兒身分受洗的中級貴族，在中級貴族當中地位是最低的。這樣的落差非常巨大，而且受洗過後，他也無法叫勞倫斯一聲哥哥。看得出來他對自己身分的轉變感到十分迷茫。

「這還是第一次有貴族來自孤兒院，並且在奧伯的監護下受洗，會比較弱勢也是無可奈何的吧。麥西歐爾，只好麻煩你在兒童室裡多注意一點，別讓他們太過吃虧。」

「是的，羅潔梅茵姊姊大人。」

目前青衣見習生們住在城堡裡的舊薇羅妮卡派兒童室，飲食起居上好像也沒什麼問題。倒是有一名見習青衣巫女曾表示：「神殿裡因為有自己的侍從在，讓人比較放鬆，但我會努力適應的。」看樣子經歷過長期在外遠行的收穫祭後，主從的關係變好了，現在分開反倒有些寂寞吧。與非常了解自己的法藍他們分開時，我也會感到寂寞，所以可以明白她的心情。

「希望管理兒童室的侍從不會對小孩子很沒耐心，或是對舊薇羅妮卡派懷有個人恩怨呢……負責指派的是養母大人吧？夏綠蒂，妳知道被派去通鋪的侍從為人如何嗎？」

「姊姊大人，您放心吧。由於我要就讀貴族院，今年已經派了我的成年侍從負責管理，所以您不必擔心。」

因為芙蘿洛翠亞得陪在剛出生的小寶寶身邊，夏綠蒂已經代替她指派了自己的侍從負責管理。聽她這麼說我就放心了。

「啊，對了、對了，夏綠蒂，向鍛造工匠定做的東西已經送到了喔。」

「已經完成了嗎？姊姊大人，好開心喔。」

完成品是形似硬幣有著徽章圖樣的墜子，但當然了，畢竟是要送給夏綠蒂的東西，造型又是兩個人一起設計，絕不可能像硬幣那麼簡單樸素。徽章圖案周圍是一圈鏤空雕刻，刻有夏綠蒂自己的母系紋與她想要取得加護的神祇符號，看起來華美精緻。再加上約翰最擅長這種細膩的加工作業，完成品極為出色。

刻有神祇符號的地方還鑿好了洞，便於嵌入小魔石，之後會由夏綠蒂自己放入。因為她不打算把墜子用來防身，而是當成取得加護用的護身符，所以覺得還是使用自己的魔石會比較容易灌注魔力，祈禱也更容易傳達出去。

「羅潔梅茵姊姊大人，兩位在說什麼呢？」

「因為夏綠蒂之前央求我，說她想要分隔兩地後還是能證明姊妹關係的信物，所以我讓專屬鍛造工匠製作了有我徽章圖案的墜子。」

「沒有我的份嗎？」

麥西歐爾難過地沉下小臉來看我，但他這樣的反應只讓我不知所措。

「但我是因為很高興夏綠蒂有這樣的想法，才會命人製作喔。可是以貴族的常識來看，等我去了他領其實就是外人了，更別說我還即將與奧伯解除養父女關係。由我主動送你的話，不就等於我在要求你分開之後，仍要把我當成姊姊看待嗎？」

即便我有心想送點東西，搞不好他還會一臉理所當然地回說：「等您去了他領，不就是外人了嗎？」如果是像夏綠蒂這樣，自己開口表示想要信物那還沒關係，但我實在無法主動贈送象徵姊弟的信物。

「但我很尊敬羅潔梅茵姊姊大人，分開以後也會感到寂寞，所以我也想要信物。」

「既然麥西歐爾也這樣想，那我便命人製作吧。現在馬上下訂，相信約翰可以在冬季期間完成。」

目前積雪還不算深厚，訂單想必可以順利地送去給約翰。再者我聽說冬季期間因為無法外出，會有很多閒暇時間，這時候提供工作剛好能讓約翰分散注意力吧。

我爽快地一口答應後，麥西歐爾綻開了明亮的笑容。接著我一邊說明夏綠蒂的款式，一邊與麥西歐爾討論送給他的墜子要如何設計。這時，韋菲利特也在旁邊畫起了圖。

「羅潔梅茵，那我想要這樣的墜子。」

「……咦？韋菲利特哥哥大人，您也想要與我有關的信物嗎？」

一向親近我的夏綠蒂與麥西歐爾也就罷了，但韋菲利特之前非常討厭與我訂下婚約，也講了許多不中聽的話，所以我無法理解他為何還想與我扯上關係。我面露不滿後，韋菲利特的表情顯得有些尷尬。

「如果是兄妹關係的話就沒關係，這陣子來我打從心底這麼認為。」

現在韋菲利特身上那種劍拔弩張的感覺已經徹底消失了。可能是因為想說的話都說出來了，那種整個人宛如刺蝟般的青春期也就過去了吧。

但他態度的轉變居然可以如此之大，老實說甚至讓我匪夷所思。畢竟我們沒有做過半點未婚夫妻該做的事情，所以不管是訂婚前、訂婚期間，還是確定婚約要解除後，我的想法其實都沒什麼改變。然而，韋菲利特的態度卻是一變再變。

「婚約確定要解除以後，韋菲利特哥哥大人對我的態度變了很多呢。是兄妹還是未婚夫妻真的有差別嗎？」

「差別可大了……啊，難不成妳還無法理解？嗯，那等妳長大以後，再過不久就能明白了吧，當初我剛訂婚時也感覺不出差異。」

「所以您現在能感覺到差異了嗎？」

「是啊。妹妹與未婚妻簡直是天差地別，所以我們早晚都會發展成今天這樣吧，不然我實在無法忍受。」

韋菲利特從頭到腳很快地將我打量一遍後，露出充滿優越感的笑容說：「妳也快點長大吧。」接著把自己畫好的設計圖交給我。看他的表情，好像真的明白了什麼。居然比我更快長大，真教人有些不甘心。與此同時我接下韋菲利特的設計圖。

……啊，不過，喜歡追求無謂的帥氣這一點倒是完全沒長進。

隔天，我立刻讓人送信去普朗坦商會，請他們幫忙向約翰下訂單。

隨後在出發去貴族院之前，每天我都會去兒童室看看情況、預習貴族院的課程、討論以共同研究為名義所舉行的奉獻儀式的流程，晚餐時間則是召開檢討會。

到了四年級生要移動的日子，我與韋菲利特一同前往了貴族院。

「羅潔梅茵大人，請您在此歇息稍候。我與谷麗媞亞先去整理房間。」

現在莉瑟蕾塔是代替黎希達陪我來到貴族院的成年侍從。理由有以下幾個：一是因為今年的近侍當中還有上級貴族布倫希爾德在，可以把與王族以及上位領地的協調工作交給她；二是奧黛麗必須留在艾倫菲斯特，才能制住在領內留守的克拉麗莎；三是既然我以後要去中央，必須先讓眾人認得莉瑟蕾塔的長相。

「莉瑟蕾塔，要為奉獻儀式做準備的哈特姆特他們會在最後過來，請幫忙確認一下他們的房間是否也準備好了。」

「遵命。」

莉瑟蕾塔與谷麗媞亞去房間整理行李後，我便由布倫希爾德領路，前往多功能交誼廳。現在布倫希爾德已經與領主訂婚，只有在貴族院的時候會以我的近侍身分行動。再加上她在城堡的西邊別館裡已有自己的房間，待遇相當於領主一族，所以得有領主的許可才能進出北邊別館，我們也變得極少見到面。我久違地喝著布倫希爾德泡的茶，一邊與她閒聊。

「布倫希爾德，葛雷修近來的情況如何呢？」

「多虧領主一族的近侍們提供協助，整座城市變得非常乾淨喔。克拉麗莎針對廣域魔法所發明的輔助魔法陣真是太了不起了。時序進入秋天以後，各個木工工坊也不斷把東西送過來，所有建築物都一下子就裝好了門窗。看到路上往來的馬車絡繹不絕，父親大人還感嘆，幸好當初把商業區的道路設計得比較寬敞呢。今年冬天，各個店家則預計裝潢好內部擺設，到了春天許多店家就能開張了吧。」

她說隨著工匠與下達指示的商人相繼抵達，過冬用的物資也接連不斷地從周邊地區運到城裡來。人口急遽增加以後，葛雷修變得熱鬧非凡。

「另外關於妳的妹妹貝兒朵黛，我該怎麼做才好呢？」

「貝兒朵黛先前在服侍艾薇拉大人的時候，便十分期待可以成為羅潔梅茵大人的侍從。所以即便只有今年冬天，還是請您將她納為近侍。」

雖然只能在我離開前服侍短暫的時間，但布倫希爾德還是想讓妹妹如願成為我的見習侍從。這是她身為姊姊得出的答案，我二話不說答應。

「布倫希爾德，妳會指導貝兒朵黛吧？那到時候能一併帶上麥西歐爾的近侍嗎？今年麥西歐爾的學生近侍由我代為帶領，但他們無法進入我的房間吧？所以我希望至少讓他們有見識的機會，了解一些實際接觸過後才能曉得的事情，比如與上位領地舉辦茶會時該做好哪些事前準備。」

艾倫菲斯特的學生當中，與上位領地有最多往來經驗的就是布倫希爾德了。我希望她在畢業前多栽培一些可以接手的人才。

「遵命。這也對艾倫菲斯特的將來有益嘛，我會竭盡所能。」

布倫希爾德接著告訴我，她已經透過芙蘿洛翠亞收到了亞倫斯伯罕的布，並讚揚我支持第一夫人的決斷。

「之前想要推動世代交替的時候，萊瑟岡古的長老們就已經得意忘形到教人頭痛，況且與奧伯訂下婚約時，我也答應過了會支持芙蘿洛翠亞大人。所以羅潔梅茵大人沒有選擇我，而是表態支持芙蘿洛翠亞大人，真是幫了我大忙。」

芙蘿洛翠亞與布倫希爾德隸屬同個派系。她說好不容易女性的派系現正團結起來，絕不能在這時候產生裂痕。

「畢竟我不擅長社交，這方面幫不了什麼忙，但當然得盡力提供協助，不能讓自己在離開以後還對艾倫菲斯特造成影響。」

「感激不盡。不過，羅潔梅茵大人，提供協助是我身為侍從該做的工作才對唷。」

布倫希爾德咯咯笑著說完，便稍微往後退開，接著是繆芮拉走上前來。聽說她向艾薇拉獻名以後，為了印刷業務忙得不可開交。她也是貴族院限定的近侍。

「羅潔梅茵大人，今年在貴族院又要請您多多關照了。」

「繆芮拉，我也麻煩妳多多關照了。印刷業那邊一切還順利嗎？」

「現在文官們正絞盡腦汁，試著以魔力消耗量較少的轉移陣，先將樣書從各地送到城堡來。但光是檢查試印的結果就得使用轉移陣好幾次，所以劣化的情形十分嚴重，這點還要設法改善。除此之外，也希望能再降低魔力的消耗量。」

她說為了讓新書能盡快送到我手中，艾薇拉火速提出了可以成立樣書寄送制度的建議，並正為此投注心力。

……母親大人！

「繆芮拉，那妳可以去赫思爾老師的研究室請教雷蒙特的意見，再不然就與他一起進行研究吧？因為我今年還要忙於製作圖書館的魔導具。」

感動不已的我，便建議繆芮拉可以與雷蒙特展開共同研究。

隔天夏綠蒂到了，再隔天泰奧多也以近侍的身分與我們會合，然後與我分享了古騰堡夥伴們之前在克倫伯格生活的情況。

等到二年級生抵達並歇口氣後，大家便一起去採集上課所需的原料。其實有些高年級的見習騎士已經去採集過了，但需要大家一起行動來降低遇到危險的可能性的見習文官與見習侍從們還沒有。

然後所有人一起騎著騎獸飛離宿舍，坐在我副駕駛座上的見習護衛騎士是優蒂特。一到戶外，便能看見半空中有著發光的魔力線條。是領主會議時就出現的那個魔法陣，那到底是什麼魔法陣呢？好奇的我於是往上飛高，想要看清整個魔法陣。

「羅潔梅茵大人，您到底要飛到多高呢？」

優蒂特一臉納悶地這麼詢問後，我才恍然回神。只見見習護衛騎士們都滿臉困惑地騎著騎獸，跟在我後頭。

「其實我還想飛得更高，但大家會擔心吧。先回去好了。」

我往採集場所降落，變出舒翠莉婭之盾籠罩住部分區域。

「我變出風盾只是為了確保大家安全。至於採集場所的治癒就請大家自己施展，這樣才有助於取得諸神的加護。之前來貴族院參加領主會議的大人們都施展過了，所以我相信大家也沒問題。」

他領學生都是自己向神祈禱、治癒土地，所以我們也得跟進才行，否則將來說不定只有艾倫菲斯特的學生取得的加護量會變少。而且明年我就不在了，也想趁現在先確認一下，只靠學生能讓土地恢復到何種程度。目前艾倫菲斯特在儀式方面總是領先他領一步，我希望這一點今後也能繼續保持。

「製作回復藥水用的原料最好多蒐集一點喔。因為今年也有奉獻儀式，需要的數量會比往年還要多。」

只見菲里妮採集了許多回復藥水所需的原料，然後一臉鬥志高昂地參加治癒儀式。由我傳授禱詞，學生們則是圍成圓圈，一邊複述一邊向芙琉朵蕾妮獻上祈禱。和領主會議時一樣，採集場所慢慢恢復。雖然有下級貴族與低年級生因為支撐不住，中途就鬆開了貼著地面的雙手，但採集區域所在的土地仍順利恢復了魔力。

「我有件事情想確認一下，所以要坐著騎獸飛到上面去。韋菲利特哥哥大人、夏綠蒂，請你們先帶大家返回宿舍吧。」

「姊姊大人，您要確認什麼事情呢？」

「……是跟王族有關的事情，所以不能透露。」

「知道了，請您小心一點。」

畢竟其他人看不見這道魔法陣，再怎麼說明也沒有意義。我坐進騎獸後，朝著高空往上飛去，越過構成魔法陣的魔力線條，繼續往上攀升。

「羅潔梅茵大人，您到底要飛到哪裡去?!」

「到足以將貴族院一覽無遺為止。優蒂特，就快到了。」

我向優蒂特告知目的地。她因為從未飛到這麼高的地方，整個人害怕得瑟瑟發抖。然後，我從高空俯瞰貴族院。帶著諸神貴色的魔力線條在半空中遊走交錯，形成了一道巨大的魔法陣，覆蓋住由積雪染白的貴族院。遠眺盡頭，則只能看見無邊無際的雲海。該怎麼說呢，看起來就好像貴族院是依著這道魔法陣的大小所建造。

……這是篩選用的魔法陣。

覆蓋住貴族院的魔法陣，就和翻開神殿長的聖典時，以及奉獻舞舞臺上曾浮現出的魔法陣一樣，作用在於選出國王。而且從領主會議後到現在，看起來似乎毫無變化。畢竟去完所有祠堂、讓魔法陣浮現後，接著我就離開了貴族院，會沒有變化或許也是理所當然的吧。看來這個魔法陣不會隨著時間經過就消失。

……既然這個魔法陣是在祠堂奉獻魔力、給予足夠的祈禱後所出現的，可以肯定絕對與國王的選拔有關……那麼等我成為國王的養女、登記成為王族後，還會再有變化嗎？

聖典對此並沒有詳細的記載，魔法陣出現以後記載也沒有因此產生變化，而地下書庫裡的文獻同樣沒有詳盡說明。說不定是寫在我還沒看過的資料裡。只不過，地下書庫裡的紀錄都是從前辛辛苦苦才成為國王的人所留下的，所以提供的提示總給人一種「誰管你」的感覺，彷彿在說既然他們費盡了千辛萬苦，後人當然不能免除。

……既然發動魔法陣都要供給魔力，那如果從這上面灑下祝福，或許可以讓它動起來？也或許該試著投下灌滿魔力的巨大魔石？不，慢著慢著，要讓魔力遍布整個貴族院還是太耗時耗力了，而且往地面扔魔石又很危險，嗯……

我苦苦思索著該如何才能發動這個魔法陣，卻想不出什麼好主意。

……記得魔法陣出現前我曾獻上祈禱，會不會發動也需要祈禱？所以得再次前往所有祠堂嗎？還是說除了祠堂以外，有其他該去獻上祈禱的地方？但我其實已經在很多地方都祈禱過了呢……

況且這個魔法陣出現以後，我還曾在大禮堂內舉行領主會議的奉獻儀式，但什麼也沒發生。

「羅潔梅茵大人，您有什麼發現嗎？」

「我目前有些想法，但接下來的事情怎麼想也沒有頭緒，所以先回宿舍吧。」

反正我這個人從以前到現在都沒什麼想像力，總不能為了這種想不出答案的事情，讓護衛騎士們一直陪著我。

「優蒂特，我問妳喔。貴族院裡說到祈禱的場所，妳會想到哪裡呢？」

「雖然才剛在採集場所祈禱過，但一般說到祈禱的場所，都是大禮堂後方設有祭壇的那個房間吧？」

由於我總是在哪裡都能祈禱，一時間竟完全沒想到，但一般人當然都是去禮拜堂獻上祈禱。而且仔細回想起來，領主會議那時候我們是在大禮堂內祈禱，並不是在設有祭壇的最奧之間。那麼若對著最奧之間裡的祭壇祈禱，說不定會有變化發生。

……啊，剛好之後的奉獻儀式就是要在那裡舉行吧？

魔法陣說不定會動起來——真是幸好在這時候先發現，要不然奇妙的現象發生時就會毫無心理準備了。奉獻儀式之前，最好也向王族知會一聲。

「優蒂特，妳回答得非常好！大家一定會很感謝妳喔！」

「咦？咦？」

優蒂特不明所以地眨了眨堇紫色眼睛，我則是對她投以微笑，然後返回宿舍。

今天是新生移動的日子。布倫希爾德的妹妹貝兒朵黛在高年級生的帶領下走進了多功能交誼廳，而這一天高年級生也會將新生視為客人歡迎款待。

貝兒朵黛被安排坐在我附近的位置上，由姊姊布倫希爾德為她泡茶，只見她臉上綻開欣喜的笑容。兩姊妹都有一頭飄逸的筆直長髮，布倫希爾德是深紅色的，貝兒朵黛則是玫瑰粉色，並且兩人都有一雙靈動的糖果色眼睛。

「貝兒朵黛，歡迎。今年妳做為我的見習侍從，要向布倫希爾德好好學習喔。」

「是的，羅潔梅茵大人。」

麥西歐爾的見習近侍也被帶來到我附近的位置上，並被告知了今後的安排。由於我的近侍必須陪同我前往圖書館，所以要請他盡早修完課。

「一年級生應該可以最快把課修完，所以要好好認真學習喔。這也是為了主人麥西歐爾，請努力取得優秀的好成績。」

「是！」

尼可拉斯抵達後，新生便全員到齊，高年級生也都聚集在了多功能交誼廳裡。於是我向大家告知今年共同研究的規劃，然後只要是見習文官，不管是不是領主候補生的近侍，我都分配了工作。

「去年我們的研究成果險些被多雷凡赫占為己有，所以請大家要時時保持警惕，研究時也別忘了思考如何才能突顯艾倫菲斯特的特色。」

在說著這些事情的時候，達穆爾、安潔莉卡、萊歐諾蕾、哈特姆特與柯尼留斯也到了，他們是奉獻儀式時會穿上青衣參加的成年貴族。

「今年會分成下級、中級、上級與領主候補生，一共舉行三次奉獻儀式。你們五人每場儀式都要參加，想必十分辛苦，但還是請你們多幫忙了。」

「這三場儀式必須在領內的奉獻儀式之前結束，所以就交由我與中央神殿還有庫拉森博克協調時間吧。我保證絕不會影響到羅潔梅茵大人上課。」

哈特姆特面帶笑容這麼擔保道。這種時候的他真是非常可靠，要是他別一邊摸著胸前的徽章魔石一邊笑得洋洋得意就更完美了。

「嗯，大家都到了吧。我是舍監赫思爾。」

赫思爾如同往年來到宿舍，告知今年的行程。升級儀式與交流會的安排都和往年一樣，說明完後，赫思爾筆直朝我走來。

「羅潔梅茵大人，製作圖書館魔導具所需的原料都蒐集齊全了嗎？因為有不少罕見原料，這讓我有些擔心。」

「請您放心吧，所有原料都在斐迪南大人讓給我的工坊裡找到了。」

「哎呀，不愧是斐迪南大人。這樣一來我的研究也能順利進行，那我就安心了。」

……咦？所以妳擔心的是自己的研究嗎?!果然赫思爾老師與斐迪南大人這對師徒真是相像到了極點！

看到赫思爾還是老樣子，我忍不住無奈嘆氣，同時在貴族院的生活也開始了。

在大家認真預習時，我則是利用升級儀式前的寶貴自由時間，久違地沉浸在了閱讀當中。我待在多功能交誼廳裡，一本接著一本地閱讀艾倫菲斯特各地印好的新書。現在迪塔故事已經多了插圖，新書則有戴肯弗爾格的史書，以及每年都會出新集數的貴族院戀愛故事集等等。

自從確定會成為國王的養女，這陣子來我只看了交接所需的資料，根本沒有時間徜徉在閱讀世界裡。上一次看書看到忘了時間是什麼時候的事了呢？這種充實感就彷彿在口渴到了極點時灌下一大杯水，我發出心滿意足的嘆息。

……啊啊，好幸福喔，果然沒有書就沒有活著的感覺呢。

# 交流會（四年級）

這天，升級儀式將在第三鐘開始。感受著宿舍裡忙亂的氣氛，莉瑟蕾塔與貝兒朵黛正在為我編髮。布倫希爾德與谷麗媞亞不在，因為她們正忙著把髮飾分送給今年的一年級女學生。

「貝兒朵黛，妳好擅長編頭髮呢。」

「因為我很喜歡編髮，艾薇拉大人也稱讚過我喔。」

貝兒朵黛一邊為我整理頭髮，一邊與我分享她在服侍艾薇拉時做過哪些工作、聊過哪些話題。而她自己的玫瑰粉色頭髮上，正別著一年級女生都會收到的髮飾以及父母送給她當作入學賀禮的髮飾。

本來莉瑟蕾塔還在旁邊監督，但監督到一半便轉身開始準備髮飾，甚至是察看行李，由此可知貝兒朵黛身為見習侍從，工作表現完全達到了合格標準。

「羅潔梅茵大人，交流會與您同行的近侍將有馬提亞斯、羅德里希與布倫希爾德，請問沒問題嗎？」

「嗯，莉瑟蕾塔，沒問題喔。」

「另外，根據昨天蒐集情報的文官們所說，今年庫拉森博克的領主候補生似乎有一年級新生。為了等一下的問好，要再告訴您一次名字嗎？」

莉瑟蕾塔露出促狹的笑容，顯然發現了我之前因為太專心看書，根本沒在聽。

「麻煩妳了。」

「是奧伯．庫拉森博克第三夫人的女兒，珍希安娜大人。之後您可能會因為奉獻儀式與她有多次碰面的機會。」

……珍希安娜大人、珍希安娜大人……

我在心裡反覆背誦，記住了這個名字。

「羅潔梅茵大人，早安。」

「達穆爾，早安。」

做好準備來到多功能交誼廳後，我便看見了達穆爾。明明哈特姆特與柯尼留斯也在，但由於兩人曾和我一起就讀貴族院，所以還不至於覺得奇怪。可是，達穆爾出現在交誼廳裡卻讓我感到既陌生又神奇，絕不只是因為他身上穿著青衣神官服的關係吧。

「萊歐諾蕾、安潔莉卡，今天也麻煩妳們了。」

達穆爾等人今天會穿著青衣神官服，是因為在我們出席升級儀式與交流會的時候，他們將與中央神殿的人進行協商。雖然不曉得庫拉森博克會派誰來參加，但艾格蘭緹娜聯絡我們以後，指定了今天這個日期。

「奉獻儀式的協調工作就交給哈特姆特。其他人請負責監督哈特姆特，別讓他太過失控。」

「遵命。」

感覺伊馬內利與哈特姆特又會吵起來，因此我請同行的柯尼留斯與達穆爾務必要盯緊他。

「羅潔梅茵，妳也能見到好久不見的朋友吧？好好享受交流會吧。」

「好的，柯尼留斯哥哥大人。」

接著我在柯尼留斯的目送下前往玄關大廳，只見大廳內擠滿了披著艾倫菲斯特披風的學生。小臉上滿是緊張的新生們看起來非常可愛，由於布倫希爾德與夏綠蒂已經發過絲髮精，所有學生的頭髮都光滑柔亮。

「那我們走吧。新生要記得別把披風與胸針搞丟，還有別記錯艾倫菲斯特門上的號碼，不然會回不了宿舍喔。」

韋菲利特一聲令下，我們便走出大門，前往大禮堂。

看得出來領地的排名有些更動，但整體並沒有太大的變化。我們一樣是在排名第八的位置整齊列隊。

隨後升級儀式如常開始，接著是有關課程的說明。照著領主會議所討論出的結果，老師在臺上宣布，今後思達普將改為三年級時取得，並且更改課程規劃，大幅納入從前的教學內容。

「虧我還很期待取得思達普呢……」

貝兒朵黛有些不滿地噘起嘴唇，而周遭的一年級新生們也多多少少面帶不滿。因為只是宣布課程內容會有改變，卻沒有說明理由，也難怪大家會心生不滿吧。

「思達普可以說是貴族的證明，所以我能明白大家想要早點取得的心情喔。可是，其實思達普是越晚取得越好。」

「是這樣嗎？」

「是啊。因為現在已經知道，透過奉獻與祈禱可以取得更多神祇的加護。一旦魔力有了劇烈變化，到時候可能就無法以一年級時取得的思達普操控自己的魔力，會更改課程規劃就是為了防止這種事情。如果上課時遇到他領新生也有同樣的不滿，還請妳這樣為他們說明吧。」

貝兒朵黛似乎可以理解，回道：「我明白了。」大概是在旁邊聽到了我們的對話，只見尼可拉斯也點點頭。

升級儀式結束後，接著要依階級分開參加交流會。我們領主候補生各帶著三名近侍，往小會廳移動。

「第八名艾倫菲斯特，韋菲利特大人、羅潔梅茵大人與夏綠蒂大人入場。」

站在門口像是文官的人如此通報後，我們便起腳踏進小會廳。錫爾布蘭德和去年一樣坐在正前方的位置。

「今年再度幸得時之女神德蕾梵庫亞的命運絲線交織，方能與您會面。」

按照每年慣例，輪到艾倫菲斯特上前問候時，一樣是由韋菲利特當代表開口寒暄。我則是夾在韋菲利特與夏綠蒂之間，和錫爾布蘭德相對。

「君騰也很期待今年的奉獻儀式喔。我雖然尚未正式進入貴族院就讀，但君騰判定若是低一階的中級貴族奉獻儀式，應該不會對我造成太大的負擔，便已准許我參加。這還是我第一次參加貴族院的儀式，非常期待呢。」

錫爾布蘭德笑咪咪地這麼說道。

……之前他就為了可以進入地下書庫，努力壓縮魔力、學習古文。錫爾布蘭德王子還真是勤奮向學，真不敢相信他還沒進入貴族院就讀呢。

而這次他將以王族的身分參加奉獻儀式。若從現在開始就積極參與儀式，往後一定能取得大量神祇的加護吧。現在王族當中，最有望成為君騰的說不定是錫爾布蘭德。

「治理尤根施密特的王族願意積極參與儀式，可以說是意義重大。錫爾布蘭德王子這種積極又努力的態度真是教人佩服呢，希望奉獻儀式能夠成為您寶貴的經驗。」

我這麼勉勵錫爾布蘭德後走下舞臺，接著要向上位領地問好。首先是庫拉森博克，出現在座位上的，是一名身高看來和我相差無幾、有著堇紫色頭髮與藍色眼瞳的可愛女孩子。她領著近侍笑容可掬地歡迎我，渾身散發出的恬靜氣質一看就覺得是庫拉森博克出身的女性。

我們一行艾倫菲斯特的領主候補生跪下來後，向她道初見問候。

「珍希安娜大人，歷經生命之神埃維里貝的重重嚴格遴選，得以有幸與您會面，願能為您獻上祝福。」

「允許你們。」

收下從戒指飛出的祝福以後，珍希安娜揚起優雅微笑，給人的感覺與艾格蘭緹娜還有普琳蓓兒十分相似。

「奧伯已經告訴過我，要以共同研究的名義與艾倫菲斯特一起舉行奉獻儀式。但如各位所知，我今年才剛入學，面對不熟悉的研究還有許多不了解的地方。羅潔梅茵大人，望您不吝賜教。」

「我也請您多多指教，珍希安娜大人。」

與庫拉森博克道完寒暄後，接著是戴肯弗爾格。由於藍斯特勞德已經畢業了，今年站在位置旁迎接我們的只有漢娜蘿蕾一人。目光對上以後，漢娜蘿蕾便對我投來親切的微笑，我也回以笑容。

「羅潔梅茵。」韋菲利特小聲喚道，同時鬆開讓我挽著的手臂，再把我輕輕往前推。看來是因為我與漢娜蘿蕾的交情最好，他便把問好的機會讓給我。

「今年再度幸得時之女神德蕾梵庫亞的命運絲線交織，方能與您會面。漢娜蘿蕾大人，好久不見了。」

其實與其他學生不同，我和漢娜蘿蕾在領主會議期間也見過面，但距離上一次見面確實是隔很久了。

「今年有好幾本戴肯弗爾格的人看了會很高興的新書喔。像是多了藍斯特勞德大人插圖的迪塔故事，還有戴肯弗爾格的史書。另外也有《斐妮思緹娜傳》第三集，但您應該已經看完了吧？」

對於艾倫菲斯特的新書，漢娜蘿蕾的男性護衛騎士表現出了強烈的興趣，但她本人倒是沒什麼反應。

「是呀，《斐妮思緹娜傳》的結局太讓人感動了。那麼今年有沒有新的貴族院戀愛故事集呢？我個人十分期待收錄了各種美好戀愛故事的故事集……」

「當然有喔，今年再互借書籍吧。」

「好的，我非常期待。」

帶著開心的笑容打完招呼後，我們接著往多雷凡赫的位置移動。多雷凡赫的領主候補生人數一向不少，今年還多了幾位年紀看來相當小的領主候補生，而做為代表站著的是奧爾特溫。韋菲利特道完寒暄後，他馬上問我們今年要不要再一起進行研究。

「很遺憾，今年我們已預計要與庫拉森博克還有法雷培爾塔克，進行儀式方面的共同研究。若是個人間的那倒無妨，但如果是領地間需要共同合作的大型研究，恐怕已經擠不出時間。」

「所以得是能引起你們興趣，或是能讓你們願意提供協助的題材嗎……看來得找賈鐸夫老師商量了。」

說話的同時奧爾特溫往我看來。看來他打算和去年一樣，透過賈鐸夫讓我答應進行共同研究。

……但無論賈鐸夫老師怎麼說，今年我都不會答應喔。

因為今年在貴族院，我更想從事的研究是圖書館魔導具的製作，以及協助繆芮拉與雷蒙特改良轉移陣，讓印刷業能有飛躍性的成長。但今年不管在貴族院還是在領內，其實我都忙得要命。因為在正式搬往中央之前，我可能得先參觀一下離宮，也得挑選在中央服侍我的近侍，想也知道與王族的會面次數將會增加。而且回到艾倫菲斯特以後，我得帶著兒童室裡的青衣見習生們舉行奉獻儀式，也預計要與從中央回來的貴族會面。為了往後的安排，與領內貴族的會面次數同樣也會增加吧。

雖然我個人希望回領的時間越長越好，但是這樣一來，真懷疑我還有沒有時間能研究圖書館的魔導具。說不定一個搞不好，最終我只能把原料交給赫思爾。

……唉。雖然早就知道了，但我可能沒有多少時間能做自己喜歡的事情。

在腦海中想了一遍今年冬天該做的事情後，我有氣無力地離開多雷凡赫的座位區。接下來的格里森邁亞與哈夫倫崔就交由夏綠蒂代表寒暄，格里森邁亞的露辛達還向我們介紹了她的弟弟妹妹。

她的弟弟今年二年級，聽說是在秋天剛被領主收為養子。就我所知，原本格里森邁亞的領主候補生都是女孩，所以若想在領內找到夫婿，便會收養親族裡的男孩、增加領主候補生的人數，這種做法並不少見。但是，居然在明年就要決定專業課程的這時候收為養子，這就十分罕見了。

哈夫倫崔同樣由六年級的女性領主候補生做為代表回應問候，她也有弟弟和妹妹。韋菲利特似乎與對方的弟弟有些交流，妹妹則聽說是收養後成為領主候補生的新生。

「……感覺今年有好多新入學的領主候補生喔，人數突然變得好多。」

「哈特姆特不是說過，在取得神祇加護的方法和效果廣為人知以後，各領領主收養的領主候補生似乎就變多了嗎？」

畢竟我之前就對珍希安娜的名字置若罔聞，看來還有不少報告慘遭我的忽略。原來現在領主收養子女的情況變多了，而且都是趁著專業課程還未決定，把魔力並無問題的同族上級貴族納為領主候補生。

「是哈特姆特說他不想打擾妳久違的寶貴閱讀時光，所以才把情報分享給了我和夏綠蒂，但他報告的時候就站在妳旁邊吧？妳完全沒聽到也太離譜了。」

「閱讀時本來就會聽不見周遭的聲音，這再正常不過了喔。雖然我昨天確實是因為太久沒看書，看得太渾然忘我了。」

……但是話說回來，哈特姆特居然說他不想打擾我久違的寶貴閱讀時光……怎麼回事？明明對象是哈特姆特，這也太帥氣了吧？讓人差一點就要怦然心動。

他願意縱容我、讓我保有閱讀時光固然教人高興，但聽取不到報告也讓人十分傷腦筋。不如拜託他從下次開始就把報告寫成閱讀用的文字，用這種方式縱容我吧。

想著這些事情的時候，韋菲利特已經向亞倫斯伯罕道完問候。由於蒂緹琳朵已經畢業，萊蒂希雅則尚未進來貴族院就讀，所以今年是蒂緹琳朵的近侍瑪蒂娜做為代表出席。

「叔父大人與蒂緹琳朵大人過得還好嗎？」

「是的，幸虧有斐迪南大人，幫了亞倫斯伯罕大忙呢。現在基礎已經染好魔力，他也開始幫忙供給魔力了。」

……咦?!明明尚未舉行星結儀式，竟然不只公務與儀式，現在還要供給魔力嗎?!

我吃驚地注視瑪蒂娜，她便露出為難的苦笑。

「聽說是因為國王下達了強人所難的命令，要求蒂緹琳朵大人必須在成婚前提供秘密房間，她不得已應下後，斐迪南大人便提議儘管兩人尚未成婚，但他可以幫忙供給魔力。真是溫柔體貼呢。」

當初會要求提供秘密房間，就是因為亞倫斯伯罕自己行事不合常理，明明無法如期成婚，卻不肯放斐迪南回艾倫菲斯特。現在竟然說他是自願供給魔力做為補償，未免太奇怪了。

……這真是斐迪南大人主動提議的嗎？難道和他趁著祈福儀式時採集一樣，有什麼企圖？還是說為了避免旁人非議，這是他在亞倫斯伯罕採取的策略？

瑪蒂娜接著向韋菲利特問起奧蕾麗亞的近況，我在一旁看著，陷入沉思。感覺這幾種都有可能，所以難以推理出正確答案。

隨後我們也向排名第七的高斯博第道完寒暄，便回到艾倫菲斯特的位置上。接下來換下位領地前來問好。

輪到英蒙丹克時，只見比我高一年級的夢蓮露意面帶微笑，揚手撥了撥自己的紫色髮絲。察覺她的笑容中夾帶著同情、輕蔑與嘲笑，我心中警鈴大作。

「羅潔梅茵大人，您將與奧伯解除養父女關係，成為中央神殿的神殿長吧？雖說是為了向整個尤根施密特宣揚儀式的重要性，但竟然要從領主候補生降為上級貴族，再進入中央神殿，真沒想到會有這種事情，實在令人寄予同情……」

……看來我將成為中央神殿長的傳聞也在他領傳開了呢。

之前艾倫菲斯特的貴族是因為看到領主一族不斷接到王族的私下召見，才會產生這種猜想，但難不成他領貴族也親眼瞧見了嗎？還是說，就是這些領地受到亞倫斯伯罕的喬琪娜煽動，向王族進言：「艾倫菲斯特的聖女應該要成為中央神殿的神殿長！」咯咯的輕笑聲此起彼落傳來，由此可知眼看著艾倫菲斯特的聖女將被搶走，有不少領地都為此感到痛快。

「君騰從未對我們說過，要讓羅潔梅茵進入中央神殿。」

韋菲利特語氣堅決地如此表示後，夢蓮露意「哎呀？」地眨了眨橙色雙眼。四周也一陣譟動，目光全往我們這裡集中。

「這怎麼可能呢。領主會議時，奧伯．艾倫菲斯特明明接到過國王的召見。」

「王族確實問過我們，願不願意讓我進入中央神殿當神殿長，但這件事並未有任何定案喔。」

我先是肯定夢蓮露意的發言，然後彎起微笑。她在心裡似乎已經認定我會降為上級貴族，但不管日後情況如何，現在的我依然是領主候補生，而且是艾倫菲斯特的排名更高，所以我沒有義務保持沉默，任由她大放厥詞。

「畢竟我身體這麼虛弱，實在不可能前往他領舉行儀式。所以奧伯．艾倫菲斯特當時的回覆為，若要我成為中央神殿的神殿長，那麼不只王族，各領的領主一族也應該進入中央神殿學習儀式。」

若真要我成為中央神殿長，那麼包含王族在內的全領領主一族也一個都別想逃——聽到我這樣的答覆，夢蓮露意臉色不變。那副表情顯然從未想過自己也要進入神殿。

「只要王族與各領奧伯沒有對此給出回應，那麼我也不可能進入中央神殿。因此端看君騰如何判斷，說不定從明年開始，我就能在中央神殿裡見到身穿見習青衣巫女服的夢蓮露意大人呢。」

我對著英蒙丹克如此明白回應後，就再也沒人問起有關進入中央神殿的事情。

後來，韋菲利特與夏綠蒂還和法雷培爾塔克的高年級生討論了共同研究一事。由於這項共同研究是由兩人主導，我沒有加入，只是旁聽。聽說法雷培爾塔克的貴族們都會前往神殿，獻上祈禱、奉獻魔力，以期取得更多的加護還有增加收成。

……這麼說來，艾倫菲斯特的貴族只有與平民會談時才會來神殿呢。

抱持著這樣的感想，交流會也結束了。感覺低年級的領主候補生增加了不少，整個會場非常熱鬧。

我們返回宿舍時，哈特姆特他們也已經回到了多功能交誼廳。我決定馬上聽取有關奉獻儀式的報告。由於韋菲利特與夏綠蒂分別要主持中級與下級的奉獻儀式，兩人便也一起湊過來。

「各位協商辛苦了，那麼時間決定如何安排？」

「由於這是庫拉森博克與艾倫菲斯特的共同研究，並非課程的一環，因此無法占用上課時間，便決定利用土之日舉行奉獻儀式。」

據說站在學生的角度，會希望能盡早體驗儀式、獻上祈禱，有助於取得更多加護；但站在老師的立場，都認為所謂共同研究，是志願者在課堂外自己找時間進行的活動，所以不該占用上課時間。因此，最終決定募集有意參加的人在土之日舉行奉獻儀式。

「畢竟共同研究不是上課，學生沒有義務全員參加，再者只要開過一次特例，往後就會有無盡的麻煩。所以若想在課堂外的時間盡早進行，便只能利用土之日了。」

我本來還以為庫拉森博克的態度會更加強勢，看來並沒有。聽說反倒是中央神殿提出了要求說：「不要分成三次，請一次解決。」但遭到貴族院方駁回，理由是下級貴族與領主候補生的魔力量差距過大。

「中央神殿本還不肯死心，不斷糾纏艾格蘭緹娜大人，最終是以領主會議時青衣神官和巫女們都曾在儀式上暈過去為例，才讓伊馬內利無法反駁。」

哈特姆特露出愉快的笑容，接著又道：

「此外據艾格蘭緹娜大人所說，為了安全起見，錫爾布蘭德王子將參加階級較低的中級貴族奉獻儀式，所以他也建議低年級生可以參加低一階的奉獻儀式。」

聞言，夏綠蒂撫胸鬆了口氣。

「可以降低危險性真是太好了。因為不習慣魔力供給的話，這是很辛苦的事情。」

「那低年級的下級貴族可能先別參加比較好。因為供給的時候，很難掌握自己的魔力還剩多少。」

夏綠蒂說完，韋菲利特也頷首回道。

「那麼，我們要在哪一週的土之日舉行奉獻儀式？」

「考慮到羅潔梅茵大人還得返回領地，我們判定第一週的土之日最好是由領主候補生與上級貴族舉行奉獻儀式。第二週是中級貴族，第三週是下級貴族。」

我「嗯嗯」地點頭回應後，柯尼留斯卻是一臉不滿地瞪著哈特姆特。

「但考慮到羅潔梅茵的身體狀況，我個人本是建議應該從下級貴族開始，第三週再輪到上級貴族……」

柯尼留斯說他認為我第一週每天都要上很多課，所以土之日應該休息才對，於是建議了等我第三週修完課後再主持奉獻儀式。

「柯尼留斯認為應該優先考慮羅潔梅茵大人的身體狀況，哈特姆特則是主張羅潔梅茵大人想要盡快返回艾倫菲斯特，所以等到第三週就太晚了。兩人當場爭執不下，讓場面非常尷尬。」

達穆爾嘆氣說完，萊歐諾蕾也一臉疲倦地搖了搖頭。

「最後是艾格蘭緹娜大人居中調停，認為順序最好還是照著身分高低，這才敲定了第一週由領主候補生與上級貴族舉行奉獻儀式。」

「你們在王族面前起了口角嗎？」

夏綠蒂與韋菲利特雙雙瞪大眼睛，我也大吃一驚。

……你們兩個到底在做什麼啊?!

「雖然艾格蘭緹娜大人苦笑表示：『兩個人都是為主人著想呢。』但我可是嚇得差點去了半條命。」

告訴我們當時情況的達穆爾與萊歐諾蕾，眼神都有些失去焦點。聽完後我好想抱頭吶喊：「你們怎麼可以在王族面前吵起來呢！」忽然間我好像懂了每當自己惹出麻煩時，監護人們都想抱頭哀嚎的心情。

「看來下次得向艾格蘭緹娜大人道歉才行呢。」

# 首週上課

由於隔天要開始上課了，大家從交流會回來後，馬上埋頭認真讀書。

「今年因為已經預先通知了課程內容會有大幅改變，所以多雷凡赫的學生們會是勁敵吧。大家要一起努力維持現有的排名喔。」

「一直以來艾倫菲斯特也都會學習以前的上課內容，所以我想應該不用太擔心。」

與奉獻儀式有關的談話結束後，夏綠蒂與韋菲利特便加入讀書的行列，並且這樣鼓勵大家。此外，為了儀式來到貴族院的成年近侍當中，達穆爾、柯尼留斯、萊歐諾蕾與哈特姆特還扮演起老師的角色，指導今年學習時間並不充分的一年級生。

安潔莉卡則負責擔任我的護衛。這絕不是因為她在指導上派不上用場，而且多虧有安潔莉卡在，見習護衛騎士們才能專心讀書，所以她在課業之外可是提供了很大的助力，就和在神殿處理公務時一樣。

「莉瑟蕾塔、安潔莉卡，我想寄送奧多南茲，所以回房間去吧。」

為免打擾到正在讀書的眾人，我帶著安潔莉卡與莉瑟蕾塔回到房間，然後才送出奧多南茲。除了寄給索蘭芝預約時間，讓新生能辦理登記；我也寄給了艾格蘭緹娜，為哈特姆特與柯尼留斯起爭執一事道歉，並且提醒她奉獻儀式時或許會有突發狀況。

索蘭芝捎來的回覆表示，請我在兩天後的午休時間帶著新生前往登記。艾格蘭緹娜則是回覆，她想在領主候補生課程的課堂結束後，再向我仔細詢問奉獻儀式上會有怎樣的突發狀況。

……但我根本不知道會不會有狀況發生，到時候該怎麼回答才好呢？

隔天早上，大家用完早餐依然是看書看到最後一秒，然後才出發去上第一天的課。我這個年級上午是學科課，下午是術科課。上午的學科課很順利地全員合格，不少領地都對課程內容的更改感到不知所措，但上位領地似乎都提前預習過了。

下午的術科是調合課，作業是要調合效果較佳的回復藥水。施展了縮短時間的魔法後，我很快就調合好了自己要交的那份藥水。跟斐迪南委託製作的魔紙比起來，課堂上要求的回復藥水簡直不費吹灰之力，結果我在下課前都無事可做。

火速完成了作業後，我悠悠哉哉地環顧起教室，可以看出大家都對調合越來越熟悉了。尤其見習文官因為有很多調合的機會，不少人的動作明顯十分熟練。

「環顧四周以後，一眼就能看出誰是見習文官呢。手勢完全不一樣。」

「但比任何人都更快完成調合、還使用了高階技術的羅潔梅茵大人，可是領主候補生喔。」

漢娜蘿蕾小心翼翼地切著藥草，面帶苦笑看向我。

「哎呀，漢娜蘿蕾大人，這是因為我也是文官嘛，會習慣調合也是很正常的。」

「羅潔梅茵，一般的領主候補生才不會自己製作回復藥水和魔導具。」

韋菲利特握著小刀插嘴說道。只見他切藥草的動作還是沒什麼長進，讓人一看就心驚膽顫。接著我發現漢娜蘿蕾的手勢給人的感覺也差不多，顯然大多數的領主候補生平常並不自己進行調合。

「但即便是領主一族，就連訂婚魔石也不能假借他人之手，必須自己調合喔。奧爾特溫大人看起來倒是很習慣調合呢，比起加芬納棋，哥哥大人是不是該先提升一下自己的調合能力呢？如果您不擅長把藥草切碎，至少也要練習到可以切成同樣的大小，這樣才能均勻地灌注魔力吧？」

要是斐迪南在場，肯定會在原料的前置作業這一關就判他不合格了。聽完我的建議後，韋菲利特發出「嗯……」的沉吟瞪著小刀瞧。

隔天的學科課也是順利過關。另外可能是因為接受過我近侍們的指導，聽說一年級生們取得的合格分數相當高。

到了今天中午，是新生要去圖書館辦理登記的日子。我急忙用完午餐後，便帶著一年級新生與自己的學生近侍們前往圖書館。因為在圖書館辦理登記一事與奉獻儀式完全無關，所以成年近侍們只能在宿舍裡留守。

「羅潔梅茵大人，您非常喜歡圖書館吧？我還聽姊姊大人說，圖書館裡面有黑白蘇彌魯呢。」

貝兒朵黛似乎已經從布倫希爾德與莉瑟蕾塔那裡聽說過休華茲與懷斯的可愛，腳下的步伐十分雀躍。

「雖然可愛，但為了不被人擅自帶走，休華茲他們身上設有許多防護魔法喔。你們一定要小心，不可以隨便觸摸。」

我這麼提醒新生後，投下索蘭芝送來的木板邀請函。大門一打開，再往圖書館繼續前進。和往年一樣，索蘭芝與休華茲他們正站在通往閱覽室的迴廊上迎接我們。

「索蘭芝老師，別來無恙。」

「羅潔梅茵大人，真高興看到妳健康安好。」

我與索蘭芝互道寒暄時，休華茲與懷斯也走過來圍住我。他們還是一樣可愛。

「公主殿下，來了。」

「公主殿下，好久不見。」

「休華茲、懷斯，好久不見了呢……歐丹西雅老師在辦公室嗎？」

我一邊問著一邊往辦公室移動，卻見索蘭芝露出了十分苦惱的表情。

「她不在這裡喔。我聽說她身體狀況不佳，正臥病在床。」

「可是，歐丹西雅老師的房間在圖書館裡面吧？」

明明館員的房間就在與圖書館相鄰的館員宿舍裡，我不明白索蘭芝為什麼是用「聽說」這種說法。我偏頭表示不解後，索蘭芝緩緩搖頭。

「夏季中旬，歐丹西雅的丈夫突然要她回家一趟。她返回中央的住處以後，便再也沒有來過圖書館。」

她說領主會議結束後，歐丹西雅因為工作量變少，便改為從宅邸往返圖書館，過來露面的頻率也就降低了。然後到了夏季中旬，工作途中歐丹西雅突然接到要她返家的通知，並且自那之後再也沒有出現過。

「當時她看起來精神還很好，可是後來我卻接到消息，說她暫時都無法來圖書館，然後便杳無音信……接著則是貴族院開學前，不是她本人，而是她丈夫捎來了消息，說她從秋季尾聲開始便臥病在床，所以冬季期間無法勝任圖書館員的工作。」

「如果從秋季尾聲便臥病在床，那已經有一段時間了吧？希望她現在已經康復，只是為了再觀察情況才暫時停止工作。」

貴族院冬天積雪深厚，稱不上是適合療養的環境。而且萬一歐丹西雅放不下工作，無法靜心休養，那樣反而不好，所以最好還是讓她徹底放鬆休息。

「是啊。我雖然擔心，但現在貴族院剛開學，也無法去探望她，只能祈禱她正慢慢康復了。」

現在又只剩下她一名圖書館員，只見索蘭芝露出落寞的笑容。隨後，她開始為新生辦理登記。我則趁這時候離開一會兒，進入閱覽室。

「休華茲，今年有新書嗎？」

「這邊。」

我跟著休華茲走到書架前一看，發現多了新的參考書。環顧閱覽室後，一瞥見閉架書庫的門扉，我便想起了領主會議那時候，歐丹西雅問過蒂緹琳朵的問題。

……結果席朗托羅莫之花究竟是什麼意思呢？斐迪南大人也只在回信裡說他會調查看看，後來就再也沒有消息了。

也許斐迪南正忙得分身乏術，根本沒有時間調查這件事吧。我正這麼心想時，菲里妮前來叫我。新生們的登記已經結束了。

「那我下次再過來。」

「好的。今年在貴族院要舉行大規模的儀式吧？準備起來想必十分辛苦，我只好在精神上給予支持了。妳一定諸事繁忙，但有空歡迎再來圖書館走走。」

索蘭芝的鼓勵讓我高興得綻開笑容，活力十足地回道：「是！」然後就在我要離開圖書館時，休華茲與懷斯叫住了我。

「公主殿下，需要魔力。」

「歐丹西雅，不在。」

「啊，算起來從貴族院開學後到現在，完全沒能為他們供給魔力呢。羅潔梅茵大人，實在非常抱歉，能請妳為他們提供魔力嗎？」

索蘭芝說歐丹西雅曾留下魔石，但魔力已經消耗完了。於是我摸著休華茲與懷斯額頭上的魔石給予魔力，再看向索蘭芝。

「索蘭芝老師，如果歐丹西雅老師暫時不會過來，最好透過王族，請圖書委員幫忙供給魔力喔。因為我今年回領後會待上很長的時間。」

「說的也是呢，那我再聯絡錫爾布蘭德王子吧。正好歐丹西雅的丈夫負責指導王子劍術，他說不定會知道歐丹西雅的近況……」

索蘭芝整個人看起來輕鬆了許多。對此我鬆了一口氣，然後離開圖書館。

這天下午的術科是音樂課。和去年一樣，作業是彈奏指定曲與自選曲。

待在神殿裡時，羅吉娜會盡量確保有足夠的練琴時間，所以我很順利地完成了指定曲的演奏。然而，鮑琳卻沒有開口判定合格，反倒有些不滿地看著我。

「……鮑琳老師，怎麼了嗎？」

「羅潔梅茵大人，妳缺少了像去年那樣的祝福喔。」

「咦？但我並未聽說彈奏時需要給予祝福……」

去年上課時我還難以控制魔力，但今年因為領主會議期間去了所有祠堂，思達普有所成長，所以現在已經不會不受控地釋出祝福了。雖然無法向老師說明背後這些原因，但我從沒聽說音樂課的考試還得附上祝福。

「但只要邊彈奏邊認真地獻上祈禱，就能形成祝福吧？如今艾倫菲斯特正要與庫拉森博克還有法雷培爾塔克展開共同研究，讓眾人明白儀式的重要性，羅潔梅茵大人怎麼可以不附上祝福呢。」

聽到老師要求我的演奏必須附上祝福，儘管我內心無法釋懷，但還是重新抱好飛蘇平琴。接著，我一邊彈琴一邊往戒指灌注魔力，唱著歌向神獻上祈禱。由於是獻給水之女神的曲子，綠色的祝福光芒輕柔飄起。

「太精采了，水之女神芙琉朵蕾妮想必也會很高興吧。」

鮑琳帶著心滿意足的笑容宣布我合格了，但我卻對往後的課程感到非常不安。

……咦？難不成奉獻舞課上也會遇到一樣的要求？

上完音樂課後，我回到宿舍裡的房間。由於學生近侍們正在多功能交誼廳裡讀書，此刻在房裡的只有莉瑟蕾塔、萊歐諾蕾與安潔莉卡。於是我找了三人商量，告訴她們音樂課的老師要求我在彈奏時給予祝福，然後擔心奉獻舞課上也會遇到一樣的要求。

「既然是老師的要求，那麼您就釋放祝福也沒關係吧？跟必須強忍著不讓祝福溢出相比，這樣不是輕鬆多了嗎？」

「只要不會對羅潔梅茵大人造成負擔就好，您在擔心什麼事情嗎？」

聽完莉瑟蕾塔與萊歐諾蕾的回答，我微微垂下目光。

「因為明明上同一堂課，老師卻只這麼要求我，沒有要求其他人，這讓我無法接受。」

給予祝福並不會對我造成負擔，但若只有我一個人不給予祝福便無法通過考試，這我無法接受。原本我就已經備受矚目，這樣更會被視為特殊的存在吧。

「會不會這就是為了讓您成為特別的存在呢？」

「萊歐諾蕾？」

「利用這種顯而易見的方式來展現您有多麼特別，會有助於讓眾人了解國王為何收您為養女吧？」

瞬間我幾乎要被萊歐諾蕾說服，但又忙不迭搖頭。因為王族明明吩咐過，要暗中進行準備，而貴族院裡的老師們大多與自己的出身領地有著密切往來，所以我不認為王族會把消息洩露給他們。

「既然理由與目的怎麼編都可以，王族就算在暗地裡有所行動也不奇怪吧。況且，如果正是王族並未阻止部分消息向外流出，也就難怪他領的人會如此堅信您將進入中央神殿了。」

萊歐諾蕾告訴我，就連之前在協調奉獻儀式的日期時，艾格蘭緹娜原本也希望三場儀式都能由我來主持，感覺目的就是想要突顯我的特別。

「畢竟羅潔梅茵大人是以非同尋常的方式成為王族一員，若想避免旁人對您心生嫉恨或不滿，被當成是特別的存在會對您比較有利吧。」

她說不同的情況會有不同的心態，比如一種是：「明明和我們沒有兩樣，為什麼是她成為國王的養女？」另一種是：「如果是她的話那也只能接受。」這兩種有著天壤之別。聽完說明，我總算可以理解了。

「只要事情是往好的方向發展就好。那麼晚餐前我看一會兒書吧。」

「羅潔梅茵大人，請稍等。看書之前，這些要請您先過目。」

莉瑟蕾塔迅速捧來一個木盒。

「在我等您上完課的時候，雷蒙特拿來這些請我轉交。裡面是斐迪南大人與萊蒂希雅大人要給您的東西及來信。」

為了確認有無可疑物品，木盒與信件皆已經過檢查。打開蓋子一看，裡面除了有信以外，還有一個裝滿了像是魔石的紅色、綠色與黃色物體的小巧玻璃罐，以及連著繩子的小形筒狀物。

「根據信上所說，這是蘭翠奈維的人送給萊蒂希雅大人的點心與玩具，而這些是她分送給您的。她在信上寫道，雖然這個玩具只能使用一次，但呈現出的畫面非常美麗，請您與艾倫菲斯特的其他人一同欣賞。」

收到我送去的點心與餐點後，萊蒂希雅似乎非常高興，所以聽到斐迪南說：「羅潔梅茵喜歡稀奇罕見的東西，想必會很高興。」便決定把玩具分給我。

「斐迪南大人的來信，則寫了一些有關亞倫斯伯罕的情報。若您對明天的考試很有信心，晚餐之前可以進入秘密房間寫回信唷。反正現在有哈特姆特他們在指導學生讀書。」

「莉瑟蕾塔，謝謝妳。」

「姊姊大人，請您在門口負責守衛。萊歐諾蕾，麻煩妳也去幫柯尼留斯的忙，一起指導新生吧。」

莉瑟蕾塔以首席侍從的身分向兩人分配工作後，自己則開始收拾我上課所用的飛蘇平琴與文具。

於是我抱著木盒進入秘密房間，馬上開始看信。原來那些色彩繽紛有如魔石的物體是糖果，而小形的筒狀物是類似拉炮的玩具，用力拉扯繩子後會有閃閃發亮的東西飛出來。信上還寫道斐迪南為了調查拉炮的構造，搶走了一個玩具。

……那個瘋狂科學家也太不成熟了吧！

但信上隨後又寫到：「以玩具做為交換，斐迪南大人也答應我減少一些作業了。」看樣子萊蒂希雅現在不至於含淚入睡，我稍微安心了些。她多少也慢慢習慣斐迪南的個性了吧。

「那斐迪南大人的來信又寫了些什麼呢？」

信上寫著，蒂緹琳朵已經在貴族院開學前染好基礎，所以斐迪南在登記好魔力後，現在已開始為基礎供給魔力，同時萊蒂希雅也拿著魔石開始練習。另外還寫道秋季尾聲蘭翠奈維的使者們已經回國，境界門終於可以關閉，以及他想在領地對抗戰上向我購買先前送去的餐點的食譜。

「……完全沒有提到上次問我的蓋朵莉希呢，代表這個問題不重要嗎？」

觸摸信件以後，並未浮現發光文字。對於斐迪南沒有追問，我既安心又有些不安。

……嗯——感覺領地對抗戰上見到面後，他肯定會當面逼問。

「算啦，到時候再問清楚就好了吧？反正現在再怎麼思考，我也不可能知道斐迪南大人說的蓋朵莉希是指哪種意思嘛。他是想在知道我的蓋朵莉希以後，再採取什麼行動嗎？都要怪他的說明太不充分了。」

我「嗯、嗯」地這樣說服自己，寫下回信。用一般墨水寫成的內容，除了為萊蒂希雅的回禮道謝外，還預先聲明食譜的價格可是非常高昂，但也表示很期待與斐迪南討價還價。最後，我再用發光墨水在背面寫下：「明明還未舉行星結儀式，您卻答應了幫忙供給魔力，是有什麼企圖嗎？」

隔天的學科課再度順利過關。術科則是調合課，要製作易於灌注魔力的同步藥水。赫思爾將調合步驟投映在教室前方的白布上，呵呵笑著問道：「大家都知道這種藥水的用途是什麼吧？」

「這種藥水在取得奧伯的許可以後，比如在窺看罪犯的記憶時，可以用來讓雙方的魔力容易同步。」

由於被看過記憶，我也曾在斐迪南的要求下喝過這種藥水。既然曾用在自己身上，我當然知道用途。我信心滿滿地回答後，赫思爾臉上的表情卻非常難以言喻。

「……又出現特殊事例了呢。」

「特殊？……難不成還有其他用途嗎？」

我歪著頭提出疑惑後，不知為何周遭的學生們都顯得有些嚇到，「咦？」地朝我看來。他們的視線彷彿在說：「妳在說什麼？」、「怎麼可能不知道？」我整個人因此如坐針氈。赫思爾無奈地嘆口氣後，為我說明：

「這種藥水一般是用來讓成婚男女可以互相染色。像那種需要有奧伯許可才能使用的特殊情況，我們怎麼可能在共同科目的課堂上教給學生呢？」

……啊嗚。可是，斐迪南大人從沒告訴過我還有這種用途喔?!

她說因為這種藥水在將來是必需品，貴族院才會教導學生如何製作。而接受過斐迪南指導的我當然也知道做法，卻從不知道一般的用途。

……請別只教特殊情況，也該告訴我一般的用法啊，斐迪南大人這個大笨蛋！

我在心裡面對著斐迪南大發牢騷，同時動作迅速地開始調合。由於是下級貴族也會使用的藥水，調合本身十分簡單。

「調合成果是很完美沒錯，但羅潔梅茵大人真的在某些事情上微妙地缺乏常識呢。」

「這點請去向我的師父抱怨……對了，為什麼互相染色需要喝這種藥水呢？那是什麼時候要用？」

我在提交藥水時順便提出疑問，只見赫思爾罕見地露出了為難表情，扶住額頭說：「斐迪南大人實在是……」但由於其他人都還未完成調合，赫思爾一臉莫可奈何，只好回答我的問題。

「貴族出生時都會承襲到父母具有的魔力屬性，至少這點妳總該知道吧？」

「是的，另外再加上誕生季節的屬性吧？生來便擁有的屬性就叫作適性，然後可以透過洗禮儀式時的牌子確認有哪些適性。調合或施展魔法時若屬性當中有自己的適性，就會比較輕鬆……沒錯吧？」

我回想了至今學習過的內容，這麼回答後，赫思爾滿意頷首。

「沒錯。單純向另一個人灌注自己的魔力，不可能自然而然就能融合。對於自己以外的人的魔力，通常都會感到抗拒。但若是血緣相近的親族，抗拒反應就會比較小，那麼這些妳都知道嗎？」

以前討伐陀龍布時，斐迪南就曾經往我灌注他的魔力，記得當時我痛苦得不得了，後來才聽說他是利用魔力的抗拒反應讓傷口堵起來。除此之外，像漢娜蘿蕾所用的海之女神神具，就是她在觸碰父母變出的神具、灌注魔力以後，慢慢地自己也能變出來；但換我往神具灌注魔力時，她卻因為抗拒反應而發出慘呼。

「知道，因為我已經經歷過了。」我得意洋洋地點頭回道。瞬間赫思爾靜止不動，眨了好幾下眼睛後，喃喃地說：「經歷過了……？」是我說了什麼奇怪的話嗎？

「我看我還是別深入追問吧。總之，由於一般而言無法直接接受他人的魔力，所以為了能夠接受，就會使用有助於染色的藥水。而添加了這種藥水的飲品，通常會在進入房間前飲用。」

赫思爾還告訴我，未婚夫妻為了做好心理準備接受對方的魔力，訂婚時便會互相贈送帶有自己魔力的魔石，然後隨身攜帶，讓身體逐漸適應。她說訂婚時所贈的魔石與護身符等物品不同，會一點一點地釋出魔力。

「這樣子啊，我現在才知道……慢著，嗯？」

……等等？我該不會已經染上斐迪南大人的魔力了吧？

雖然赫思爾說了那是特殊的使用方式，但被窺看記憶的時候，斐迪南曾讓我喝下同步藥水。難不成就是因為這樣，明明我與戴爾克都是沒從父母那裡遺傳到魔力屬性的身蝕，卻只有我的魔力具有適性嗎？

……難道玩笑話成真了，我真的嫁不出去了?!從魔力層面來看?!

「那、那個，赫思爾老師，我想冒昧請教一下，這種藥水只會使用一次嗎？所以只要染上對方的魔力一次，就永遠都是這樣了？」

我驚慌失措地發問後，赫思爾露出傻眼表情。

「妳在說什麼啊？只是使用藥水稍微染上了對方的魔力，時間一久，魔力還是會慢慢變回自己的顏色喔。畢竟體內重新產生魔力的時候，還是自己原本的魔力。」

她說就算是夫妻，即使濃情蜜意時互相染色，讓彼此的魔力變得非常相近，但一旦過了蜜月期，對方的影響也會日漸變得薄弱。此外懷孕期間，為了讓孩子的魔力能與父親相近，最好是頻繁地往母親的身體灌注魔力。看來妻子懷孕期間最好不要再迎娶其他夫人，就是基於這個理由吧。

「原來是這樣啊。看來一段時間過後就不用擔心，那我便放心了。對了，那喝下藥水以後，又要怎麼灌注魔力呢？」

我沒有多想地隨口發問後，卻見赫思爾整張臉垮了下來。她按著太陽穴，深深嘆一口氣。

「……羅潔梅茵大人，這些問題請妳回領後再問艾薇拉大人或芙蘿洛翠亞大人吧。由於妳外表年幼，大家容易忽略這方面的事情，但以妳的年紀也是時候該了解了。」

……啊，原來跟性教育有關啊。對喔，剛才還提到在進入房間之前。我還以為是指貴族間特有的儀式或某種互動，原來是指這回事啊。

我立刻心領神會，但這些問題顯然不適合站在教室前面大大方方地發問。因為這時我才發現，教室裡的所有人都顯得相當侷促，表情難以形容地複雜。好像還有學生已經調合好了藥水，卻遲遲無法上前來提交，僵在原地不知所措。

……對、對不起喔，我以後會注意。

我馬上從赫思爾面前退開，回到自己的位置上，卻發現周遭的氣氛也非常尷尬。

「羅潔梅茵，妳說妳已經經歷過了是怎麼一回事？對象到底是誰？」

「啊，是漢娜蘿蕾大人喔。」

「漢娜蘿蕾大人嗎?!」

四周一陣譁然，似乎對我的答案始料未及，然後紛紛往漢娜蘿蕾投去目光。漢娜蘿蕾則在注視下嚇得一震，惶恐不安地看向我。

「羅潔梅茵大人，這我怎麼一點印象也沒有呢……」

「去年與戴肯弗爾格研究儀式的時候，我們兩人不是一起討論過，要如何才能繼承神具嗎？那時漢娜蘿蕾大人變出神具以後，我灌注了自己的魔力吧？結果就與漢娜蘿蕾大人的魔力互相排斥……」

我說明了對魔力感到抗拒時的情況後，漢娜蘿蕾也露出了然神情。

「啊，原來您是指那時候啊。羅潔梅茵大人灌注的魔力並不多，我也只是嚇了一跳而已，所以對我完全沒有影響喔。如同赫思爾老師方才所說，他人魔力帶來的影響很快便會消失的，請您放心吧。」

漢娜蘿蕾微笑說完，只見周遭眾人異口同聲地道：「什麼啊……」然後吁了口氣。既像是感到安心，又像覺得無趣。

「羅潔梅茵，妳那種說法太容易引來誤會了。別人聽了，大概會以為妳是喝了那個藥水以後曾染上我的魔力吧。」

聽韋菲利特這麼說，我才恍然明白原來旁人聽了，會以為是我曾經染上韋菲利特的魔力，趕緊動起腦筋思索。畢竟我們已經確定要解除婚約，萬一這樣的誤會流傳開來，對我和韋菲利特都會造成困擾。

……可是，為什麼韋菲利特哥哥大人都不擔心自己呢?!養父大人要窺看他記憶的時候，他也喝過了吧?!

想到這裡我才驚覺，沒錯，艾倫菲斯特領內，曾有許多人都不得不喝下這種藥水，並不只有我與韋菲利特喝過而已。

「……韋菲利特哥哥大人，對於我差點害您被旁人誤會，這點我深感抱歉。可是，這是因為我身邊有好幾個人都喝過這種藥水啊，所以我當然會擔心飲用過後會不會對魔力造成影響。」

「好幾個人嗎？」

「是的。雖然不能說出那兩個字，但從去年冬天到今年春天，不是有好幾個孩子都喝過這種藥水嗎？即便是為了證明他們的清白，但要是對將來有影響就不好了吧？」

我努力擠出這個理由後，韋菲利特陷入沉思：「經妳這麼一說，確實有好幾個人喝過。」

「而且雖說是工作，但不得不讓魔力盡量與罪犯同步的騎士們，負擔也很大吧。」

當時一臉厭惡的應該都是上級騎士。儘管在使用察看記憶的魔導具時，只要向對方灌注自己的魔力就好，但這想必也不是一件愉快的事情。

「羅潔梅茵，這妳不用擔心。這種藥水的效果不會持續太久，最多也就一個月，影響便會徹底消失。」

「這樣啊，那我就不用擔心大家的魔力了呢。」

……所以大約一個月就沒影響了嗎？什麼啊，害我白擔心一場。

本來我還心慌意亂，擔心自己會不會已經染上斐迪南的魔力，看來是不至於造成影響。原本我也擔心馬提亞斯他們會不會染上了負責審問的騎士們的魔力，但看來同樣沒有問題，那真是太好了。

雖然把氣氛搞得有些尷尬，但調合課結束後的隔天，上午一樣是學科課，下午則改為領主候補生課程。今年我的位置同樣備有腳凳，旁邊是漢娜蘿蕾。

「漢娜蘿蕾大人，今年也請多多指教了。」

「真高興位置在羅潔梅茵大人旁邊呢，因為可以得到不少建言。」

我們「呵呵」地對著彼此微笑時，艾格蘭緹娜以教師的身分走進教室。

……嗯？

不管是跳舞般優雅的步伐、精緻盤起的金髮，還是始終帶著恬靜笑意的橙色眼眸，明明這些都與記憶中毫無二致，但艾格蘭緹娜看起來就是不太一樣了，感覺比以前還要漂亮許多。或許是由內而外散發出來的光彩更動人了，又或許是看起來比以往更放鬆自在，總之雖然很難用言語來形容，但整個人就是容光煥發，讓人忍不住看得目不轉睛。

「大家好久不見了，接下來我先請人把模型搬進來。」

助手們一一把模型搬到眾人桌上，當然我眼前的桌子也有。鋪滿白沙的箱子裡放有模擬了基礎魔法的魔導具，這是領地的模型。

發完箱子以後，助手們便離開教室，艾格蘭緹娜再指示大家為模型染上魔力。去年有學生在課堂上花了不少時間才染好魔力，因此這時用有些厭煩的語氣問道：

「又要重新染上魔力才行嗎？」

「是呀。因為大家總不可能持續為箱子供給一整年的魔力，所以每年都得重新染上魔力才行喔。」

比起長時間維持，確實是重染一次更不耗魔力。儘管我能理解，但對於魔力勉強能夠成為領主候補生的學生來說，要一再重染似乎相當吃力。艾格蘭緹娜看著一臉憂鬱地注視模型的學生。

「如果要為這種大小的魔導具染上魔力都感到遲疑，就更不可能成為奧伯喔。因為真正的基礎不可能這麼小，況且成為奧伯以後，還得為基礎染上魔力並常年維持，這些都更耗時耗力。」

艾格蘭緹娜指著箱子微笑道。領主候補生的目標就是成為領主，那麼這麼小的模型應該可以輕易染上魔力才對——這麼說確實沒有錯。可是，在魔力不足的落敗領地與小領地裡，為了有足夠的人數為基礎供給魔力，有的領主一族即使魔力已低到最好降為上級貴族，還是會保留其身分，而這項作業對這樣的人來說十分辛苦。

「那麼開始吧。」

艾格蘭緹娜下達指示後，我便變出思達普，觸碰箱子裡的基礎魔法灌注魔力。魔導具很快變了顏色，接著魔力開始溢出，白沙慢慢變作黑土，接連冒出綠色嫩芽。

「羅潔梅茵大人的速度還是這麼快呢。那麼等模型染上了妳的魔力，今年就來製作其他領主一族供給魔力用的供給室與登記魔石吧。」

「是。」

供給室的登記魔石只有領主可以製作，並且規定只有七個人能夠進入供給室。

因為供給室內有著最高神祇與五柱大神符號的地方只有七處，供給魔力時又必須待在符號上，所以超過七人便進不去。

但如果只要製作登記魔石，當然想做多少都可以。我聽說多雷凡赫的領主收養了許多子女，有不少領主一族都已成年。茶會上阿道芬妮也曾說過：「未成年者並不會頻繁地供給魔力，但至少都已完成登記。」

……真羨慕他們有那麼多領主候補生。

「羅潔梅茵大人，您怎麼了嗎？臉色十分凝重呢……」

「沒什麼，我只是在想有哪些人可以為基礎供給魔力，然後很羨慕多雷凡赫的領主一族有那麼多人。因為像艾倫菲斯特扣掉未成年的領主一族後，就只有三個人……」

聞言，漢娜蘿蕾微微沉下小臉。

「那還真是辛苦呢……因為在戴肯弗爾格，我的祖父大人與祖母大人都還健在，也有叔父大人他們。再把父親大人的第二夫人與第三夫人也算在內，光是已成年的領主一族便輕輕鬆鬆超過了七個人。」

再加上現在連哥哥大人也成年了──漢娜蘿蕾喃喃說道。接著她更表示第二夫人的孩子明年也會進入貴族院就讀，未成年的領主候補生還有好幾個。

「人才這麼充沛，真是讓我太羨慕了。」

「不過，如果這樣的人數也讓中領地艾倫菲斯特感到吃力，那亞倫斯伯罕的情況真的很嚴重呢。」

漢娜蘿蕾這麼說完，我才恍然驚覺。如今亞倫斯伯罕領內，能為基礎供給魔力的成年人就只有喬琪娜與剛成年的蒂緹琳朵。然後未成年的領主候補生，也只有尚未進入貴族院就讀的萊蒂希雅。

……雖然我現在還是覺得，那樣使喚斐迪南大人真是太過分了！但好像也完全可以明白她們想找人幫忙的心情。

就在我快要發出「唔唔……」沉吟的時候，感覺到自己的魔力已完全遍布了整個箱子。那是一種本來一直往外流出的魔力一瞬間被推了回來的感覺。

「艾格蘭緹娜大人，我完成了。」

「那來建造供給室吧，魔石準備好了嗎？」

「是的，而且我也已經讓魔力達到飽和，接下來便能做成金粉。畫設計圖用的魔紙用這個可以嗎？」

由於斐迪南為我預習過，我已經知道要做什麼了。我拿出課程指定要準備的道具，一一確認步驟。

「嗯，沒問題喔。那請照著這個魔法陣，用思達普變成的筆畫下來。」

於是我把帶來的魔石變成金粉，再緊盯著建造供給室所需的魔法陣。這個魔法陣包含了所有神祇的符號，極其複雜又難畫。

……能不能直接複製呢？

我用指尖輕點紙面，試著設定起點和終點，但體內的魔力完全沒動靜，看樣子是不行。好不容易開發出了複製貼上魔法，結果使用範圍卻十分有限，太可惜了。我只好死了心，將思達普變成筆後，往魔紙畫起魔法陣。

……呿，虧我想偷懶一下呢。

就在我畫好魔法陣時，漢娜蘿蕾也為箱子染好了魔力，開始努力製作金粉。只見她用力握緊魔石，灌注魔力。

「羅潔梅茵大人，您這麼快就畫好魔法陣了嗎？」

「並沒有很快喔，我花了不少時間，畫完也很累呢。」

「但我覺得您畫得又快又漂亮呢……」

漢娜蘿蕾說著，探頭看向我畫好的魔法陣。我也跟著低頭看去，但並不怎麼覺得漂亮。而且稍微離遠一點看後，還發現有幾個符號畫歪了。

「是嗎？斐迪南大人倒是常常嫌棄我畫得太慢，還說我畫的符號大小都不一樣，非常欠缺美感喔。就連這個魔法陣能不能達到他的合格標準也不好說。」

他說施展複雜的高難度魔法時，魔法陣上的符號只要稍微有些畫歪，效果就會大打折扣。而且因為是用思達普變成的筆去描繪，直到斐迪南滿意為止，我常常被迫重畫。

「比我的母親大人還嚴格呢。」

漢娜蘿蕾有些吃驚地說道。看來戴肯弗爾格的第一夫人也很嚴厲，我忍不住輕聲笑了起來。

「漢娜蘿蕾大人，斐迪南大人的指導雖然嚴厲，但接受過幾次以後，慢慢就能掌握到他的合格標準落在哪裡喔。只要能找出對方的標準，就可以把目標定在合格邊緣，之後甚至可以加快速度。不如您也試著找出令堂心目中的合格標準吧。」

但若超過合格標準太多，對方就會提高標準，所以千萬要小心喔——我這樣提供了建議後，漢娜蘿蕾愣了好一會兒，然後輕嘆口氣。

「……就算指導非常嚴厲，感覺羅潔梅茵大人還是遊刃有餘呢。」

……咦？並沒有喔？為了趕快看到下一本書，我可是每一次都全力以赴。現在的我更是連悠哉看書的時間也沒有，但難道別人都覺得我遊刃有餘嗎？

「羅潔梅茵大人，準備好了的話請建造供給室吧。」

「是。」

我照著施展因特維庫命的訣竅，製作了供給用魔導具，然後連接上基礎魔法。供給用的魔石則做了七個，由於預習時已有過製作的經驗，應該沒有任何失誤。

……大概就這樣吧？

我提交後，艾格蘭緹娜睜大眼睛說道：「真是了不起呢。」似乎是速度與成品都出乎她的預料。儘管這都多虧了斐迪南，但我也覺得恐怕就是因為自己預習過了、看起來像是遊刃有餘，奉獻儀式這一類的麻煩才會落到自己頭上來。

「接下來要教妳製作領民的登記證，以及如何進行登記與銷毀。但今天已經沒有時間了，所以下次再說吧。」

聽完艾格蘭緹娜的說明，我的心情有些陰鬱。登記證的銷毀就是指那個吧，也就是斐迪南在哈塞進行過的處刑。若想處決像前任基貝．格拉罕這樣的逃亡罪犯，這件事情非學不可，但實在讓人心情好不起來。

……而且可能會回想起哈塞處刑時的畫面，讓人覺得很不舒服！

課堂上只會拿魔石當作領民，以魔石裡的魔力對牌子進行登記，然後連同魔石銷毀登記證。如果未曾看過哈塞處刑時的畫面，我大概什麼感覺也不會有，可以順利地上完這門課吧。

但是，魔石崩毀的模樣，會讓我想起那一天處死村民的情景。那種感覺很不舒服，心情也會消沉好一陣子。

……沒事的。只是魔石而已，不怕、不怕。

告知下課的鐘聲響起後，大家便火速收拾好隨身物品，魚貫離開教室。就在這時，艾格蘭緹娜笑吟吟地叫住我。

「羅潔梅茵大人，能請妳留下來嗎？我想跟妳說幾句話。」

「是，艾格蘭緹娜老師。」

韋菲利特擔心地頻頻回過頭來，與漢娜蘿蕾一同走出教室。我向兩人輕輕揮手，留在原地。等到所有人都離開教室，助手們也收走箱子後，教室裡便只剩下我與艾格蘭緹娜。

「艾格蘭緹娜老師，您想和我說什麼呢？」

「妳不是說過，奉獻儀式上也許會有突發狀況嗎？究竟會發生什麼事情呢？可以麻煩妳盡量詳細說明嗎？」

我們的對話就和上次透過奧多南茲的通訊一樣，我如實回答了自己從一開始就抱有的答案：「我也無法預料會發生什麼事情。」

「意思是妳無法預料，但又確定會發生什麼事情嗎？」

「是的。因為為了取得古得里斯海得，祈禱是必須的吧？向眾神祈禱以後，會出現光柱，然後要去祠堂獻上祈禱……」

我說完這些後，艾格蘭緹娜點一點頭。地下書庫裡的白色石板上也寫道，必須前往貴族院內的各個祠堂獻上祈禱。

「既然最奧之間是讓人獻上祈禱用的禮拜堂，我才會猜想若在那裡舉行奉獻儀式、大家一起獻上祈禱，可能會發生某些事情，但我也預想不到會是什麼事。」

「可是，去年也舉行了奉獻儀式，當時並沒有任何異樣吧？」

艾格蘭緹娜疑惑地側過臉龐。當時雖然出現了紅色光柱，但這在貴族院內已是司空見慣的景象。我也希望突發狀況會是類似的規模，然後奉獻儀式就順利結束。

「但去年因為中央神殿拒絕提供協助，我們無法使用祭壇上的神具，所以大家是圍繞著我用思達普變出的聖杯。也因此魔力並未流往祭壇，只是儲存在聖杯當中。然而，今年不僅有中央神殿的協助，還會向著祭壇祈禱吧？」

況且那時候我也還沒去過祠堂，半空中也沒有浮現巨大的魔法陣。就各方面而言，今年與去年的情況可說是大不相同。

「既然我在星結儀式上使用了神具後曾發生不可思議的現象，那麼若對著祭壇獻上祈禱，說不定也會發生奇異的現象。我只是在想，也許王族需要先做好心理準備，才會提前知會。」

我告訴艾格蘭緹娜，亞納索塔瓊斯曾對我說：「至少在遇到突發狀況之前，能先做好心理準備。因為有妳在，不可能什麼事也沒發生。」她聽了發出咯咯輕笑。

「那麼我也向君騰報告一聲，大家一起做好心理準備吧。此外，今年庫拉森博克有一年級的領主候補生進入貴族院就讀。由於珍希安娜大人尚未開始壓縮魔力，所以預計讓她參加中級貴族的奉獻儀式。這場儀式是由韋菲利特大人負責主持的吧？」

「是的。因為若三場奉獻儀式都由我來主持，會對我造成負擔，哥哥大人便提議一人負責一場。」

我微笑說完，艾格蘭緹娜也微微一笑。

「看得出來羅潔梅茵大人的兩名近侍都非常重視主人呢。整場會議期間，兩人開口閉口都是不能對羅潔梅茵大人造成負擔。」

艾格蘭緹娜打趣似地看著我。接著她跟我說，其實她本想在儀式舉行之前邀請我與珍希安娜舉辦茶會，還說想請我庇護珍希安娜。但庇護與共同研究是兩回事吧，難道是我的認知與常人不一樣嗎？

……若是要我告訴她有關奉獻儀式的事情，那我當然可以一口答應，但居然要排名第八的艾倫菲斯特庇護排名第一的庫拉森博克嗎？一般是反過來吧？

「等我明年成為王族，身分變得比珍希安娜大人要高後，那我當然可以庇護她，但今年恐怕還沒辦法喔。」

「哎呀，羅潔梅茵大人。妳不必想得那麼複雜，只要邀請她參加茶會或是接受她的邀請，與她保有友好往來便足夠了。」

「如果只是這樣的話……」

如果只要一起舉辦茶會就好，那應該沒什麼問題吧。只是得克難地擠出時間。

……那我還有時間研究圖書館的魔導具嗎？這是我最想做的事情呢。嗯……

「謝謝妳爽快答應。羅潔梅茵大人，希望這次的共同研究合作愉快。」

這次換我歪過腦袋瓜，因為聽到她這麼說，我完全不知該作何反應。畢竟這是艾倫菲斯特與庫拉森博克的共同研究，並不會與艾格蘭緹娜一起進行研究。況且以我個人來看，感覺我們只是在為庫拉森博克提供協助。

「雖然您說希望共同研究能合作愉快，但庫拉森博克究竟打算研究什麼呢？」

「咦？」

「對此我什麼都沒有聽說，而且對於奉獻儀式，艾倫菲斯特也沒有特別要研究的事情。這次只是因為王族與上位領地要求我們提供協助，才會舉行儀式罷了。請問庫拉森博克的珍希安娜大人究竟要進行什麼研究呢？」

看到艾格蘭緹娜驚訝地捂著嘴角，我只覺得不可思議。明明就連研究主題也沒有決定好，協商時也只討論了奉獻儀式要做哪些準備，現在卻對我說希望共同研究可以合作愉快，我實在是不知該如何回應。

「去年我才聽說共同研究是學生要自己決定的事情，不必向奧伯徵得許可。可是，這次與庫拉森博克的共同研究，卻是在奧伯的要求下開始進行，又因為有艾格蘭緹娜大人的促成而拍板定案，不管是討論抑或談話，都從未有學生在場。」

艾格蘭緹娜大夢初醒般地看著我。但是，學生真的從頭到尾從未介入過。所以我除了在交流會上打過招呼的珍希安娜以外，對庫拉森博克的其他學生一點印象也沒有。

「而這次不僅沒有問過我們的意見便決定好日期與順序，甚至就連研究主題也沒有定下，那麼這樣的共同研究，究竟想要我們研究什麼事情呢？」

為了增加學生能取得的加護、為了讓儀式廣為人知、為了王族能取得大量魔力——基於這些理由，要我們為奉獻儀式提供協助是無所謂，但若要把這稱作是共同研究，我只會感到難以理解。

「既然好處多多，那麼奉獻儀式的舉行當然是件好事。我也希望庫拉森博克可以全心投入，所以今年會遵從上位領地的要求。但是，等我成為國王的養女，我便會中止這項共同研究，因為這對艾倫菲斯特來說幾乎沒有好處可言。坦白說，貴族院的前半段時間學生都得忙於課業，卻要我們犧牲假日舉行奉獻儀式，只會造成莫大的困擾。」

既然艾格蘭緹娜曾插手干涉，那麼到時候便換我插手，中止共同研究。因為這明明不是艾倫菲斯特該做的事情，而且只會給韋菲利特與夏綠蒂造成負擔，還會連累到努力想取得優秀成績的學生們。

「但對王族有所貢獻，這對艾倫菲斯特來說難道不算好處嗎？」

艾格蘭緹娜表示，只要在庫拉森博克的提攜下一起舉行奉獻儀式，便能對王族有所貢獻。做為獲勝領地，艾倫菲斯特確實是該有所表現吧。但是，這不代表非得與庫拉森博克一起進行不可，況且我成為王族一事，應該也算是貢獻之一，所以沒有必要再給艾倫菲斯特造成更多的負擔。

「羅潔梅茵大人，若沒有艾倫菲斯特的協助，奉獻儀式將無法舉行。因為沒有人能主持儀式。若當真為你們造成了如此大的困擾，應該早點告訴我們才對呀……」

這可真傷腦筋──艾格蘭緹娜手托著臉頰說道。我則是筆直地注視她，搖搖頭說：

「我在剛入冬接到這個消息時，這件事早已拍板定案，從未有人問過我們的意見，所以我也沒能及時反應。因為艾格蘭緹娜大人介入以後，這便等同是王族的命令，艾倫菲斯特無法拒絕。」

從王族介入的那一刻起，這對艾倫菲斯特來說，就不再只是單純的學生共同研究。一般也沒有學生的共同研究是由兩領領主在談話後決定的。既然這種情況是特例，我才不打算持續下去。

「倘若庫拉森博克明年也有意繼續舉行儀式，那麼可以趁著今年好好研究，讓學生們能夠自行舉行奉獻儀式。對了，不如這就當作是今年的研究主題吧？」

不僅韋菲利特與夏綠蒂能夠自己主持儀式，我也聽說麥西歐爾與青衣見習生們前往參加收穫祭時，主持的表現都非常優秀。既然還有一年的準備時間，只要有心肯定辦得到吧。我與艾格蘭緹娜分享，領內的青衣見習生們從春天到秋天這段時間有多麼努力後，她露出了不知該說什麼的表情。

「只要有半年的時間願意認真學習，就一定有辦法自行舉行儀式。艾格蘭緹娜大人，還請您這樣向奧伯．庫拉森博克轉達。」

# 貴族院的奉獻儀式

與艾格蘭緹娜談完話後的隔天，我再度在課堂上取得了合格成績，回到宿舍以後，便見布倫希爾德快步朝我走來。原來是庫拉森博克提出了請求，希望能在奉獻儀式舉行之前，商討有關共同研究一事。但今天已是實之日，換言之明天就要舉行奉獻儀式了，接下來直到儀式之前，根本沒有時間可以談話。

「這該怎麼辦才好呢？雖然對方指定了要在儀式舉行之前，但我現在只有明天早上能抽出時間。而且還只能趁著中央神殿的神官們在做準備的時候，稍微碰個面或說幾句話，但這樣不會太失禮嗎？」

收到庫拉森博克的要求後，我也找了韋菲利特與夏綠蒂，詢問兩人的意見。兩人同樣面露難色。

「既然後面還有兩場奉獻儀式，並不是非得在第一場儀式前就碰面不可吧。不過，艾倫菲斯特的儀式代表是妳，對方想要談話的對象多半也是妳吧。」

畢竟有許多事情最好在儀式開始前就先講好，比如面對前來參加奉獻儀式的學生們該如何說明、哪些事情要由庫拉森博克負責等等。

「但我們之前參加交流會時，妳的近侍不是曾被找去談話嗎？那時候應該都已經談好了吧？」

「當時只討論了儀式流程喔。況且沒有半個學生在場，那樣根本不算是共同研究的討論。如果兩領的學生從沒碰過面，這算哪門子的共同研究嘛。不過，我確實想在儀式舉行前先見面認識一下呢。因為我除了在交流會上與珍希安娜大人打過招呼，完全不認識庫拉森博克的其他學生。」

韋菲利特與夏綠蒂似乎也不認識庫拉森博克的其他學生。

「珍希安娜大人要參加的那場儀式，會由韋菲利特哥哥大人負責主持喔。兩位不先見一面沒關係嗎？」

「嗯？妳這麼一說，我確實也想在儀式舉行前先碰一次面……所以是下週嗎？但要空出時間恐怕不容易。」

今年的奉獻儀式，與庫拉森博克接觸時間最長的將是韋菲利特。既然我已經以身體狀況不佳為由，請韋菲利特與夏綠蒂也幫忙主持儀式，就不能厚著臉皮跑到現場去。

「姊姊大人、哥哥大人，就算只有明天早上有時間，是不是也該安排一下會面呢？要不然，或許會有人說明明庫拉森博克都提出了要求，艾倫菲斯特卻連時間也不願意安排。即便只有明天早上這麼匆促的時間，最好還是表現出艾倫菲斯特願意配合的樣子，這樣會比較妥當。至於這麼臨時的邀請是否要拒絕，就交給對方去決定吧。」

夏綠蒂表示從社交層面來看，最好還是安排一下會面的時間。

「有道理。如果他們拒絕說太臨時了，便把會面重新安排在下週就好了。那要是庫拉森博克接受了，明天我也一起過去吧。畢竟今年該由我與他們接觸，妳還有很多準備工作要忙吧？應該沒時間應付庫拉森博克。」

韋菲利特說完，夏綠蒂也點頭道：「珍希安娜大人是女性，那我也一起去吧。」

於是兩人決定，明天陪我一起去大禮堂。但只是要先與庫拉森博克的人碰面而已，畢竟若是一連參加好幾場奉獻儀式，會對魔力造成負擔。這真是幫了我大忙。

「那麼我就告訴對方，明早用完早餐後直到第三鐘響為止，我們可以先在大禮堂碰面，之後再舉辦茶會討論細節。布倫希爾德，麻煩妳這麼回覆了。」

「遵命……我們走吧。」

布倫希爾德這麼呼喚後，不只貝兒朵黛與谷麗媞亞，麥西歐爾的見習侍從也跟著她一起移動。看得出大家正在接受指導。

然後，在我們討論著與庫拉森博克的會面一事時，夏綠蒂倏地抬起頭來。

「對了，在姊姊大人回來前不久，我收到了艾倫菲斯特送來的木板。聽說明天各有一名麥西歐爾的侍從與文官會來參加奉獻儀式。」

「咦？」

「好像是麥西歐爾提出了請求，說他想在神殿舉行奉獻儀式前，先讓近侍有過親身體驗，而父親大人也准許了。聽說他們會穿青衣過來，混在姊姊大人的護衛騎士裡。」

雖然無法讓城堡裡的護衛與所有近侍都來貴族院，但聽說麥西歐爾派了兩名有望重新取得加護的年輕人。

「麥西歐爾也對學生近侍們下了命令喔。他說你們要好好參加貴族院的奉獻儀式，並且在領內的奉獻儀式開始前修完貴族院的課，與姊姊大人一同返回領地。」

聽完夏綠蒂的傳話後，麥西歐爾的近侍們也回道：「麥西歐爾大人早在之前就吩咐過了，所以我們會努力盡快修完課。」實在是太可靠了。

到了奉獻儀式當天，用完早餐後，我便沐浴淨身、換上神殿長的儀式服。儘管這套衣服我在貴族院只穿過幾次，莉瑟蕾塔的動作卻非常熟練。貝兒朵黛則是全神貫注地觀察著莉瑟蕾塔的手部動作，努力記下來。

「羅潔梅茵，麥西歐爾的近侍們抵達貴族院了。」

「那如果大家都準備好了，我們就前往大禮堂吧。」

我對穿著青衣的眾人說道。除了神官長哈特姆特，我已成年的護衛騎士們、麥西歐爾的近侍們，還有韋菲利特與夏綠蒂都穿著青衣，人數眾多。由於等一下要與庫拉森博克的人談話，韋菲利特與夏綠蒂還帶著近侍，但他們則是一般衣著。

隨後，我與身穿青衣的大家浩浩蕩蕩地前往大禮堂。一路上，我順便向從領地過來的麥西歐爾近侍們問起城堡兒童室的近況。聽起來兒童室在麥西歐爾的帶領下一切有條不紊，我也分享了麥西歐爾的學生近侍們在貴族院裡的情況。

「通過考試以後，每當有了空閒時間，柯尼留斯與萊歐諾蕾就會教導見習騎士們如何分辨毒物以及如何因應，也會帶著他們進行訓練。哈特姆特與達穆爾則會教導見習文官們如何處理神殿的公務及文書工作，已修完課的布倫希爾德則會帶著見習侍從到處走動。不過，這些都只會持續到他們回領舉行奉獻儀式為止。」

在那之後，已成年的近侍們便沒有了可以待在貴族院的理由。由於所剩時間有限，聽說對學生近侍們的指導會非常密集緊湊。

一進入大禮堂，便可看到披著黑色披風的一群人與青衣神官們正忙碌地進行準備。那些青衣神官是中央神殿的人吧。

這次錫爾布蘭德似乎也自願攬下了打開最奧之間的工作，正與中央騎士團的人站在一起。多半是注意到了走進大禮堂的我們一行人，他露出燦爛微笑。

「羅潔梅茵，妳來得真早。」

「哎呀，難道不是錫爾布蘭德王子更早嗎？明明您不參加今天的儀式，卻還為了開門特意過來一趟吧？王族也真是辛苦。」

我們互道寒暄的時候，庫拉森博克一行人也到了。珍希安娜先是向錫爾布蘭德問好，接著再轉向我。

「羅潔梅茵大人，感謝您配合了我們如此臨時的要求。」

「珍希安娜大人，雖然順序本不該是如此，但請容我先介紹還有要事在身的人。他們雖然身穿青衣，但其實都是領主候補生的近侍，會幫忙處理神殿公務。在之後要舉行的中級與下級貴族奉獻儀式上，您應該還會再見到他們。」

我火速先介紹了哈特姆特他們。因為護衛騎士們雖會留在我身邊，但身為神官長的哈特姆特與麥西歐爾的近侍們，必須與中央神殿的青衣神官們一起準備儀式。

「接下來他們將與中央神殿的人一起準備儀式並做最後確認，請問庫拉森博克是否也要派人同行呢？」

珍希安娜轉頭瞥向身旁的女性後，旋即有好幾個人跟著哈特姆特一同走向祭壇。目送他們走遠後，我再向珍希安娜介紹韋菲利特與夏綠蒂。

「他們兩人將分別主持中級與下級貴族的奉獻儀式，今天是過來與您打個照面，之後大家再找時間慢慢討論吧。請問庫拉森博克已決定好要做什麼研究了嗎？」

「庫拉森博克領內似乎有些古籍與儀式有關，我打算透過今年的奉獻儀式，學習如何舉行儀式後，進而重現古老儀式，不知您覺得這是否可行呢？」

珍希安娜似乎與戴肯弗爾格一樣，認為若能以正確的方式重現領內自古流傳的儀式，不僅能對領地帶來助益，貴族們也會比較願意實行吧。

「您的著眼點相當不錯呢，有機會真想拜讀那些古籍上的儀式記載。」

聽到古籍這兩個字，我腦海中的雷達立刻嗶嗶一動。好想親眼瞧一瞧、翻開看一看喔——我正這麼心想時，珍希安娜露出了感覺軟呼呼的開心笑容。

「古籍本身由於太過老舊，沒辦法帶出來，但我打算根據手抄本重現古老儀式喔。到時我會帶著手抄本去參加討論，正想請羅潔梅茵大人過目呢。」

……珍希安娜大人根本是好孩子嘛？簡直是超級好孩子！

「艾倫菲斯特也曾在領內正確地重現古老儀式，儀式效果可說是非常驚人喔。或許可以把古老儀式的重現當作是兩領共通的研究，而成功重現了哪個儀式則當作是各自的研究，這樣共同研究的雛型便出來了吧。」

如果把在哈爾登查爾舉行過的喚春儀式當作是艾倫菲斯特的研究材料，想必不用多久時間就能整理出一份研究成果吧。我這麼暗忖時，韋菲利特與夏綠蒂也點點頭。

「如果要以此做為研究主題，正好哈爾登查爾是很好的例子呢。姊姊大人，關於儀式的重現我聽基貝們提起過，所以可以幫上忙唷。」

「不愧是夏綠蒂，太可靠了。」

我們打過照面後，再稍微討論了一下研究方向，沒過多久儀式似乎便已準備就緒。中央神殿的青衣神官們從最奧之間裡走了出來，哈特姆特走在最前頭，筆直地往我這邊大步行進。

「羅潔梅茵大人，準備已經就緒。」

「哈特姆特，謝謝你。你應該也向大家說明過了吧？」

畢竟除了麥西歐爾的近侍們，庫拉森博克的學生們也在旁邊觀摩了準備工作，負責說明的哈特姆特想必十分辛苦。我開口慰勞後，哈特姆特微微一笑，接著看向伊馬內利說：「中央神殿的青衣神官主張，他們必須在旁觀看儀式，因此想請問您的決斷。」

為了今天的奉獻儀式，伊馬內利似乎還從中央神殿把神具聖杯帶了過來，所以希望能一起參加儀式。伊馬內利不斷強調神具的重要性，認為他們必須在場看著聖杯，並且主張他們都負責準備了儀式，理應有權利參加。但是，我還是搖頭拒絕。

「先前參加領主會議的奉獻儀式時，中央神殿的青衣神官們便曾經暈倒，而今天出席儀式的又都是領主候補生與上級貴族，所以還是請你們迴避吧。為了確保大家的安全，不參加儀式的人即便是王族或護衛騎士，都不得進入禮拜堂。如果你無論如何都想親自在旁監督，還請等到下級貴族的奉獻儀式，再帶著中央神殿的聖杯入內。」

如果是未成年下級貴族的奉獻儀式，中央神殿的青衣神官應該不至於無法自行停止釋出魔力，害自己失去意識吧。聽完我所說，伊馬內利不情不願地抱著中央神殿的聖杯離開了。

接著，我在韋菲利特、夏綠蒂與珍希安娜的陪同下進入最奧之間，逐一檢查祭壇上的供品、神像與神具，以及紅色地毯有無確實鋪好等，庫拉森博克的學生們則在旁邊努力做筆記。檢查完畢後，我再告訴錫爾布蘭德準備已經就緒，請他聯絡王族。

就這樣，貴族院的奉獻儀式即將開始。

「珍希安娜大人，關於實際的儀式流程，請您再問今天的參加者吧。在其他參加者陸續抵達之前，還是趁現在先返回宿舍比較好。」

要是在這裡逗留太久，可能會錯失離開的機會。珍希安娜向我道謝後便離開了，緊接著韋菲利特與夏綠蒂也先返回宿舍。

「今天給艾倫菲斯特與庫拉森博克造成負擔了，但有勞各位幫忙。」

「能為君騰效勞是我們的榮幸。看來參加奉獻儀式的成員與去年一樣呢。」

和去年一樣，我先讓王族進入最奧之間，接著變出風盾進行檢驗，讓領主候補生與上級貴族一一入內。大概是知道今年會有風盾，心虛的人似乎打從一開始就決定不參加，所以報名參加的人沒有半個人被風盾彈開，全部順利地進入最奧之間。

還有幾個領地為採集場所的復原方法向我道謝，有的則是詢問若想在畢業時取得更多加護，平常應該如何祈禱會更有效率。光是看到已經有領地對儀式抱持著正面且積極的態度，就讓我有些高興。

「最有效率的方法就是為他人祈禱，而不是為自己喔。妳可以找個重視的人，互相為對方祈禱如何？」

「羅潔梅茵大人，您有位會贈送此等精美髮飾的未婚夫，才能說得這麼簡單，但對於還沒有未婚夫的我來說，恐怕有些困難呢。」

眼見對方回話時一臉消沉，我忍不住在心底道歉：「不——！真是對不起！」

「那個，不一定要是未婚夫，家人或是親朋好友也可以喔。另外雖然沒辦法互相祈禱，但獻上祈禱的對象不是人也沒關係，像領主一族都會為領地獻上祈禱。」

「朋友……嗎？謝謝您。」

女學生似乎重新振作起來，在麥西歐爾近侍的帶領下就定位。

去年大家是以聖杯為中心排成圓圈，今年則是面向祭壇，由王族排在最前面，接著是領主候補生與上級貴族。雖然參加者都是自願報名的人，但因為與去年不同，不單只有文官，還有騎士與侍從，因此人數相當眾多。

所有人都進來後，大門重新關上，儀式隨之開始。哈特姆特講了些開場白，再指示眾人跪下，然後搖響手中的鈴鐺。

「神殿長入場。」

配合這聲宣告，我在護衛騎士們的包圍下邁步移動。

……艾倫菲斯特的奉獻儀式也不是在禮拜堂內，而是在貴族區域裡的儀式廳舉行，像這樣面對著放有神像的祭壇舉行奉獻儀式，說不定還是頭一次呢。

我在跪地排開的眾人之間筆直前進，然後越過王族，站到最前方。為了不讓陪著我站在最前面的護衛騎士們負擔太大，我已經事先提供了灌有魔力的魔石。

接著我環顧左右，與哈特姆特眼神交會後點一點頭。於是他放下鈴鐺，站到我身旁跪下來。我也同樣跪下，將掌心平放在紅色地毯上。

「創世諸神，吾等在此敬獻祈禱與感謝。」

大概是聽去年參加過的學生，或是領主會議時參加過的大人們描述過，大家毫不猶豫地跟著複述禱詞，儀式開始得非常順利。緊接著，魔力開始流往紅色地毯，形成光流湧向祭壇。由於今天出席儀式的全是魔力豐富的貴族，與在領內舉行的奉獻儀式相比，魔力流動的速度明顯更快，祭壇甚至看起來像在閃閃發亮。

隨著魔力不斷流往祭壇，只見每座神像神具上的魔石，開始依其各自的貴色綻放光芒。這樣的現象我還是首次見到，就連在領內舉行奉獻儀式時也未曾有過。

「感謝諸神賜予萬千生命的恩惠，聖恩崇潔，謹此獻上敬意，虔心予以回報。」

下個瞬間，所有神具各自往上升起了帶有貴色的光柱。七道光柱先是筆直地往上竄升，緊接著互相纏繞合而為一，往外飛去。

……哇噢，所有神具都在的情況下，畫面真是壯觀。

「羅潔梅茵大人，我差不多到極限了。」

達穆爾與哈特姆特相對，跪在我的另外一邊。他面色痛苦地說完，便移開了雙手與魔石。

「儀式到此結束。各位，請將手從地板上移開。」

……雖然沒想到所有神具都發光了，但幸好只是發光而已，沒再發生其他事情。眼看奉獻儀式圓滿結束，我感到如釋重負。全程心驚膽顫、擔心會有什麼突發狀況的王族想必也是一樣的心情吧，只見他們臉上都帶著極度緊張過後的放空表情。

等大家喝完回復藥水，稍微休息了一會兒後，我們便讓學生離開最奧之間。接下來，王族會把匯集到聖杯裡的魔力移進魔石，然後交由護衛騎士搬運，場地則由中央神殿的人收拾整理。

「君騰，請問也能分一些魔力給圖書館嗎？今年歐丹西雅老師不在，圖書館想必十分缺乏魔力。」

「父王，圖書館的魔力若是耗盡就不好了，請分一些給羅潔梅茵吧。」

席格斯瓦德也這麼幫腔後，君騰欣然地答應分出魔力。

「那麼，妳要如何將魔力搬去圖書館？」

「用我的聖杯搬過去就可以了喔……伊爾達格拉爾。」

我把思達普變成聖杯，再請他們把魔力倒進裡頭。「妳的行動還是老樣子，無法用常理來推測。」亞納索塔瓊斯這麼嘀咕說完，一旁眾人都表示贊同。但明明現在不只我一個人能用思達普變出神具了，真想對他的發言表達抗議。

……但想想還是太麻煩了，我實在懶得每次都提出異議。

由於去年也為圖書館的魔石提供過魔力，我請他們往聖杯裡倒了差不多一樣的量，接著要帶近侍們前往圖書館。我先請萊歐諾蕾向圖書館送去奧多南茲，再麻煩柯尼留斯與達穆爾幫忙搬聖杯。做好出發準備後，我看向王族一行人。記得去年說過，這件事需要有王族在場監督。

「若需要王族在旁監督的話，由我走一趟吧。」

席格斯瓦德與我四目相接後，走過來自願攬下這份工作。由於不管由誰監督我都無所謂，所以我只是答道：「那就麻煩您了。」然後與自己的近侍們一起移動。

走出大禮堂後，只見外頭的學生們一看到我們都退了一步。不知道是因為所有近侍都穿著青衣，這看起來儼然就是神殿人員形成的隊伍，還是因為走在最前頭的人是席格斯瓦德。

在眾人的注視下，我們從中央樓來到連通走廊。瞬間，我馬上注意到了覆蓋在貴族院上空的魔法陣正綻放著強烈光芒，不自覺停下腳步，從窗戶仰望天空。

……嗚哇，果然在最奧之間的祭壇前祈禱是某種引信吧。

看起來魔法陣已經徹底充滿魔力，隨時都有可能發動。只差最後一步，魔法陣就會發動吧。

……但接下來到底該怎麼做才好呢？再祈禱一次嗎？

雖然想要找到下一步該怎麼做的提示，但目前身為鑰匙管理者之一的歐丹西雅不在，還有辦法進入地下書庫嗎？

「羅潔梅茵，怎麼了嗎？妳的臉色很凝重。」

看我一踏進連通走廊便停下腳步，席格斯瓦德語帶關心地向我問道。他似乎也看不見空中的魔法陣，我搖搖頭，繼續往圖書館前進。

「今年歐丹西雅老師沒來貴族院，我只是對此感到非常擔心。因為歐丹西雅老師負責管理書庫的鑰匙吧？會有上級文官來暫代她的工作嗎？」

我一邊問，一邊暗示自己有可能無法進入地下書庫，席格斯瓦德露出苦笑。

「畢竟當初是勞布隆托再三遊說之後，才讓歐丹西雅願意擔任圖書館員，而這次接到她無法過來的消息時，貴族院都已經要開學了，所以無法立即找到能暫代的文官……不過，正好庫拉森博克有人主張，應該要讓珍希安娜擔任圖書委員，所以我有意等她修完課後，請她辦理登記。」

席格斯瓦德建議可以增加圖書委員的人數，以填補鑰匙管理者的空缺，這樣應該就沒有問題。主要我也擔心沒人為休華茲與懷斯供給魔力，而且索蘭芝一個人會很寂寞，所以並不介意增加圖書委員的人數。

「但現在一名上級圖書館員也沒有，這樣真的沒關係嗎？」

「這只能等嘗試過後才能回答妳了。」

我們一路邊走邊交談，不久便抵達圖書館。出來迎接的索蘭芝在向席格斯瓦德問好時，休華茲與懷斯一如既往在我身邊蹦蹦跳跳。

「公主殿下，來了。」

「公主殿下，看書？」

「哎呀，這樣的邀請真是吸引人，但我今天是來供給魔力的喔。」

「真的非常感謝羅潔梅茵大人這般費心。」索蘭芝笑容可掬地道，帶著我們往去年也供給過魔力的魔導具移動。

「索蘭芝老師，歐丹西雅老師交給您保管的魔石還在吧？不如先為那顆魔石補充魔力吧。萬一休華茲他們的魔力在圖書委員修完課前便耗盡，那可就糟了。」

「哎呀，這真是感激不盡。因為單憑我的魔力，光是處理平常的工作便已經很吃力了呢。」

我接過索蘭芝遞來的空魔石，放進聖杯裡盈滿魔力。接著和去年一樣，請人把剩下的魔力倒往巨大魔石。魔石散發出的虹彩變得比原先要鮮豔了些，看樣子還能撐上好一段時間吧。

……好，這樣今天的工作就結束了。

席格斯瓦德興味盎然地打量起圖書館的魔導具，一旁的我則是將倒完魔力的聖杯消除，然後吁一口氣。下個瞬間，休華茲與懷斯忽然牽起我的手。

「公主殿下，爺爺大人也要魔力。」

「爺爺大人，在找妳。」

「啊，既然歐丹西雅老師不在，二樓的魔導具最好也供給一下魔力吧。索蘭芝老師，怎麼辦呢？我可以幫忙提供魔力嗎？」

自從上級貴族歐丹西雅任職為圖書館員，後來圖書館的魔導具我都交給她，自己不再干涉。然而今年她不在，或許該順便為二樓的魔導具補充魔力。因為要是圖書館突然有什麼功能停止運作，那可就傷腦筋了。

「倘若羅潔梅茵大人還有餘力，那就麻煩妳了。因為我是中級貴族，實在無法為所有的魔導具提供魔力……」

歐丹西雅沒來貴族院，似乎真的讓索蘭芝非常頭痛。她一臉過意不去地拜託我後，我便準備前往二樓的閱覽室。奉獻儀式過後已經喝了回復藥水，所以魔力完全充足。

「席格斯瓦德王子，那我上去為二樓的魔導具供給魔力了。」

「羅潔梅茵，妳還真是重視圖書館。老實說，我沒想到妳會為了圖書館提供這麼大量的魔力。」

我笑著對席格斯瓦德點點頭後，便帶著休華茲、懷斯與近侍們一起上樓。記得為「爺爺大人」供給魔力時，需要走到二樓閱覽室的深處，觸摸梅斯緹歐若拉神像手上的古得里斯海得魔石。

於是我伸出手，觸碰古得里斯海得的魔石。瞬間，魔力被大量吸走。由於不曉得需要供給多少魔力，我任由魔力往外流出，忽然間一道魔法陣清晰地浮現至腦海。

彷彿眼前的景象上多了一道發光的魔法陣，刺眼得讓我忍不住閉上眼睛，但就算視野暗了下來，那道魔法陣依舊清晰無比。

……跟能自己變出神具時的感覺一樣？

才剛這麼心想時，身體冷不防有種飄浮在半空中的感覺。要失去平衡跌倒了——

我急急忙忙睜開眼睛。

「咦？怎麼回事？」

這時我才發現，自己竟莫名其妙地一個人站在一片漆黑的空間裡。

# 初見爺爺大人

「這裡是哪裡？」

我來回張望伸手不見五指的漆黑空間，卻沒有見到半個人。近侍們明明剛才還在身邊，現在都跑去哪裡了呢？從眼下情況來看，八成是只有我一個人移動到了其他地方吧。

「既然我剛才是在為梅斯緹歐若拉神像供給魔力，然後腦海中突然浮現魔法陣，接著就被丟到這裡來……所以就像是之前移動到神祇的祠堂裡？」

我回想了自己身處的情況後，試著理出自己的推論。可是，那些祠堂裡不僅擺有神像，還會親切地提醒你要獻上祈禱。然而此刻，四周卻是一片漆黑，根本不曉得到底發生了什麼事，也不知道該採取什麼行動。

……如果是被關在圖書館裡那倒無所謂，但黑漆漆的就讓人很困擾了。

我試著慢慢地伸出手，探查周遭的環境。在伸手可及的範圍內我並沒有摸到牆壁，所以想來並不是被關在箱形的空間裡。緊接著我蹲下來摸索腳邊，感受到了類似地板的硬度。

「……啊。」

從指尖觸碰到的地方，忽然有魔力形成的光線開始延伸。隨著魔力光線往外延伸並擴張，從腳邊開始，我逐漸地能夠看見周遭景色。彷彿是魔力沖走了黑暗後讓原有的景象浮現而出，也像是自己的魔力正在建構一幅畫面。

我嚇了一跳縮回手，但景色依然在黑暗中繼續浮現，並沒有停下來。以我的所在地為起點，如四溢的水流般在眼前開展。

首先是偌大的地板上鋪著看起來隔音效果就很好的地毯，並且呈圓弧狀往外擴張，但到了某個定點後就突然垂直向下。螺旋階梯宛如大型圓柱建築中沿著牆壁而建的階梯，沒有止境地往下延伸。

而原本橫向開展的景色在觸抵牆面後，接著開始縱向延伸。隨著景色從地板往上展開，塞滿密密麻麻書籍的書櫃倏地映入眼簾。只見書櫃的高度直達天花板，接著又往橫向浮現出了更多的書櫃。原來隱藏在黑暗中的是一座巨大的圖書館，館內還有偌大的螺旋階梯與覆蓋住了整面牆壁的書櫃。

「哇啊?!這裡是怎麼回事?!是神賜給我的樂園嗎?!」

看著沿牆而設的整層書櫃，我大感震撼地環顧四周。我第一次在尤根施密特境內看到有這麼多書的圖書館，之前光是貴族院的圖書館就讓我感動不已，但這裡的藏書明顯多出更多，彷彿是麗乃那時候在照片裡看過的外國圖書館。

「噢噢噢噢噢！是書，有好多書！從左到右、從上到下都是書！好耶！」

向睿智女神像供給魔力以後，居然能來到這麼美好的地方。我對梅斯緹歐若拉的敬意與感謝簡直難以用言語來形容，這種時候只能身體力行了。

「祈禱獻予睿智女神梅斯緹歐若拉！」

我盡情地釋出大量祝福後，笑容滿面地奔向離自己最近的書櫃。我立刻伸出手，想要撫摸書櫃上的成排書背，享受那獨有的觸感時，卻發現自己只摸到了一片平坦。瞬間我的腦筋變成一片空白，原來這些書櫃只是牆壁上的圖畫，上面的書根本沒辦法拿下來。我再試著拍了拍牆壁，還是沒有半本書掉出來。

「不──！這是怎麼回事?!故意讓人空歡喜一場嗎?!這樣騙人也太過分了吧！快把我的祈禱還給我！」

竟然讓人宛如置身天堂以後，下一秒再推入絕望深淵，簡直惡劣到了極點。我好想向睿智女神梅斯緹歐若拉大聲抗議。

「汝為渴求此處知識之人嗎？」

「我是！我想看！而且是完完全全發自內心！」

我噙著淚幾近哀嚎地回答後，剎那間恢復理智。

……這是誰的聲音?!

這裡有人。也就是說，我剛才那些發自本能做出的舉動，以及不管怎麼看都不符合領主養女身分的言行，從頭到尾全被人看見了。完了，這下真的完了。我以為就和在神祇的祠堂裡一樣，所以根本沒在掩飾，但以領主候補生來說這是絕不該有的失態。我嚇得在心裡狂冒冷汗，戰戰兢兢地回過頭。

「……咦？」

眼前是隻金色的蘇彌魯。儘管大小和休華茲他們差不多，但講話明顯流利得多。

「那麼，渴求知識者，跟我來吧。」

說完，金色蘇彌魯便以蹦跳的方式下樓，他一跳就跨過五階，下樓的速度相當快。儘管我不曉得他要往下走到哪裡，但自己正身處在仿造圖書館的巨大圓柱型建築物內，而且還是最上層。我馬上認清自己不可能有力氣走完，便先謹慎地環顧四周，接著才坐進騎獸。既然除了金色蘇彌魯外沒看見其他人，應該不會挨罵吧。

「請問這裡是哪裡呢？休華茲他們說的爺爺大人是你嗎？他們還說你在等我，要我來找你……」

我下樓的同時，也試著向金色蘇彌魯發問。只見金色蘇彌魯頭也不回，一邊跳著大步下樓一邊回答：

「這裡是反映來訪者願望之處。確認來訪者有意尋求知識也具有資格後，便會為其帶路。我已確認妳的意願。」

……咦？所以我的願望，就是整面牆滿滿都是書的圖書館囉？啊，這麼說來，剛才我確實是想過與其一片黑漆漆的，我更寧願被關在圖書館裡。

原來跟梅斯緹歐若拉毫無關係。是我自己在高興下給予祝福後，又自己感到失望，真是對不起——我在心裡向睿智女神道歉。

「啊，所以爺爺大人是你嗎？」

「這裡是反映來訪者願望之處。確認來訪者有意尋求知識也具有資格後，便會為其帶路。我已確認妳的意願。」

「那個，這你剛才已經說過了。」

看來金色蘇彌魯雖然說話流利，但能說的句子不多。不管我問了什麼，他的回答都千篇一律。

而且，看似無限往下延伸的圖書館原來只是假象，往下走了大約三、四層樓的高度後，便來到底部。階梯盡頭的正前方，是一道鑲有七顆魔石的門扉。

「觸碰那扇門吧，資格符合便會打開。」

聽到金色蘇彌魯這麼說，之前曾在地下書庫裡被門扉彈開的我不禁非常遲疑。

「那個，但我並未辦理王族登記……」

「觸碰那扇門吧，資格符合便會打開。」

金色蘇彌魯只是重複一樣的回答，沒有理會我的疑惑。無可奈何下，我只好走下騎獸，帶有防備地伸手觸碰門扉。但為免遭到強力反彈，我只是碰了一下，就馬上把手縮回來。只見門扉沒有任何排斥反應，一顆魔石還發出紅光。

……看來好像沒問題。

這次我把整個掌心按在門上。所有魔石都亮起光芒後，門扉便自動往內側敞開。然而，入口彷彿覆著一層虹色油膜，無法看見內側的景象。這扇門會通到哪裡去呢？我呆站在大大敞開的門前，這時金色蘇彌魯站到我旁邊。

「得到諸神認可，渴求知識之人啊，進去吧。前方有妳尋求之物。」

「好的！那我進去看一大堆書了！」

我重新坐上騎獸，朝著看不見內側的入口衝了進去。

坐著單人座的小熊貓巴士衝進入口後，我發現自己置身在一處像是洞窟的地方，四周則是裸露的岩表。有條白色通道散發淡淡光芒，指引著該前進的方向，於是我操控著騎獸在通道上奔馳，到了盡頭後看見一道白色螺旋梯。我忽然想起一年級時為了取得神的意志，自己也曾來到一道白色螺旋階梯，然後上去以後就是創始之庭。

「感覺還真眼熟……上面就是創始之庭吧？」

我坐著騎獸奔上階梯，果不其然最終抵達了創始之庭。雪白的圓形地板和記憶中一模一樣，而廣場正中央只有一棵材質與地板相同、宛如雕刻般的白色巨木。為了取得思達普，我曾在這裡找到神的意志，但取得加護後來到這裡時，這裡則是空無一物。

不管來多少次，這裡好像都是這副模樣。巨大的白木樹幹向著天花板高聳直立，再往旁伸展出雪白的枝椏。而且大概是天花板上有著偌大的開口，無數細細長長的光束從繁茂的白葉縫隙間傾灑而下。

……又到這裡來了，但到底要我在這裡做什麼呢？這裡又沒有半本書。

我明明照著金色蘇彌魯說的前來看書，卻連本書的影子也沒見著。我走下騎獸後，繞著巨木走了一圈。

「終於來了嗎……」

「嗯？」

分明沒見到半個人，卻不知從何處傳來了聲音。想起自己剛才的失態都被金色蘇彌魯看光光了，我馬上先回想自己的言行。我在這裡應該還沒照著本能行動過。

……我沒有做出貴族千金不該有的行為吧？嗯，沒事、沒事。

我一邊環顧左右，一邊不忘保持領主候補生該有的儀態，接著發現廣場正中央的巨木正逐漸變得透明，甚至慢慢化作人形。

「什麼?!咦?!」

眼前的景象根本無法用常理來解釋，讓我不由得緩慢後退了幾步。老實說，這也太詭異了。我明明是為了看書來到這裡，這裡卻一本書也沒有，還發生了奇怪的現象。親眼目睹了難以理解的現象後，我現在只想離開。

……出口在哪裡？

我本想逃離這裡，但通往螺旋階梯的出口似乎在不知不覺間封起來了，放眼一望只能看見腳下這片圓形廣場。換句話說，我無路可逃。

……雖然不知道這是怎麼一回事，但我能肯定有什麼不得了的事情正在發生，而且是以我的常識想像不到的事情！

好想找個人來問問，這種現象在尤根施密特境內很常見嗎？就在我內心慌得六神無主時，巨木已經化作了直立的人形。

人形是名男性，給人的感覺就和巨木一模一樣。在我看來年紀大約三十幾歲，只不過我的判斷一向不太準確。他的身型雖然高大頎長，但整個人從頭到腳都是白色的，不僅過腰的長髮是白色的，身上的衣服與肌膚也都是白色的。另外可能是因為他與斐迪南一樣眉間有著深溝，有種神經兮兮的感覺。

男子依然閉著眼睛，開口說了：

「動作太慢了。你之前到底在做什麼？如今基礎的魔力已相當匱乏，就連覆蓋住尤根施密特的魔力也變得十分稀薄吧。」

「啊？咦？對、對不起？」

劈頭就被對方訓了一頓，一頭霧水的我決定先道歉。因為對方明顯不是普通人，萬一惹他生氣，不曉得會發生什麼事，最好還是先別與他爭論吧。

但是，我實在不明白他為什麼一開口就教訓人。既然他第一句話是嫌我動作慢，難不成他就是那位在等著我、叫我前來的爺爺大人？

「請問……難道您就是爺爺大人嗎？」

「爺爺大人？……嗯，這稱呼還真教人懷念。」

原來他就是爺爺大人啊。我目不轉睛地打量起白色男子，畢竟休華茲與懷斯說過他既古老又偉大，那應對上或許該鄭重一點。

「爺爺大人，方便請教您一個問題嗎？」

「我也有疑問。你的軀體似乎縮小不少，莫非是受到了奇怪的詛咒？」

「咦？詛咒嗎？」

我本來想問他是誰，卻因為爺爺大人突然說些讓人摸不著頭緒的話，結果沒能問出口。

……我曾受過詛咒嗎？

「你以這樣的身軀來到這裡，根本無法承接。真會給人添麻煩。」

「您是什麼意思呢？」

跟身體有什麼關係？又無法承接什麼呢？儘管我有一堆問題想問，但爺爺大人完全不理會我，依然筆直佇在原地，稍微往上抬起臉龐。

「安瓦庫斯，麻煩你了。」
爺爺大人的話聲剛落，一道藍光便從上方往我照射而來。
……嗯？安瓦庫斯是培育之神吧？
他叫得還真是隨意呢——我漫不經心地這麼心想時，忽然發現自己的身體產生了變化。骨頭開始發出擠壓般的吱嘎聲響，肌肉也有種被人用力拉扯開來的感覺，全身上下劇痛難當。這始料未及的發展讓我倒吸口氣。
「好、好痛！爺爺大人！好痛喔！」
「不要掙扎，忍耐。」
「怎麼這樣！」
居然完全沒先知會一聲，就擅自拜託安瓦庫斯讓我長大，最後還只丟來一句「不要掙扎」，這也太過分了。儘管我很想要大聲抗議，但藍光依舊無情地灑在我身上，蔓延至全身的劇痛也沒有停止。
劇烈的疼痛當中，我最先感到不妙的是腰帶。用以固定襪子的腰帶與寬鬆內褲的繩子開始陷進肚子裡，不僅痛得要命，也讓人難以呼吸。我痛得兩眼泛淚，不管三七二十一地解開了繫有騎獸魔石與回復藥水的皮帶，再解開飾帶脫下身上的神殿長儀式服。緊接著我掀起穿在裡面的裙子，解開腰帶與內褲的繩子。
終於可以大口呼吸時，這次換頭部傳來陣陣刺痛。由於抹了髮蠟固定頭髮的關係，整個頭皮彷彿正在被人用力拉扯。我本能地心想必須立刻洗掉髮蠟。
「瓦須恩！」

被水球包覆住的同時，我順便抬手抽掉髮飾。髮蠟洗掉以後，用來綁頭髮的繩子便非常容易鬆脫，我的頭髮因此披散開來。

然而全身劇痛的我才剛鬆了口氣，馬上又面臨危機。因為接著換鞋子變得太緊，腳趾頭在鞋子內擠壓變形。我努力脫掉鞋子後，卻連襪子也開始變緊。腳趾那邊雖然也很緊，但大腿這邊卻是再不想想辦法就要勒到血液無法流通了。

「密撒。」

我將思達普變成小刀，一鼓作氣劃開從大腿直至腳尖的襪子。幸好用思達普變成的利器不會傷及自己，要不然我才不敢做這麼危險的事。

緊接著我再用小刀割斷自己衣服背上的繩子。伴隨著劈里啪啦的聲響，遭到勒緊的上半身終於得到舒緩，但背部也暴露在空氣當中。

眼看連手臂也變緊了，我只好脫掉上半身的衣服，底下便只剩下貼身襯衣。胸部則比麗乃那時候大了許多，還能看見乳溝，因此襯衣變得相當緊繃，但我在兩側稍微劃了道缺口後，勉強還可以穿。下半身因為本來就是寬鬆型的內褲，即使現在變成貼身型的了，但也還是可以穿。

……嗚嗚，好險守住了最後的底線，勉強過關。我差一點就要全身光溜溜了。

因為有麗乃那時候的記憶，我才會覺得現在這樣算勉強過關，但以尤根施密特的貴族標準來看，我這樣簡直是前所未有的失態。怎麼可以對女孩子做出這麼過分的行為！

……我確實是很想長大沒錯，但才不是以這樣的方式！

當我回過神時，藍光已經消失了。我抬頭瞪向不顧我的意願，便擅自灑下藍色光芒的天空。此外大概是已經成長完畢，身體的疼痛也消失了。儘管整個人累得虛脫無力，但至少不再疼痛難當，感覺就好多了。

……好想喝回復藥水喔。

我喝完好心版回復藥水後，伸長手拿起神殿長儀式服。由於神殿長的儀式服做成了長大後也能穿的款式，只要剪斷縫線，拉開預先藏起的布料，那麼就算我現在長大了應該也能穿。當初這麼設計其實是為了省錢，從沒想過會在這樣的情況下使用，真想為那時候的自己獻上掌聲。

我用小刀切斷固定住布料的縫線，再把儀式服套在身上。雖然無法像莉瑟蕾塔她們綁得那麼漂亮，但至少還是綁好了腰帶，成功避免了全身上下只穿著貼身衣物的窘境。

疲憊地長嘆口氣後，我抬起頭來，只見雪白男子一動也不動地站在原地。我兇巴巴地瞪著拜託安瓦庫斯讓我長大的罪魁禍首。

「爺爺大人，我剛才那不得體的樣子您都看到了吧?!」

「我看不見人的姿態，只能看見魔力。」

咦？但是回想起來，他確實一次也沒睜開過眼睛。

「看來你的身體成長了。似乎還比那時候要大，很好。而且這次你是循著正規的途徑前來，想必比那時候要稍微懂規矩了。」

……正規的途徑？那時候？等一下，他是不是認錯人了？咦？難道我是在被認錯的情況下被迫快速長大嗎？

畢竟爺爺大人始終閉著眼睛，搞不好也不知道自己是否認錯人。

「那個，不好意思……」

「好了，快點變出思達普獻上祈禱吧。」

「咦？那個，請等一下，您好像認……」

「不能再等了，動作快。」

被人厲聲催促，我反射性地回答：「是！」然後變出思達普。如果只是要獻上祈禱的話，反正我至今已經做過很多次了。在他願意聽我說話之前，就先配合他吧。

決定暫且作罷的我在變出思達普後，帶有貴色的魔力便接連從前端飛出。

「呀啊！」

緊接著帶有貴色的魔力以我為中心，在直徑約一公尺的圓周上凝聚成了七個飄浮的光點。高度正好與我的胸口同高。飄浮在半空中的貴色光芒凝聚成球狀後，密度越來越高、顏色也越來越深，同時慢慢地變作四角形，最終變成了我在領主會議期間前往各個祠堂所取得的貴色石板。

這時飄浮在身體前方的，是我最一開始取得的藍色石板。我自然而然地脫口說出了取得時烙印在腦中的語詞。

「克雷夫塔克。」

眨眼間藍色石板化作細長的光柱，然後在圓周上往右移動，讓下一塊石板來到我面前，彷彿在叫我繼續詠唱語詞。

「庇列迪亞爾。」

「泰底悉恩達。」

「奈古恩修。」

「特雷拉凱特。」

「奧斯圖里克。」

「隆姆貝庫亞。」

我注視著來到眼前的石板，一一唸出腦海裡浮現的語詞。每次唸出語詞，石板便化作光柱往旁移動。

最終我整個人被光柱所包圍，雪白男子仍是閉著眼睛，但緩緩往上抬頭。我也跟著往天花板看去。白色巨木變成了爺爺大人以後，從天花板上的偌大開口可以看見外頭的藍天。

「接下來呼喚最高神祇與五柱大神，發自內心虔誠地獻上祈禱吧。請他們借給你梅斯緹歐若拉的智慧。」

我照著他所說的當場跪下來，獻上祈禱。

「創世諸神，吾等在此敬獻祈禱與感謝。司掌浩浩青空的最高神祇，暗與光的夫婦神，黑暗之神席坎札坦哈特、光之女神斐雅思珀蕾狄；分掌瀚瀚大地的五柱大神，水之女神芙琉朵蕾妮、火神萊登薛夫特、風之女神舒翠莉婭、土之女神蓋朵莉希、生命之神埃維里貝。請聆聽吾之祈求，賜予吾梅斯緹歐若拉的智慧。」

# 梅斯緹歐若拉之書

圍繞著我的七色光柱倏地朝天空飛去，緊接著大量的光芒從天而降。光芒夾帶著知識形成的洪流灌進體內，我下意識地想抗拒時，立即遭到訓斥。

「不要抵抗，悉數接收。你必須盡可能無一遺漏地接收梅斯緹歐若拉的智慧，數量越多越好。」

聽到爺爺大人這麼說，我盡量放鬆身體，以自己的方式努力去承接灌進腦海裡的大量知識。雖然我還是忍不住在心裡憤怒吶喊：「我想要的是書，才不是這種灌進腦海裡的知識！」但沒有書的話，那我就把得到的知識印成書吧。

……總有一天我要把這些知識全部印成書籍！不管是什麼知識儘管放馬過來吧！

我在氣勢上做好了萬全的準備後，開始承接隨著光芒從天而降的知識。然而教人傷腦筋的是，灌進腦海裡的知識簡直雜亂無章，感覺就像是聖典裡的儀式知識與戴肯弗爾格史書裡的諸神軼事統統混在了一起。

……等一下，分類！請做好分類！不要把黎蓓思可赫菲的惡作劇事蹟與芙琉朵蕾妮的戀愛故事與儀式的禱詞混在一起啊！還有我現在終於知道了，原來爺爺大人是艾爾維洛米，也就是為生命之神與土之女神牽線的前命之眷屬神。他的模樣從建國到現在一點也沒變，外表看來還真年輕。

雖然也有重要的知識，但大量灌進腦海裡的多是混雜的情報。老實說全都混在了一起，絲毫沒有經過整理歸類。

……啊啊啊！我完全可以明白為什麼需要抄本，還有想另外寫成石板或聖典、把君騰所需知識記錄下來的心情了。這般龐雜的資訊若不具有搜尋功能，根本一點用處也沒有嘛！

至於灌進腦海裡的重要知識，有君騰所創的各領基礎、神殿最初的功用、神殿長的聖典，以及君騰是如何前往各個國境門為尤根施密特供給魔力等等，諸如此類。

……咦？等等，不要一閃而過，那個知識很重要。難不成喬琪娜大人已經知道如何能奪取艾倫菲斯特的基礎……

「不要思考，先全部接收，否則會有遺漏。」

得到知識的我正想動腦思考，艾爾維洛米立即出聲斥責。明明發現了非常緊急且重要的事情，但只要思考的話，似乎就會接收不到灌進腦海裡的知識。看來我暫時都不能去思考接收到的知識，只能將腦袋清空，單方面地承接。

……沒想到接收資訊時，什麼也不能思考會這麼難，因為很難克制自己不去想嘛。

感覺之後得先在腦海裡整理一番，否則就算接收到了這麼大量的知識，實際上也無法派上用場。而且獲取到了知識後，若將其化為實體便會得到古得里斯海得，那麼我到時候應該很需要可以搜尋所需知識的功能。

……嗯？

緊接在神話與神殿的相關知識之後，流進腦海裡的是關於歷任君騰的歷史。然而一到這個部分，知識卻開始出現缺漏。尤根施密特的歷史在灌進腦海裡時，不知為何到處都少了一大段。

舉例來說，有段畫面是臥病在床的君騰，將自己持有的古得里斯海得傳承給了一位王子，交由他去打開國境門，但畫面到此便戛然而止，隨後馬上跳到另一位王子滿臉錯愕地說：「古得里斯海得消失了。」所以我很難判斷這兩段資訊之間有沒有關聯、時代是否相同。

該怎麼形容好呢？就像是收訊不良，動畫的播放畫面斷斷續續一樣；也像是大量的電影被人毫無脈絡地剪接在一起，讓人看了很不痛快又心急。

最讓人困擾的是，這種有缺漏的情況並不只發生在歷史這個區塊。其他比如後來的君騰曾為了使領地富饒而創立新儀式，但部分儀式的舉行方法與魔法陣，卻都像被塗黑一般地消失了，少了一些我曾在地下書庫的石板上看到過的儀式與魔法陣。

……嗚啊啊啊！我看的時候不會再抗拒了，請乾脆一點，給我看全部吧！這也太讓人好奇了！

然而，我再怎麼拚命吶喊也未能如願。

從天而降的光芒消失後，也不再有知識洪流硬是灌進腦海裡。各式各樣的新知識在腦海裡達到飽和，就好像短時間內看了太多書。因此儘管我沒有喝酒，感覺卻像宿醉一樣，腦袋昏昏沉沉的。

「你做得很好，稍微休息一下吧。」

知識。

「那我就恭敬不如從命了。」

於是我當場躺下來。因為我甚至感到頭暈眼花，就算坐著也還是很不舒服。緊接著我閉上眼睛，即便已經打橫躺下，暈眩感也沒有消失，腦袋裡頭就像是一團糨糊，根本無法如常思考。然而整體來看，我發現好像少了三到四成左右本該取得的知識。

……所以是我沒能全部接收嗎？

也就是說，即使我有心想要全部承接，但我的身體又或者是實力卻有所不足，所以沒能全部接收嗎？意志消沉的我緩緩吐了口氣。

「為什麼梅斯緹歐若拉的知識多是來自君騰與奧伯，幾乎沒有下級貴族或平民所提供的資訊呢？艾爾維洛米大人，您知道是為什麼嗎？」

我怔怔地問出腦海裡浮現的疑惑，便聽見艾爾維洛米開口回答。

「這是因為取得思達普的人當中，魔力量達到一定程度以上的人在變作魔石時，他們的記憶會匯入梅斯緹歐若拉的智慧裡。」

原來梅斯緹歐若拉的智慧在君騰與奧伯亡故時，會蒐集他們的記憶，並將整個知識庫更新。怪不得知識庫裡大多是以前的資訊，政變以後的相關資料極度稀少，而且也沒有半點與平民有關的資訊。

後來我不知道自己睡了多久，但有種意識忽然回到現實的感覺。睜開眼睛之後，我按著昏昏沉沉的腦袋瓜慢慢坐起來。雖然還想繼續睡，但總不能一直待在這裡。畢竟我是在為圖書館的女神像供給魔力時突然移動到這裡來，留在原地的近侍們肯定很擔心我吧。

我撿起掉在地上的髮飾，然後像平民時期那樣，用虹色魔石髮簪簡單地將頭髮盤起來。雖然無法用髮蠟牢牢固定住，但總比任由頭髮披散要好。

「……艾爾維洛米大人，明明我來這裡是為了看書，結果卻半本書也沒看到，得到的知識還到處都有缺失，真是太可惜了。我好失望呢。」

我一邊表達不滿，一邊準備告辭。先是把繫著魔石與回復藥水的皮帶拉過來，然後把自己劃破的襪子塞進皮袋裡。這種東西總不能留在這裡嘛。

收拾好衣服碎片後，接著暫且脫下神殿長儀式服。因為我忽然想起只要穿上魔石變成的簡易鎧甲，那就不用穿內衣了，因此在貼身襯衣上變出簡易鎧甲。

……啊，感覺很不錯嘛。

接著我再套上背部繩子已被割斷的衣服。只要從腋下直至手肘劃開一道切口，勉強還可以穿。而且因為突然長高的關係，這件衣服儼然像是一件高腰連身裙，背部還因為沒有了束緊用的帶子，只能不得體地任其敞開。但為了等一下套上儀式服後，裙子仍能保有蓬起的弧度，袖口也能露出少許蕾絲，我還是非穿不可。

接下來套上神殿長儀式服。只要用心綁好帶子，看起來應該多少有些裝飾效果，誰也不會曉得底下的衣服其實慘不忍睹吧。

最後，我決定用魔石變出鞋子。雖然課堂上只練習過搭配鎧甲用的鞋子，但總比赤腳走路要好。況且儀式服的長度足以遮住鞋子，所以不用擔心。這樣就不會露出我的腳丫了。

「竟在得到梅斯緹歐若拉的智慧後還說可惜，你可是頭一個。不過，只要結合你以前的記憶，應該便已得到幾乎所有的知識了吧？快與以前的知識融合吧。」

聞言，我手中正要變成鞋子的魔石掉了下去，同時感覺到自己面無血色。

……我都忘了！還沒有問清楚他是不是認錯了人！

「我今天是第一次見到艾爾維洛米大人喔，所以並沒有以前的知識。」

「……我們並非第一次見面吧？當時的情景可是讓人相當難忘。」

覺得難忘的只有他而已，在這之前我從沒見過他。眼看艾爾維洛米說話時一臉毫不懷疑，我再次聲明他認錯人了。

「請問以前來過這裡的那一位是怎樣的人呢？」

「是個不懂禮儀的愚蠢之輩。」

「您這樣說，我怎麼可能知道是誰呢。剛才您還說過對方並未遵循正規的途徑，那他當初是怎麼過來的呢？」

在整理好儀容之前，就當作是在閒話家常吧。我邊問邊把魔石變成鞋子，艾爾維洛米則告訴我那名無禮的人是如何闖入。

聽說是超過十年以上的事情了。有個人在政變發展到後半段時前往了所有祠堂，召喚出巨大的魔法陣，幾乎就要能夠抵達艾爾維洛米這裡。

而原來那個巨大的魔法陣，能讓平常總是維持著巨木姿態的艾爾維洛米變作人形，是用來與神對話的必要之物。若想得到梅斯緹歐若拉之書，就得先召喚出這道魔法陣，不發動魔法陣，就見不到艾爾維洛米。所以我在採集思達普與舉行加護儀式時，雖然來到了這處白色庭院，卻沒能見到艾爾維洛米，是因為當時魔法陣並未發動。

他說那個人在圖書館為睿智女神像灌注了魔力後，便見到金色蘇彌魯，但被蘇彌魯拒於門外說：「你雖然具有資格，但魔法陣並未發動。」像我是在最奧之間舉行儀式、為魔法陣注滿魔力，但聽說那個人是直接從半空中對魔法陣灌注大量魔力。

「然後，他便從這上面闖了進來。」

艾爾維洛米保持著直立不動的姿勢，仰頭望向天空，我也跟著一起往上看。看來他把我誤認為是那個不懂禮儀，直接從半空中闖進與神對話之地的愚蠢之徒了。

「我從沒做過這種事情喔，您認錯人了。」

……之前在思考要如何發動巨大魔法陣的時候，我確實是想過要拿顆巨大的魔石往魔法陣丟，但並未付諸實行。好歹我也知道這樣太危險了。

「確實有的人魔力會極其相似。」

他說剛出生的嬰兒魔力會與母親相差無幾，而感情如膠似漆的夫妻魔力也會非常相近。但是，夫妻感情再好，魔力的顏色也不見得會永遠相似，因為魔力對彼此造成的影響並非永久性的。而孩子長大之後，魔力也會與父母有越來越大的差異，因為母親不再受到丈夫影響後，會慢慢變回自己原本的顏色，但孩子的魔力仍以出生時為基準。即便是同父同母的手足，魔力也會因為父親在母親懷孕期間與生產時提供了多少魔力而有不同，日後又因成長期間取得的加護而有更大的差異。

「但是魔力再怎麼相似，獲得的最高神祇之名也不可能一模一樣，而你們竟然並非同一個人……」

不僅魔力相似，就連獲得的最高神祇之名也一模一樣，一般絕不可能有這種情況。艾爾維洛米似乎就是因為這樣，才辨別不出我不是同一個人。

「那麼你為何能取得思達普？魔力既相似到了這種地步，就連獲得的最高神祇之名也相同，你應該無法取得才對。」

「咦？……是不是因為貴族院的課程有過變動呢？我在一年級時就取得了思達普，但那時候還未得到最高神祇的名字，所以可能被判定成了魔力相似的另一個人。」

換言之，要是我就讀時貴族院的課程安排還和以前一樣，是在得到最高神祇的名字後才去取得思達普，那我很可能被誤認成之前的那個人，然後就拿不到思達普了。

……嗚哇，真是好險。

「原來如此，你是擁有埃維里貝印記的孩子嗎？」

「……這是什麼意思呢？」

「在你方才得到的知識裡應有記載，試著將梅斯緹歐若拉之書化為實體吧。」

聽到艾爾維洛米要我自己確認，我希望梅斯緹歐若拉之書具有搜尋功能。如果要從那般龐雜的知識裡找到自己想要的資訊，我小聲沉吟起來。

於是我變出思達普，輕輕閉上眼睛，先是回想了睿智女神像手中的梅斯緹歐若拉之書。緊接著，自己想要的梅斯緹歐若拉之書與魔法陣便浮現至腦海。

咒語我已經知道了。因為在灌進腦海的知識裡，歷任君騰都曾詠唱過。

「古得里斯海得。」

手中的思達普隨即變成了梅斯緹歐若拉之書。跟睿智女神像持有的神具相比，我的梅斯緹歐若拉之書相當小巧，而且是長大後的我能夠單手拿取的B6尺寸，有著重視搜尋功能的平板型外觀。

「你變出的四方形魔力還真小，那樣能閱讀梅斯緹歐若拉之書嗎？」

「因為若再變得更大的話，閱讀起來會很吃力。您剛才是說擁有埃維里貝印記的孩子吧？」

我用指尖輸入關鍵字。原來擁有埃維里貝印記的孩子，專指生來便帶有魔力的平民身蝕中，那些幾經生死關頭但都活了下來、多次逃過埃維里貝的魔掌、體內還有著本是已死之人才會有的結塊魔力的人。

……以前我體內確實有過凝固的魔力，只是後來泡在尤列汾藥水裡融化掉了。

此外身蝕都是薄弱的全屬性，然後再稍微帶有出生土地的屬性。而土地的屬性似乎是由國境門上的神祇符號所左右，像艾倫菲斯特就是風屬性，庫拉森博克是土屬性，戴肯弗爾格是火屬性，亞倫斯伯罕是暗屬性，哈夫倫崔是水屬性，格里森邁亞是光屬性，中央則是命屬性會比較明顯。

另外根據梅斯緹歐若拉之書，整個尤根施密特是以魔法陣建造而成，並且是將生命之神的符號置於中心，用以封住祂的力量。

……艾爾維洛米大人，您到底有多討厭生命之神埃維里貝呢？

但我的感想先撇開不說，總之身蝕因為不會受到父母的魔力影響，都是淡淡的全屬性。必須藉由向神祈禱、取得加護，慢慢地形成專屬於自己的魔力色。若還沒能創造出自己的顏色，就在幾乎沒有屬性的情況下與人結婚，那麼魔力就會受到伴侶的影響。而且因為自己的魔力幾乎沒有顏色，所以根本不可能互相影響，只會單方面地被染色。不過，也不會因此就被對方徹底染色，時間一久，對方魔力造成的影響會逐漸消失。

然而，體內有著本是已死之人才會有的結塊魔力的埃維里貝印記之子，卻是另當別論。因為這種情況就相當於體內擁有魔石，一旦被人徹底染色，即便想要沖淡也很難成功，最後會變成與將自己染色的人有著相同的魔力，只是整體要淡一些。

……所以在牌子上登記魔力時，我與戴爾克的適性會不一樣，就是因為他是普通的身蝕，而我是埃維里貝印記之子囉？

想起戴爾克的牌子幾乎沒有顏色，而自己的牌子卻是相當平均的全屬性，我正恍然大悟時，忽然發現驚人的事實。

……這也就是說，我已經被人染色了吧?!

見習青衣巫女時期，斐迪南曾對我使用過窺看記憶的魔導具，當時我喝下同步藥水後，他的魔力便流入體內，所以肯定是被他染色了。至於使用過相同魔導具的韋菲利特是被齊爾維斯特染色，而馬提亞斯他們是被各自負責的騎士染色。我們的處境曾經相同，因此調合課上，聽到他人魔力造成的影響不會超過一個月時，我還如釋重負，但現在看來因為只有我是埃維里貝印記之子，所以影響至今仍在。

……結果我早已經被斐迪南大人徹底染色了嘛！咦？這表示艾爾維洛米大人口

中無禮又沒常識的愚蠢之徒，就是斐迪南大人嗎?!他到底做了什麼啊?!

本來我的腦袋瓜就因為湧入的新知識過多而呈現一團混亂，現在又發現了更多的新事實後，感覺更是快要爆炸。

「有頭緒了嗎？」

艾爾維洛米出聲問道，我點一點頭。

「看來我確實是擁有埃維里貝印記的孩子，也曾被人用魔力染色。但是，我們的確不是同一個人喔，就連性別也不一樣，您應該一看就知道了吧？」

「魔力沒有性別。」

……什麼?!

「可、可是，從聲音跟語氣……」

「與自己不同的生物，你能依據聲音或叫法辨別雌雄嗎？我同樣也只是根據發出的聲音在解讀你的想法。」

聽到他說這就和透過犬貓的聲音或叫法辨別雌雄一樣，儘管不太情願，但我還是被說服了。因為這確實很難。

「況且若不採用解讀想法這種方式，語言從古至今總在不停變化。因此，我們無法傳達意念或是授受知識。你所聽到的我所說的話語，也不過是你意識的個人解讀。」

原來我們現在就像隔著翻譯機在對話。艾爾維洛米感覺不出男女用語間的細微差異，我則因為他的外表，擅自認定他是以和斐迪南很像的語氣在說話。

「那個，艾爾維洛米大人。倘若埃維里貝印記之子在成年前就被染色了，那對本人會有什麼影響，或者有什麼要注意的事情嗎？」

我可不希望以後又像這樣被認錯，發生始料未及的情況。

「這種特殊情況本就罕見，我無法給予明確的回答。不過，應該就與被父母染色的孩童無太大差異。」

……「應該」這兩個字也太讓人不安了吧。

「現在僅是你的魔力變成以他為基準，等你成婚，魔力受到其他人的影響，自然會再產生變化。那麼，將你染色之人是庫因特沒錯吧？」

聞言，我搖了搖頭。我完全不曉得庫因特是誰。

「將我染色的是斐迪南大人喔。」

「無法理解你在說什麼。你過來觸碰我，我要察看你的記憶。」

聽到艾爾維洛米這麼吩咐，我站起來邁開腳步，但下一秒就跌倒了。感覺身體好像不是自己的，看來回去前若不先在這裡練習一下，恐怕會醜態百出。

「你在做什麼？」

「因為突然長大以後，身體還沒適應過來。」

「原來如此。那動作快。」

……不不不，請認真聽人說話！沒有先問一聲就讓我長大的人是誰？

我走路東倒西歪地站到艾爾維洛米面前。跟第一次來到這裡時相比，視線的落點截然不同。該碰哪裡好呢？煩惱了一會兒後，我決定碰手的地方。

「原來如此，你已被庫因特的魔力染色。」
「庫因特是指斐迪南大人嗎？」
「一如你本來的名字是梅茵。」
艾爾維洛米直截了當地說出了我的秘密。看來他真的能夠看見記憶，果然以前曾是神明呢。我正感到佩服時，艾爾維洛米喃喃地道：「……這樣正好。」
「什麼事情正好呢？」
「當初庫因特並非主動尋求知識，並且還以有違常規的方式到達這裡，更是拒絕了接受梅斯緹歐若拉的智慧。因此，如今你們二人是共同持有梅斯緹歐若拉之書。你既擁有與他相同的魔力，又是循正規的途徑前來，自然比他更有資格。」
去把缺失的知識取回來吧——說話的同時，艾爾維洛米開始慢慢變回白色巨木。緊接著創始之庭的一隅重新出現出入口，彷彿要我從那裡離開。
「……您這話是什麼意思呢？」
「渴求所有智慧之人啊，殺了那名愚蠢之徒，經由他的魔石取得所有知識吧。如此一來，你便能成為擁有完整知識的君騰。」
「請等一下！我才不想做那種事……」
我對著不斷變回白色巨木的艾爾維洛米大聲抗議，但他終究還是變了回去，不再給予任何回應。
獨自一人站在有光芒從上方灑落的創始之庭裡，我茫然地注視巨木。
「恕難從命。」

不管艾爾維洛米有沒有在聽都無所謂，我也要說出自己想說的話。

「我想要的是可以解救斐迪南大人的知識，但需要殺了他才能得到的知識，對我來說一點價值也沒有。我確實是打從心底想要看遍這世上所有的書，但並非只想得到知識而已。」

……因為如果單純只想得到古得里斯海得，還有其他辦法啊。

我稍微練習了一下怎麼走路，再仔細確認沒有任何遺留物品後，便離開了創始之庭。

# 歸來的我

……那麼，這下該怎麼辦呢？

走出創始之庭後，我發現自己正站在大禮堂深處的祭壇上。大禮堂的門扉只有王族能打開，加上外面天色還是暗的，細長型的窗子在高處的牆面上等距排開，輕柔的月光倒灑而下，我則是陷入沉思。現在不知道是什麼時候，若是聯絡王族，很可能變成不敬之舉。如果剛好是晚餐時間也就罷了，但萬一送去奧多南茲的時候，他們正好在沐浴或已經就寢，那樣可就糟了。至少這點分寸我還懂得。

……如果是莉瑟蕾塔的話，應該不會生氣吧？

莉瑟蕾塔是以首席侍從的身分陪我來到貴族院，相信她會挑個適當的時間，聯繫王族並前來接我吧。於是我決定向莉瑟蕾塔送出奧多南茲。

「莉瑟蕾塔，我是羅潔梅茵。我回來了，只不過我現在正在大禮堂內的最奧之間，所以得請王族來開門我才能出去。實在是不好意思，但要麻煩妳聯絡王族。還有來接我的時候，請記得帶件可以蓋住頭部的全身斗篷。因為我現在的模樣不太適合被其他人看到……啊，麻煩帶大人穿的斗篷喔！不是小孩子穿的，要大人穿的，大人喔。」

強調了這麼多次，莉瑟蕾塔會帶著大人穿的連帽斗篷過來吧。她來接我時，王族勢必也會同行，所以絕不能被看到僅用髮簪隨便盤起的頭髮，以及神殿長儀式服下慘不忍睹的殘破衣物。

揮下思達普後，白鳥便穿過窗戶往外飛去。

「這樣就沒問題了。」

接著我變出騎獸奔下祭壇，再變出梅斯緹歐若拉之書，直接坐在騎獸裡閱讀。由於想像成平板的外觀，畫面帶著微光，即便在昏暗的禮拜堂內也能閱讀文字。

……這樣一來，就算王族過了很久才來接我，也不會閒得發慌呢。

只不過此時我的閱讀並非基於興趣，而是認真在查找資料。知識灌進腦海裡時，我察覺到了喬琪娜可能會用某個方法奪取艾倫菲斯特的基礎，所以必須調查清楚才行。記得是與領地基礎有關的知識。

我輸入自己想到的關鍵字，開始閱讀有關領地基礎以及奪礎戰爭的歷史。

……沒錯！就是這個！必須馬上通知養父大人！

看完了梅斯緹歐若拉之書上的資料後，我頓時心急如焚。現在必須立即返回艾倫菲斯特告知這件事，並且做好迎戰喬琪娜的準備。

……還來得及嗎？說不定已經開始行動了……？

去年他們原本預計在初冬發動襲擊，但因為在我們轉移至貴族院後，馬提亞斯等人立即告發此事，才成功防患於未然。倘若這次也是挑在初冬採取行動，那麼貴族院已經開學，他們隨時有可能展開行動。

……但現在領內已經沒有同夥，想要入侵應該不容易……

經過去年肅清，領內應該已經沒有向喬琪娜獻名的貴族了。但是，或許還有未被發現的同夥在。我忽然感到坐立難安，走出小熊貓巴士解除變形。

「……好痛！」

焦急不已的我本想來回踱步，但才跨出第二步便兩腳打結，往前撲倒在地。冷冰冰的地板像在叫我冷靜一點，於是我慢吞吞地爬向祭壇，起身坐下來。

……既然我現在還能聯絡到莉瑟蕾塔，代表基礎魔法尚未被喬琪娜大人奪走，我先冷靜下來吧。

我一個人再怎麼乾著急，不先離開這裡也無計可施。因為奧多南茲無法越過領地邊界，飛到艾倫菲斯特去。雖然魔導具信送得過去，可惜此刻沒帶在身上。既然什麼也做不了，還是先看看古得里斯海得，多蒐集一些有關基礎魔法的資料，為往後做準備吧。

……梅斯緹歐若拉之書就是王族想得到的古得里斯海得，不能讓其他人看到吧。想要好好查看資料就只能趁現在了。

為了讓自己鎮定下來，我開始看書。沒過多久，禮拜堂的門扉忽然在一瞬間發出燦亮光芒。我下意識地看向門扉，並且站起來。想不到這麼快就來接我了。

只見席格斯瓦德與錫爾布蘭德帶著一群人走了進來，在兩人與其近侍們身後，還有莉瑟蕾塔、柯尼留斯、馬提亞斯與谷麗媞亞四人。

「羅潔梅茵大人！」

「莉瑟蕾塔，妳幫我帶來了呢。謝謝妳。」

莉瑟蕾塔快步衝了過來，臉上有著顯而易見的擔心，同時我在她手上看見整齊疊起的布料。她火速攤開連帽斗篷罩住我，並與谷麗媞亞一起為我整理儀容。

「您沒事真是太好了，我們都很擔心您呢。」

「莉瑟蕾塔、谷麗媞亞，真是不好意思，可以幫我把腳邊的鞋子與碎布帶回去，而且不要被任何人看到嗎？」

我悄聲拜託後，谷麗媞亞便假裝在幫我拉好斗篷下襬，迅速回收那堆衣物，包進她帶來的布料裡。這樣一來，就沒人會看見我有任何不得體的地方了。

……很好很好，我處理得真是太完美了。

確認略顯寬大的斗篷蓋住了全身後，我再扶著柯尼留斯的手緩步移動。有人護送雖然可以免於跌倒，但若能允許我使用騎獸會更安全。做完自己的工作後，莉瑟蕾塔與谷麗媞亞便留意著旁人的目光站到我身後，柯尼留斯與馬提亞斯則是站到我左右兩側。

這時我才發現，不知何時錫爾布蘭德已經來到了我的正前方。

「羅潔梅茵，妳這副模樣是……？」

錫爾布蘭德仰頭看著我，臉上滿是驚訝。因為之前我的身高還與他差不多，現在卻忽然間高了他一顆頭以上，也難怪他會受到衝擊吧。與他人進行過比較後，我終於確切地感受到了自己的成長。

「是艾爾維洛米大人在創始之庭裡，請求培育之神安瓦庫斯讓我長大。」

「創始之庭……？」

眼看錫爾布蘭德還想問更多問題，但我沒有時間應付他。我詠唱著「咯空」消除古得里斯海得，再小心地踩著步伐走到席格斯瓦德面前。他那雙深綠色眼睛與我的距離變近了不少。

「席格斯瓦德王子，抱歉如此冒昧，但詳細情況能否容我到了領主會議時再向您稟報呢？我有急事必須立即返回艾倫菲斯特與奧伯商議。領主會議前我一定會回來，還請您見諒。」

就這樣，我向席格斯瓦德徵得了離開與使用騎獸的許可。畢竟我還沒適應突然變高的視野與身體，如果是平常長及小腿的服裝那倒還好，但穿著下襬會拖地的儀式服實在太危險了。坐進單人座的騎獸裡後，我無視兩位王族欲言又止的目光，返回宿舍。

然而回到宿舍一看，屋內竟然一片漆黑且悄然無聲，讓我大吃一驚，而且還完全看不到其他人的蹤影。記憶中宿舍裡總是有許多學生，我驚訝地來回張望。

「柯尼留斯哥哥大人、莉瑟蕾塔，大家去哪裡了呢？」

「都已經回領地了，畢業儀式也早已結束。」

「羅潔梅茵大人，您離開了整整一個季節，大家都非常擔心您喔。」

「咦？整整一個季節嗎？」

我自己只覺得離開了一、兩天而已，因此大感震驚。原來現在已經是春天了，貴族院也早已關閉。

「羅潔梅茵大人，您預計何時返回領地呢？等一下便是第七鐘，所以今天已無法回去。您若想先休息幾天的話，可以優先遵從您的意願。」

莉瑟蕾塔在暗示我，可以拖延兩、三天再向領地回報。但是，想盡早回去的我搖了搖頭。

「柯尼留斯哥哥大人、馬提亞斯，麻煩你們通知領地。因為我現在又餓又累，今晚我會先留在宿舍休息，但若身體狀況沒有問題，明天便會返回艾倫菲斯特。」

「妳的樣貌都有這麼大的變化了，不難想像冬季期間肯定發生了不少事。羅潔梅茵，今晚妳就好好休息吧。」

柯尼留斯如同既往伸出手來，想要摸摸我的腦袋瓜，卻在中途停住不動。因為我的外表和以前不一樣了，他顯然為此感到不知所措。我撥開斗篷的帽子，抓住他的手放在自己頭上。

「柯尼留斯哥哥大人，我真的很辛苦喔。來，快摸摸我的頭吧。」

我這麼催促後，仰頭看向柯尼留斯。於是他摸了摸我的頭，神色複雜地說：「羅潔梅茵，妳的內在也得快點長大才行。」與此同時，谷麗媞亞則是前往廚房，吩咐雨果為我準備食物。

「等明天一回去，哈特姆特那張嘴又要停不下來了。」

柯尼留斯一臉極其厭煩地說完，隨即擺手催促：「妳快點回房吧。」看見他臉上明顯的擔憂，我點了點頭，與莉瑟蕾塔一起上樓。

回到房間後，我便消除騎獸，再脫下連帽斗篷。端著食物進房的谷麗媞亞，用夾雜著吃驚與困惑的眼神看著我。先前我還可以看見她那雙藍綠色的眼睛，現在卻有些被遮蓋住了，是因為視線的高度不一樣了嗎？

「……現在羅潔梅茵大人幾乎可以與我對視，看來在適應前都會有些不習慣呢。」

如今我與谷麗媞亞一樣高，或是比她再矮一些。以前都要仰望她的我，現在幾乎能夠與她等高對視。我真的一下子長高了很多呢。

……嗯……但跟莉瑟蕾塔比起來，好像還是矮了點。

「話說回來，您究竟發生了什麼事情呢？哈特姆特之前每天都在說羅潔梅茵大人成長了，但沒想到您竟然真的成長了這麼多。」

「以前您給人的感覺是可愛，但現在當真是亭亭玉立呢。」

兩人說完，我輕輕嘆了口氣。

「是艾爾維洛米大人說我的身體沒有成長，便拜託培育之神安瓦庫斯讓我長大。一下子抽高了這麼多，真是痛死人了呢。」

我脫下神殿長的儀式服後，便露出底下變得破爛不堪的服裝。莉瑟蕾塔與谷麗媞亞雙雙瞪大眼睛，對不由分說就讓我長大的神祇感到憤怒。

「居然讓您成長到連襪子也穿不下……！甚至在場還沒有替換衣物和侍從，怎能對您做出這種事情來呢，而且培育之神安瓦庫斯是男神吧！」

「您出落得如此美麗固然值得高興，但祂們竟然讓那般想要長大的您對此並不感到高興，而是困惑與不滿，這我實在難以饒恕。」

兩人憤慨說完，我便告訴她們，自己當時心裡也有著無處宣洩的怒火。

「不過，現在實際感受到自己的視線和谷麗媞亞一樣高後，我終於能夠感到開心了。因為剛才我都是一個人，沒有比較的對象，也沒辦法照鏡子，所以完全沒有長大了的感覺。」

當時我只顧著保住身上的衣服、與劇烈的疼痛對抗，根本沒有心情好好檢視自己長大後的模樣。但此刻照了房裡的鏡子後，鏡中的人連我自己看了都忍不住感嘆，居然可以長成這般娉婷美麗的少女。再不認真點注意自己的言行，可能就會變成比安潔莉卡更讓人想搖頭嘆氣的美少女了。

「不過羅潔梅茵大人，這樣真的好嗎？那個，您現在這樣似乎等同比起王族，更優先考慮艾倫菲斯特……」

莉瑟蕾塔一邊脫下我身上的衣物，一邊面帶憂心地問道。但是，對此我並不怎麼在意。雖然我剛才確實是抓緊他們看到長大後的我、還沒回過神來的時機，但終歸徵得了席格斯瓦德與錫爾布蘭德的許可，應該沒有問題吧。

「既然王族都已經同意了，想必不用擔心吧？況且比起王族，我本來就更擔心艾倫菲斯特，再加上如妳們所見，衣服都變得破破爛爛了。突然長高了這麼多，從明天開始我根本沒有衣服可穿，目前實在沒有辦法與王族談話。」

能夠得體面見王族的衣服，當然不可能在幾天之內便縫製好。就算回到了艾倫菲斯特，在新衣做好之前，我好一陣子也只能穿著神殿長服。

聽到我這麼說，莉瑟蕾塔與谷麗媞亞先是對看一眼，然後進入衣物室，拿著大件衣物走出來。

「由於哈特姆特實在太過篤定地聲稱羅潔梅茵大人長大了，因此我們為您預留了幾件布倫希爾德的衣裳。另外，我也已經指示奇爾博塔商會暫停製作您定做的新衣。」

據說打從我在圖書館失蹤以後，哈特姆特便主張「羅潔梅茵大人是受到了梅斯緹歐若拉的邀請」，然後每天都一臉陶醉地跟大家報告我的最新情況：「羅潔梅茵大人的魔力今天又成長了。」導致宿舍裡的眾人比起擔心我，更加煩惱到底該如何才能讓哈特姆特閉上嘴巴。

……什麼？還以為只是稍微過火，結果簡直超級恐怖！

「其實所有人都半信半疑，但因為哈特姆特說得信誓旦旦，加上其他已獻名的近侍也同意他的說法，所以我們還是預先做好了準備。」

說完莉瑟蕾塔看向谷麗媞亞，後者點一點頭。

「由於我的身體包覆著羅潔梅茵大人的魔力，不時還能感覺到魔力的增長，因此可知您並無生命危險。只不過我與哈特姆特不同，從未想過您的身體也成長了……」

而布倫希爾德的衣服因為是參考我的款式去定做，背部都是綁帶式的，便於調整尺寸；再加上她是在確定成為奧伯的第二夫人後才定做冬季服裝，所以從流行與家世層面來看，服裝品質會比其他人的更適合我。除此之外，也因為布倫希爾德已經成年，就算把這些衣服留在貴族院，也不會給任何人造成困擾。基於以上種種理由，她們便選擇留下布倫希爾德的衣物。

「當然回到城堡以後，還是要立即為您量身、定做新衣，但有了這些衣服，暫時應該不用擔心吧？」

「我真是太驚訝了。」

我照著莉瑟蕾塔說的穿上成人尺寸的貼身襯衣，再覆上魔石變成的簡易鎧甲，然後試著套上布倫希爾德的衣服。胸口有點緊，裙襬很長。不過，上半身可以用背上的綁帶調整鬆緊程度，裙襬也只要稍微往上提就沒問題。至於內衣，莉瑟蕾塔似乎利用閒暇時間為我縫製了好幾件。她說因為我正值發育期，現在先做好幾件，以後也用得到。

「但鞋子還是得配合腳的大小製作才行，所以暫時只能用魔石變成了。」

「反正不會對我的魔力造成負擔，這倒是沒關係。」

用完晚餐後，接著是沐浴。沐浴的時候，莉瑟蕾塔與谷麗媞亞告訴了我這段時間貴族院內發生的事情。首先是中級與下級貴族的奉獻儀式皆已順利結束，並且一直到貴族院關閉為止，一律對外宣稱我正臥病在床。聽說漢娜蘿蕾非常擔心我，還借來了書當作探病禮物；庫拉森博克提供了資料後，是由達穆爾與哈特姆特負責閱讀和抄寫；領地對抗戰上，近侍們也幫忙把魔紙交給了斐迪南。我還聽說馬提亞斯因為找不到女伴一起出席畢業儀式，集結了舊薇羅妮卡派的孩子們，大家一起認真討論該怎麼辦。

「結果馬提亞斯拜託了奧黛麗擔任他的女伴。因為馬提亞斯如今無父無母，很難在貴族院內邀請到他領的女性。若想請谷麗媞亞或繆芮拉擔任女伴，則應該提早找她們商量，否則女性會來不及準備服裝。」

我真沒想到馬提亞斯竟然是拜託奧黛麗當他的女伴。因為他長得好看，成績又優秀，我還以為輕輕鬆鬆就能邀到一、兩名女孩子。原來身為父母的代理人，還有這些事情得為他設想。

「我身為主人真是太失職了……該怎麼向馬提亞斯道歉才好呢。」

「不，羅潔梅茵大人。馬提亞斯因為是前任基貝．格拉罕之子，加上已經預計與您一同前往中央，所以從一開始就沒有挑選女伴的打算。若他想在處境相同的女性中挑選對象、維持該有的體面，就應該要自己早點採取行動才對。」

就連一般的學生也會自己尋找對象，再介紹給父母；若對象是他領的學生，還得趁著領地對抗戰與對方的父母見面。事前做好這些準備後，才能邀請對方當自己的女伴，所以是馬提亞斯自己動作太慢，也沒能預先找好對象，介紹給我這個已接受他獻名的父母代理人──谷麗媞亞斷然說道。

「見到馬提亞斯這副模樣，明年將要畢業的勞倫斯似乎相當焦急，覺得自己也該提前做準備呢。好了，羅潔梅茵大人，閒聊就到此為止，明天開始又會很忙碌吧？」

莉瑟蕾塔催促我上床睡覺，我也決定乖乖聽話。因為我確實疲憊不堪，而且從明天開始又要忙得不可開交了。

隔天早上用完早餐，吩咐雨果打包行李後，莉瑟蕾塔他們也開始整理行李。由於護衛騎士是輪流來宿舍值守，因此行李並不多，但一直留在宿舍等我回來的莉瑟蕾塔與谷麗媞亞，行李明顯多了不少。

「莉瑟蕾塔、谷麗媞亞，對不起喔。」

「羅潔梅茵大人，小事而已，請您別放在心上。既然主人不在，那我們待在城堡也沒有意義。」

因為城堡那邊的情報蒐集有奧黛麗一個人就非常足夠了，而文官們在神殿與城堡都有工作，騎士們則是必須參加訓練不可。因此，能留在宿舍裡的就只有莉瑟蕾塔與谷麗媞亞兩個人。

整理好行李後，我們便往轉移廳移動。今天我一樣是坐在騎獸裡頭，因為更衣的時候我不停撞到手臂和失去平衡，在莉瑟蕾塔與谷麗媞亞面前糗態百出。這樣的我要下樓實在太過危險，因此兩人都懇請我使用騎獸，她們才能放心。

「領地那邊要迎接您的人似乎已經在等著了。」

下樓後，我與柯尼留斯還有馬提亞斯會合。

「谷麗媞亞、馬提亞斯，我和莉瑟蕾塔會陪著羅潔梅茵大人先用轉移陣回去，麻煩你們親眼確認所有行李與廚師都移動了之後再回來。至於宿舍的門窗，諾伯特之後會過來檢查，你們不用擔心。」

移動的同時，柯尼留斯順便說明了轉移的順序與確認事項，很快地我們便到了轉移廳。在轉移廳內待命的兩名騎士看見我後，渾身嚇得一震。在他們滿是驚愕的臉上還有著不自覺的抗拒，像是看到了以自己常識無法理解的、令人發毛的事物。面對突然長大的我，近侍們雖會不知所措，但從來不曾表現出厭惡，所以我完全沒有意識到自己的異於常人。此刻經由他人的眼光察覺到這一點後，我不由自主後退一步。
「您還沒適應嗎？看來安瓦庫斯的祝福對您造成了不小的負擔。」
馬提亞斯面帶微笑，往我的背部輕輕一推。感覺到了他在告訴我不必在意，我轉頭回以微笑。
「馬提亞斯，剩下的工作就交給你們了。請與谷麗媞亞盡早回來。」
「遵命。」
於是我與柯尼留斯還有莉瑟蕾塔一起站上轉移陣。然後在馬提亞斯與谷麗媞亞的目送下，轉移返回艾倫菲斯特。
一回來，守在轉移廳內的騎士們看到我後又是滿臉吃驚，因此我侷促不安地走出房間。
「羅潔梅茵，妳終於平安回來了！噢噢?!雖然哈特姆特早已說過，但妳竟然真的長大了！現在簡直是尤根施密特境內首屈一指的大美人！」
「祖父大人，您太誇張了。」
「祖父大人，距離太近了！請您再後退一步。」
儘管遭到柯尼留斯制止，但最先衝過來迎接我的人是波尼法狄斯。在他身後，還有齊爾維斯特、芙蘿洛翠亞、韋菲利特、夏綠蒂、麥西歐爾與近侍們，所有人都看著我，一臉茫然。
……嗚嗚，大家的目光讓我好不自在。

「養父大人，我回來了。抱歉讓您擔心了……我有非常重要的事情要向您稟報，能占用您一些時間嗎？我知道喬琪娜大人打算用怎樣的方式奪取艾倫菲斯特的基礎了。」

瞬間，本來還一臉驚訝地看著我的齊爾維斯特立即正色。

「由於事關基礎，我不打算向奧伯以外的人說明。等您準備好了可以單獨談話時，請再召見我吧。」

「那就現在吧，這種事半點也不能耽擱……波尼法狄斯，麻煩你護送羅潔梅茵到我的辦公室。」

說完齊爾維斯特迅速轉身，帶著自己的近侍們先一步返回領主辦公室。看到波尼法狄斯立刻把手扠在腰上等著護送，我輕笑起來，挽住他的手肘。以前平視時我的眼睛還只能看到波尼法狄斯的手腕，但現在可以看到手肘了。

緊接著韋菲利特帶頭走過來，與弟弟妹妹將我和波尼法狄斯團團包圍。

「哈特姆特每天都在滔滔不絕，說妳長大了，沒想到竟然是真的，嚇我一大跳。」

「唔呵呵，我變得很漂亮吧？看到鏡子裡的自己，我也嚇了一大跳呢。」

「嗯，的確是變漂亮了，但妳的內在完全沒成長嗎？跟外表的落差也太大了。」

「就跟韋菲利特哥哥大人一樣，內在都沒有什麼成長呢。」

「唔？我可是成長了不少。」

我一邊與韋菲利特拌嘴，一邊以目測的方式比較身高。讓人有些不甘心的是，我還是比韋菲利特矮。他大概也正值發育期，感覺還在長高。

「姊姊大人，歡迎回來……哎呀，您現在比我還高一點呢。感覺真是不可思議。」

……噢噢，我真的長大了！總算有夏綠蒂姊姊該有的樣子了！

截至目前為止，此時此刻的我最感謝艾爾維洛米與安瓦庫斯。這種感覺太棒了，一舉重拾姊姊的尊嚴。我感動得渾身打顫時，麥西歐爾也用充滿感動的眼神仰頭看我。

「哈特姆特在神殿的時候，總跟我說羅潔梅茵姊姊大人收到了睿智女神梅斯緹歐若拉的邀請，前往了神所在的世界，並在得到諸神的祝福後有所成長，原來是真的呢。」

「哈特姆特?!」

你都對麥西歐爾說了什麼啊?!我猛然回過頭，哈特姆特卻是一派理直氣壯地揚起微笑。

「我所言沒有半句假話。羅潔梅茵大人確實是在我面前被睿智女神梅斯緹歐若拉帶走，我也每天都能感受到您的成長。」

「哈特姆特說的不是真的嗎？」

在麥西歐爾目不轉睛的凝視下，萬般苦惱的我真是不知該如何回答。教人傷腦筋的是，哈特姆特說的還差不多全對。

「也、也不能說全是錯的，大致上都對。因為是培育之神安瓦庫斯的力量讓我突然長大的。」

「所以羅潔梅茵姊姊大人真的得到了諸神的祝福呢。」

……啊啊啊啊！其實還是有點不一樣，但是好難說明。最主要是哈特姆特那得意洋洋的表情讓人有些火大！

跟身邊的人比較後，我確切地感受到了自己身體的成長，也感受到了聖女傳說正在哈特姆特的加油添醋下越來越誇張。隨後我往領主辦公室開始移動，但還是不太能順利行走，只見雙腳立刻失去平衡，我趕緊張手抓住波尼法狄斯的手臂。

「祖父大人，真是抱歉。我現在還沒適應長大後的身體……」

「那這樣就好了吧。」

所以我改坐騎獸吧——但我話還沒說出口，波尼法狄斯便毫不費力地一把將我抱起來。動作之快，柯尼留斯根本來不及阻止。

「那個，祖父大人。我現在長這麼大了，一定很重喔。請放我下來吧。」

「不。妳現在比較有重量後，我反而能把握分寸。以前妳太輕了，我老是不知該如何調整力道，但妳現在長大了，我也有過抱著妻子移動的經驗，所以沒問題。」

波尼法狄斯一臉得意地話說從前，但是在他四周，眼看護衛對象竟然在一瞬間就落入他人手中，我的護衛騎士們皆是倉皇無措。

「羅潔梅茵大人，請下指示。要我傾盡全力，將您從師父手中搶回來嗎？」

「安潔莉卡，妳這麼說也太可怕了。我看祖父大人抱得很穩，那就這樣吧。」

我決定放鬆身體，讓波尼法狄斯把我抱到領主辦公室去。至少看到突然長大的我，波尼法狄斯眼中毫無厭惡，還發自內心地為我感到高興。

「一般都是小時候才有人願意這樣抱，長大後就沒辦法了吧？祖父大人似乎和大家反過來，所以這次就接受他的好意吧。」

結果我就像個幼童般由波尼法狄斯抱著，抵達了領主辦公室。卡斯泰德與副騎士團長站在門前，看見被波尼法狄斯抱著的我後都眨眨眼睛。

……嗯，畢竟都長這麼大了，沒有料到我會被人抱著出現吧？

卡斯泰德往柯尼留斯瞥了一眼，想必是在擔心我吧。但是看到一臉心滿意足的波尼法狄斯，剎那間他露出了無可奈何的苦笑後，隨即板起臉孔，為我開門。

「羅潔梅茵大人，奧伯・艾倫菲斯特已在內等候。」

「好的……祖父大人，謝謝您送我到這裡來。」

請波尼法狄斯把我放下來後，我小心地踩著步伐，走向已經屏除眾人、獨自在領主辦公室內等候的齊爾維斯特。房門關上的聲音讓我不由自主回過頭，結果下一秒就兩腳打結，慘烈地摔了一跤。

「噗哈！聽到有重要的事情，我還滿心緊張地在等妳，結果妳在做什麼啊？」

「嗚嗚……因為我還沒適應已經長大的身體嘛。請問這段時間能讓我使用騎獸，在城堡裡移動嗎？」

齊爾維斯特似乎忍俊不禁地爆笑出聲，一邊笑著一邊走來，往我伸出手。我扶著他的手站起來後，這次更是小心翼翼地邁出腳步。

「今天早上我也在更衣的時候控制不了雙腳而跌倒，剛才要與祖父大人一起移動時膝蓋又使不上力，真是太困難了。」

「但說到妳的騎獸……如今妳外表都變大了，還要使用那個嗎？」

「我的小熊貓巴士很可愛喔，跟窟倫一點也不像。」

看到齊爾維斯特一臉嫌棄，我不高興地癟嘴。我的小熊貓巴士既可愛又方便，所以我完全不打算換成其他造型。

「不只騎獸，妳的言行也與外表完全不一致。單看外表的話，現在的妳完全可以稱作聖女喔？」

「韋菲利特哥哥大人剛才也這麼說，我自己照過鏡子後多少也有自覺。可是，要我表面做做樣子是沒問題，但內在無法輕易改變喔。這也是沒辦法的事情吧？」

像養父大人的內在也沒什麼變吧？我帶著這層含意投以微笑後，齊爾維斯特揚起淡淡苦笑，頷首道：「……是啊，我也沒什麼資格說妳。」

隨後我與齊爾維斯特坐下來，正式面對面。我緩緩吐一口氣時，齊爾維斯特也收起笑容。

「那麼說回姊姊大人……妳說妳已經知道她會如何奪取基礎，這是什麼意思？」

對領主來說，基礎被奪可說是最糟糕的事態。因為新領主奪得基礎後，一般都會立即殺掉舊領主，防止基礎再被搶回去。不光領地，就連性命也保不住。

不僅如此，其他領主一族也很可能無法活命。通常頂多留下前任領主的一個孩子，命其與新領主的孩子成婚，便於統率領內原有的貴族。然而，喬琪娜本就是艾倫菲斯特出身的貴族，所以她沒有理由非得留下齊爾維斯特的孩子。雖然如今整個國家普遍魔力不足，或許會因此饒大家一命，但就算能活下來，也會被關進白塔，從此過著被迫供給魔力、與死人無異的生活。

「雖然我沒有確切的證據，但想起聖典遭竊一事，我想應該錯不了。」

「與聖典遭竊有關嗎？不是有其他密道，或是妳發現了什麼新的魔導具？」

齊爾維斯特滿臉納悶地看著我。但先不說有沒有其他密道，根據取得知識裡所講述的神殿與聖典的功用，我想應該是雖不中亦不遠矣。

「我直接說結論吧。各領基礎都是設在神殿禮拜堂的正下方。」

「……啊?!」

齊爾維斯特整個人定住了幾秒鐘，緊接著他猛然搖頭，再度「啊？」了一聲。看來這件事對他造成了很大的衝擊。

「當然，放有基礎的空間會被白色牆壁包圍起來，並以魔力與外界隔絕，所以神殿裡頭沒有任何人進得去。」

「這我想也是……但竟然不在城堡，而是在神殿嗎……」

「歷任奧伯傳承給下任奧伯的，都是一項轉移至基礎所需的魔導具，具有鑰匙的作用。再加上領主自己的房間裡就有通往基礎的門扉，所以大家會認定基礎就設在城堡裡也不奇怪。綜觀古今，一直都有人為了找到基礎，把整個城堡翻遍，但對這些人來說這完全是盲點呢。」

我說完後，齊爾維斯特的表情整個垮了下來。

因為如果具有鑰匙作用的魔導具尚未完成交接，領主便去世了，那麼下任領主首先要做的就是找到能夠通往基礎的魔導具。通常領主都會把這項魔導具帶在身上，或是放在秘密房間裡，但因為外形有別於一般的鑰匙，想要找到極其不易。

「可是，就算沒能從奧伯手中拿到連結領主房間與基礎的鑰匙，其實本來還有一把鑰匙，可以先交給下任奧伯，讓他能履行領主的職責。這樣才能一邊履行職責，一邊慢慢尋找另一把鑰匙……」

原先根本不需要一邊從供給室為基礎提供魔力，一邊拚命尋找基礎的所在。

「羅潔梅茵，我從不知道還有一把該給下任奧伯的備份鑰匙，也從來沒收到過。難道父親大人給了姊姊大人……」

「不是的。」

齊爾維斯特沉下臉來，我連忙搖頭否定。

「養父大人，您還記得建國神話嗎？」

「嗯，或多或少吧……」

妳到底想說什麼——看我突然改變話題，齊爾維斯特面露困惑地看著我。但是，我並不是沒有來由地改變話題。

「那麼，您應該知道初任國王曾是神殿長吧？所以對初任國王來說，將基礎設置在用以向神祈禱的神殿裡，是再理所當然不過的事情了。」

不光是自己的祈禱，為了讓所有在神殿裡進行的祈禱都能流往基礎，也為了讓祈禱更容易傳入諸神耳中，建造時是將基礎與神殿併在一起。另外補充一下，神殿裡的神具與聖典也是由君騰在設置基礎時一併製作。由於古得里斯海得裡記載著這是君騰的工作，大概只有得到的人才會知道吧。

「在那之後有好一段時間，各領的下任奧伯都曾擔任神殿長。我想現在的養父大人應該可以理解，為了在舉行儀式後取得更多加護、增加魔力，這項工作非常重要。」

「是啊。」

然而久而久之，下任領主以神殿長的身分在神殿裡舉行儀式時，能夠出入城堡與神殿的其他領主候補生卻凝聚了領內的貴族，逐漸擁有發言權。最終，曾為神殿長的下任領主即便就任為領主，也只被視為是負責奉獻魔力、舉行儀式的掛名奧伯。儀式與政事間的界線日益分明，因此開始有領主候補生拒絕進入神殿。就在這樣的發展演變下，大家慢慢遺忘了初任國王所建立的這個制度是基於怎樣的目的。

「歷史課就到此為止，結論是什麼？」

「也就是說，下任奧伯在成為神殿長時一定會收到的那把聖典鑰匙，可以用來打開神殿裡通往基礎的門扉。」

所以久遠以前，即使領主突然撒手人寰，繼承人也不會太過驚慌失措。

「既然喬琪娜大人曾與前任神殿長密切通信，那麼這有可能是前任神殿長洩露的消息。因為就只有他擁有過聖典，還與喬琪娜大人有往來。」

貴族一般不會靠近神殿，所以有關神殿的知識，就只有在貴族院的課堂上大略學習過的而已。再加上平常不會進出，又對神殿嗤之以鼻，根本不會想深入了解。

雖然我不曉得喬琪娜本人有沒有進過神殿，但前任神殿長顯然常常前往城堡與貴族區，而且透過遺留的書信也看得出他很疼愛喬琪娜。

「但如果姊姊大人早已知道這件事，應該更早之前就會採取行動，奪取基礎了吧。比如在她嫁去亞倫斯伯罕之前、在我成為奧伯之前，或是她拜訪艾倫菲斯特的時候……」

「可能要看喬琪娜大人是在什麼時候得知基礎的所在地。如果她是在我成為神殿長以後才得到消息，便很難取得聖典的鑰匙吧。」

「……啊，我想起來了。我曾經下達許可，讓姊姊大人把叔父大人的信件當作遺物帶回去。當時那些信件多是姊姊大人的來信，但也有幾封是叔父大人沒送出去的信，多半是其中一封信裡有這項消息。」

齊爾維斯特神色疲倦至極地扶額。他說他檢查過信件內容，才判定可以全部放心地交給喬琪娜。他似乎以為前任神殿長不是貴族，便無法用魔法動手腳，但其實不需要用到魔導具，只要用暗號就能向對方傳遞消息。

「那麼聖典的鑰匙，現在是由身為神殿長的妳持有吧？」

「目前正保管在神殿裡，但眼下最要緊的事情是，喬琪娜大人既不必來城堡，也不必向養父大人逼問基礎的下落，就有辦法得到基礎。既然向她獻名的達道夫子爵夫人曾在生前竊取過聖典，那麼我想她的目標應該就是神殿那邊的入口。」

我說完推測後，齊爾維斯特深深長嘆口氣。

「看來應該沒錯。現在從城堡通往基礎的門扉我已經加強警戒，也和波尼法狄斯一起針對密道擬好了對策。但是，我們從沒想過，竟然還能從神殿奪取基礎。」

一旦神殿遭到攻擊，基礎被奪下只是時間早晚的問題。因為平常都是魔力不多的青衣神官在管理神殿，喬琪娜想要搶得鑰匙也是輕而易舉吧。

「我與麥西歐爾在神殿的時候，都會帶著護衛騎士，但只要我們一離開，神殿的守備便會變得非常薄弱。好比除了奉獻儀式外的冬季社交期間，以及春天的祈福儀式與秋天的收穫祭，我們都不在神殿，但聖典的鑰匙依然放在神殿裡。」

齊爾維斯特用力吞了口口水。重新檢視過後，神殿簡直毫無防備。雖然領主候補生待在神殿裡時，會有騎士保護我們的安全，但保護著基礎的就只有一把鑰匙。

「那麼，關於基礎的所在位置以及聖典鑰匙的交接與否，還請養父大人慎重考慮。訂定防禦計畫時，究竟要如何隱瞞基礎就在神殿裡頭，又要公開多少機密情報，得由您做決定。因為如果突然加強神殿的守備，大家會覺得奇怪吧。可是，也不能完全不採取對策。至於要如何訂定計畫保衛基礎，就是奧伯的工作了。」

因為春天的祈福儀式過後，我便會離開艾倫菲斯特，這件事沒有我出場的餘地。既然聖典的鑰匙關係到基礎，就要請齊爾維斯特好好考慮，是否要把鑰匙交給麥西歐爾。

「在訂定基礎的防衛計畫時，我會把神殿也納入考量。不過，我想姊姊大人最有可能在春天的祈福儀式時採取行動……」

「為什麼呢？經過去年的肅清，她的同黨減少了許多，所以有可能不是春天，而是秋天或冬天喔，也說不定是明年或後年。」

嘴上說著覺得有可能，齊爾維斯特的語氣卻很篤定，這讓我噘起嘴巴。要是對自己的推斷太有信心，可能會招來慘痛的後果。但是，齊爾維斯特似乎十分確信，深綠色的雙眼亮起凌厲光芒。

「現在所有領地都知道妳已臥病在床很長一段時間，甚至還有教師胡亂宣稱，說妳可能早已登上遙遠高處，因而遭到解雇。而妳已經回來的消息，目前還沒有任何領地知道，所以，姊姊大人會判定神殿的守衛現在十分薄弱吧。最主要的是，我認為她會想在斐迪南住進本館前讓一切塵埃落定。因為若不趕在有星結儀式的領主會議前採取行動，就會很難再支開那傢伙。」

……這麼說來，斐迪南大人也曾在信上寫道，說他現在很難蒐集到情報呢。

「羅潔梅茵，感謝妳提供如此貴重的情報。我還是第一次能搶在姊姊大人前頭。」

「那如果喬琪娜大人打算趁著祈福儀式時採取行動，就算已經來到了領地附近也不奇怪喔。因為只要使用那種銀布，便能輕易穿過邊界。」

齊爾維斯特用力閉上了雙眼。

「我發現蘭翠奈維的使者身上都披有銀色布料。雖然不曉得是不是一樣的東西，還是單純剛好都是銀色，但倘若能向蘭翠奈維大量購買那種銀布，或許可以假定姊姊大人已經做好了開戰的準備。」

梅斯緹歐若拉的知識裡並沒有關於銀布的資訊，也找不到有關圖魯克的資料。不知道是因為近幾年才有這些東西，還是因為外國的知識不會囊括，但也有可能這部分的知識在斐迪南那邊。

「話說回來，羅潔梅茵，妳是在哪裡得到這些知識的？」

談話結束後我站起來，齊爾維斯特向我問道。我微微一笑，只是反問：「……您覺得是哪裡呢？」

齊爾維斯特好一會兒盯著我瞧，最後露出難以言喻的表情。

「……難不成，妳真的得到了？」

他沒有明說我得到了什麼，我也沒有刻意問清。因為光這樣彼此便心照不宣。

「但是內容不滿七成，還缺了不少關鍵的部分，用起來很不方便呢。」

我一邊說著一邊小心翼翼地走向出口，走到門口時又一骨碌回頭。

「那我馬上回神殿一趟吧，因為我想先檢查一下鑰匙。既然聖典被偷換過，那麼鑰匙也有可能除了下毒以外，被動了其他的手腳。由於聖典是書，我可以藉由味道、外觀與重量來辨別真假，但對於鑰匙我就一點信心也沒有了。」

我挺起胸膛說完，便見齊爾維斯特抱頭呻吟。

「妳仔細檢查一下吧。要是我們拚命保護的鑰匙被人動了奇怪的手腳，到時候可會欲哭無淚。」

「是～那麼我失陪了。」

## 聖典的鑰匙

「接下來我必須馬上返回神殿。這也是養父大人的要求，所以能不能請奇爾博塔商會改成去神殿呢……」

回房後我這麼表示，卻見莉瑟蕾塔面有難色。

「羅潔梅茵大人，若您明天便能返回城堡，能請您還是在城堡測量尺寸嗎？因為我還找了芙蘿洛翠亞大人、夏綠蒂大人與艾薇拉大人的專屬裁縫師，要為您定做服裝。」

畢竟總不能讓主人一直穿著近侍布倫希爾德讓予的衣服，所以侍從們似乎向各方尋求支援，還協調好了時間。不僅如此，要是不能在領主會議前做好準備，屆時將會面臨都要前往中央了，卻還沒做好半套衣服的窘境，而我當然不能讓莉瑟蕾塔與奧黛麗的苦心白費。

「知道了，那我明天就回來吧。」

「羅潔梅茵大人，明天的量身與服裝挑選也請讓我同行。我想對您有所貢獻。」

我在貴族院完全沒能幫上您的忙——貝兒朵黛看著我，一臉哀傷地說道。聽到貝兒朵黛感嘆自己好不容易成為侍從，卻沒能做到半點侍從該做的工作，我便配合她的身高稍微蹲下來，說：

「但我聽莉瑟蕾塔還有谷麗媞亞說，妳為了不輸給麥西歐爾的近侍，非常認真地協助夏綠蒂舉辦茶會吧？我也聽說妳的表現非常優秀，在我不在的這段時間，很努力在推廣艾倫菲斯特的流行呢。」

「可是，等姊姊大人與奧伯舉行星結儀式，我就不能再服侍羅潔梅茵大人了……」

等到布倫希爾德正式成為第二夫人，貝兒朵黛便會去當她的見習侍從。在那之前，貝兒朵黛似乎想為我多做些侍從該做的工作，如此認真的她十分可愛。

「那麼明天要定做的服裝，其中一件便交給貝兒朵黛吧。請幫我定做夏季的服裝，連我也看得出自己現在整體的氣質變了許多，還請妳好好思考要如何搭配。」

「感謝羅潔梅茵大人。」

貝兒朵黛露出開心的微笑後，我再請她明天也邀布倫希爾德過來一趟。

「這陣子她應該正忙碌地為星結儀式做準備，但為了慶祝她結婚與離職，我想贈送髮飾給她。雖然突然，但能請妳現在過去幫我轉達嗎？」

「當然，羅潔梅茵大人。姊姊大人一定會很高興。」

為了向布倫希爾德傳話，貝兒朵黛暫且離開。緊接著，我馬上開始為返回神殿做準備。

「我只是奉養父大人之命要回神殿確認某件事情，所以明天就會回來了。專屬樂師羅吉娜請讓她留在城堡待命，至於專屬廚師雨果，因為之前讓他在宿舍待得太久了，我會把他帶回神殿，明天再帶其他人過來。」

谷麗媞亞立即開始動作，聯絡專屬與神殿的人。眼角餘光中可以看到她忙碌起來，我再看向自己的文官們。

「哈特姆特、菲里妮，麻煩你們陪我回神殿一趟。羅德里希、克拉麗莎，請你們留在城堡，抄寫漢娜蘿蕾大人借給我的書籍。至於護衛騎士，達穆爾、安潔莉卡、馬提亞斯與勞倫斯就跟我回神殿。其他人請在城堡待命，因為養父大人與祖父大人可能有事要找你們。」

為了重新擬定防衛計畫，其他人可能會被叫到騎士團去。柯尼留斯與萊歐諾蕾身為上級騎士自然該留下來，但安潔莉卡的話留下也沒意義。

在我下達指示的時候，莉瑟蕾塔與奧黛麗也已迅速地開始整理行囊。因為我現在長大了，包括就寢時無法再穿神殿裡的衣服，需要準備替換衣物。

「羅潔梅茵大人，路上小心。期盼您及早歸來。」

到了神殿，走出騎獸以後，只見神殿的侍從們無一不面帶驚訝。大家不約而同地倒吸口氣，愣愣注視著我。只不過，他們的眼神並不像看見了異類般有著抗拒，也和明白這一定有什麼理由、因此默默消化接受的貴族近侍們不同。真要說的話，跟毫不懷疑地相信哈特姆特的麥西歐爾比較類似。

……啊嗚，大家肯定都被洗腦了。

「我回來了。」

「……羅潔梅茵大人，歡迎您的歸來。雖然哈特姆特大人早就說過，但您在得到諸神的祝福後真的長大了，還變得好漂亮呢。」

被莫妮卡晶燦發亮的雙眼緊盯著瞧，我一時語塞，無法反駁。由於哈特姆特一直以能讓人耳朵長繭的頻率，不停地告訴眾人我平安無事，而且魔力還在持續成長，所以大家幾乎沒有表現出抗拒，很自然地就接受了我長大的事實。儘管大家同時也很受不了他所宣揚的內容與那熱切的口吻，但我能馬上回歸到日常生活，其實全多虧了哈特姆特。

……這我當然知道。雖然知道，但實在不是很想感謝他。

「一直以來羅潔梅茵大人的外表都非常年幼，現在這副模樣真教人大吃一驚，但您能成長真是件值得高興的事情。」

「在我見過的人當中，羅潔梅茵大人是最美麗的。」

法藍與吉魯是從一開始就在身邊服侍我的人。看到法藍面帶沉穩笑容，為我的成長感到高興，吉魯則是一臉有些靦腆，握起拳頭稱讚我，我忍不住輕笑出聲。

「看到大家都為我高興，我也很開心喔。」

接著，我請吉魯與弗利茲幫忙搬運從城堡帶來的行李，然後一邊走回神殿長室，一邊告訴法藍與薩姆我明天的行程以及對專屬的安排。

「冬天的成年禮就要到了，儀式服來得及準備嗎？還是要請麥西歐爾大人幫忙主持？」

「當初定做時，我就設計成了長大後也能穿的款式，所以儀式服不用擔心喔。倒是在平常的便服修改好前，我都只能穿著儀式服，這點比較傷腦筋呢。明天我會回城堡測量尺寸與定做衣服，所以會先跟奇爾博塔商會說一聲，之後請送去讓他們修改。」

等我在城堡量過身，應該會照著新的尺寸，一併修改神殿的便服吧。

「您明天在城堡還有行程嗎？那麼今天是為了何事專程回神殿來？」

「為了檢查聖典的鑰匙。我發現了一些新事實，所以必須重新檢視鑰匙。」

回到神殿長室後，我一邊喝著妮可拉泡的茶，一邊等著法藍取來聖典的鑰匙。與此同時，我再向達穆爾與安潔莉卡下達指示。

「達穆爾、安潔莉卡，不好意思，能請你們前往平民區的所有大門，告訴士兵要仔細察看有沒有人披著銀布入城嗎？另外，提醒他們發現的時候千萬不能引起對方注意，要立刻通知騎士團。因為對方很可能是高階貴族，他們不必當場進行逮捕。」

「是！」

達穆爾與安潔莉卡立即轉身離開房間。聽見銀布兩個字，馬提亞斯低喃說著：「羅潔梅茵大人，您的意思是……」然後轉頭往我看來。當初是在基貝・格拉罕的夏之館內發現銀布，那麼他要推敲出銀布所指涉的人物，想必並不難吧。

「擁有魔力的可疑分子可能會偷偷闖入艾倫菲斯特。在我回來的前一天，慶春宴不是剛結束嗎？那麼接下來積雪將開始融化，必須小心入城的馬車。」

馬提亞斯忽然大步走到我面前跪下來，並在胸前交叉雙臂。

「羅潔梅茵大人，請您准許我前往格拉罕。先前與波尼法狄斯大人前往調查時，我們在領內發現了幾間藏有魔導具的小屋。波尼法狄斯大人因此設了機關，只要有人進去過便能察覺。請容我前往確認。」

「那我問問祖父大人吧。即便要去，也得有騎士團的人同行。」

於是我向波尼法狄斯送去奧多南茲，告訴他馬提亞斯想去格拉罕檢查機關。這時候波尼法狄斯應該正與齊爾維斯特還有卡斯泰德湊在一起，忙著重新擬定艾倫菲斯特的防衛計畫，所以多半會指派騎士團的其他人吧。

我正這麼心想時，很快收到了回覆。

「正好我也在想必須去確認一遍。為免我精心設置的機關被破壞，就由我一同前往吧。馬提亞斯，記得準備充足的回復藥水，這項任務要只花一天的時間就回來。」

看來波尼法狄斯打算猛灌回復藥水，騎著騎獸以最快速度解決這件事。我進入秘密房間，拿了好幾種回復藥水走出來，交給神情悲壯的馬提亞斯。

「馬提亞斯，這些藥水給你使用吧。我能保證絕對有效。但要跟上祖父大人的最快速度恐怕不容易，你沒問題嗎？」

「……是我自己要求前往確認的，所以我不會退縮。因為我不想再看到艾倫菲斯特陷入混亂，一定竭盡所能。」

馬提亞斯道謝後收下回復藥水，但眼看護衛騎士只剩下勞倫斯一個人，人數未免太少，我正想著要不要把優蒂特叫來神殿時，勞倫斯笑道：

「羅潔梅茵大人，請您放心。我已經聯絡優蒂特了。因為不能讓羅潔梅茵大人身邊的護衛再減少下去，她似乎會與波尼法狄斯大人一道來神殿。」

……哇噢，我的近侍真是太優秀了。

「羅潔梅茵大人，聖典的鑰匙在此。」

等到護衛騎士們不再忙亂地進進出出，法藍便向我遞來聖典的鑰匙。我接下後，從椅子站起來。

「法藍，謝謝你。那麼我要進入秘密房間待一會兒，不需要護衛陪同。請你們在外頭待命吧。」

留下優蒂特與勞倫斯在神殿長室擔任守衛後，我獨自一人進入秘密房間。我先把鑰匙放在房內桌上，接著變出思達普詠唱「古得里斯海得」，再以手指點按平板型的梅斯緹歐若拉之書，搜尋有關聖典鑰匙的資料。

「我看看喔……」

聖典的鑰匙在製作時，是與基礎互相對應。此外登記魔力用的魔石上方還有一顆小魔石，有著與領地色相同的顏色，所以只要察看鑰匙，就能知道是屬於哪個領地。

原來是這樣啊——我這麼心想著仔細打量起鑰匙後，卻發現象徵所屬領地的魔石竟然是淡紫色的，而不是艾倫菲斯特那接近黃土色的金黃色。

「這根本不是艾倫菲斯特的鑰匙！居然是亞倫斯伯罕的鑰匙嗎?!咦？為什麼?!我用這把鑰匙打開聖典好幾次了吧?!」

我急忙接著閱讀有關鑰匙的資料，才知道原來鑰匙雖與基礎是對應的，但與聖典並不是。而且因為鑰匙是君騰以魔法製成，所以所有領地的聖典鑰匙都有著一樣的外形。只要登記在聖典與鑰匙上的魔力一致，便能以持有者的身分打開聖典。

對許久以前的君騰來說，神殿長聖典就像是本教科書，整理了有關儀式與祈禱的知識，指引人們如何取得梅斯緹歐若拉之書。當時都是以自己將來會取得能隨身攜帶的梅斯緹歐若拉之書為前提製作，所以與思達普變成的梅斯緹歐若拉之書不同，聖典既大且笨重，還有可能損壞。

……因為聖典有汰換的可能，要是與鑰匙互相對應，處理上會很麻煩吧。

根據留下的歷史資料，君騰在廢除或創建領地時，一定會施展魔法處理基礎與對應的鑰匙。但是，神殿裡的神具與聖典好像常常是留下來繼續使用。

由於君騰所製作的鑰匙與基礎魔法是對應的，因此從神殿通往基礎的門扉，必須是該領地的鑰匙才打得開。但是，這把鑰匙也是領主驟逝時可用的備份鑰匙，所以登記在基礎與聖典鑰匙上的魔力並不需要一致。換言之，只要是與基礎魔法對應的鑰匙，不管使用者是誰，都能打開神殿這邊的門。

「那，艾倫菲斯特的鑰匙現在到底在哪裡？」

我茫然自失地喃喃低語，但腦海裡的一隅早已有了答案。肯定早就落入喬琪娜手裡了吧。聖典遭竊事件發生時，我曾將染有他人魔力的鑰匙重新染上自己的魔力。而且因為可以打開聖典，我便認定那是真正的鑰匙，卻從沒想過那把鑰匙來自他領。

「可是一旦我們發現真相，就可以反過來奪取亞倫斯伯罕的基礎喔？為什麼要冒這麼大的風險做這種事……？」

倘若這是喬琪娜的計畫，我實在不懂她在想什麼。她不需要亞倫斯伯罕的基礎嗎？還是過於自負，認為我們不可能發現？又或者這是要陷害我們的某種圈套？我一點頭緒也沒有。

但是，從拿亞倫斯伯罕的鑰匙來掉包這一點，至少我能肯定的是，喬琪娜對艾倫菲斯特基礎的執著已經到了即便要捨棄領內的女兒與居民也無所謂的地步。我完全不覺得她在得到艾倫菲斯特後有好好珍惜的打算，真要說的話，我覺得她就只是想從齊爾維斯特手中奪走，或是想要自己親手破壞。

……如果喬琪娜大人想做的，就是摧毀艾倫菲斯特呢？

瞬間我頭皮發麻。如果她的目標並不是成為奧伯．艾倫菲斯特，而是摧毀這塊土地，那麼她之於我將是最棘手的敵人。因為既無法談判，求饒也沒有用，對於終結他人的性命她不會有任何猶豫，面對平民更是不屑一顧吧。反而越是表現出想要保護他們的樣子，越會被她視為弱點，然後著重採取攻擊。

「倘若完全不計後果，只是想要得到基礎，其實這件事並不難……」

基礎魔法是領地的根基。如同在貴族院課堂上學過的，藉由向基礎灌注魔力，土地便會變得肥沃。反過來說，基礎一旦完全喪失魔力，城市便會崩毀，土地也會變回白色沙漠。所以一般而言，都會花上一段時間慢慢取代前任領主的魔力，不然就是要一鼓作氣灌注遠遠超過前任領主的大量魔力。但是，若只想在奪得基礎後加以破壞，根本不用花多少時間，也不用灌注大量的魔力將基礎重新染色。

可以準備大量的空魔石帶進去，用來吸收基礎的魔力，或是施展會消耗大量魔力的大型魔法，便能減少儲存在基礎魔法中的魔力。魔力減少以後，不光是艾倫菲斯特這座城市，包含農村與森林在內的領地都會變回白色沙漠，幾乎所有領民也將因此喪命。若對此毫不在意，等到魔力減少後，就能輕輕鬆鬆地將基礎重新染色，要得到基礎魔法將是易如反掌。

本來以這種方式毀滅一個領地是不被允許的，但是，由於現在的君騰未持有古得里斯海得，縱使有人以不當的方式奪得基礎、成為領主，並殘害領民與土地，君騰也無法施以制裁。膽敢胡作非為就是因為明白這一點。

……現在真的非常需要擁有古得里斯海得的正統君騰。

若持有梅斯緹歐若拉之書的我能夠得到尤根施密特的基礎，便能輕而易舉地阻止喬琪娜吧。就好比得到基礎的領主能做的事情，與只是在貴族院上過課的領主候補生會有差距一樣，擁有基礎的君騰與只是持有古得里斯海得的下任君騰候補也是同理。

……好想阻止喬琪娜大人。

但即便想要阻止，我的梅斯緹歐若拉之書卻充滿缺失，與地下書庫深處裡為君騰準備的古得里斯海得抄本不同，施展大型魔法所需的魔法陣相關資訊到處坑坑洞洞。我只能設法完成整本的梅斯緹歐若拉之書，不然就是得到古得里斯海得的抄本。

……該怎麼做才能保護艾倫菲斯特？用舒翠莉婭之盾圍住整個城市嗎？

可是根本不曉得喬琪娜會何時出現，很難一直變出舒翠莉婭之盾圍住整座城市。況且她披上銀布以後，說不定能順利穿過魔力形成的護盾。最理想的結果，就是在喬琪娜靠近基礎前抓住她。因為她若想得到基礎，就一定要親自前來。

不過，我一個人再怎麼焦急苦惱也想不出好主意，在開始鑽牛角尖之前，最好先通知齊爾維斯特。我抓著聖典的鑰匙離開秘密房間。

「我發現了一項嚴重的事實，所以要立即返回城堡。安全起見，這把鑰匙就先由我保管吧。法藍，等達穆爾與安潔莉卡回來，請告訴他們先各自在神殿的後門與正門玄關待命。還有，轉告人在神官長室的哈特姆特，請他把麥西歐爾叫回神殿。」

# 量身與焦急

「我有了新發現，還請撥出時間。」我這樣送出奧多南茲後便返回城堡，卻得知齊爾維斯特將會面安排在明天的晚餐過後。聽說是因為他今天都要忙於重新擬定防衛計畫，而波尼法狄斯又在討論到一半時衝出去，導致情況混亂得他根本抽不出時間。

……我這邊可是十萬火急！

想想一般在提出會面請求後，大多都得等上三天的時間，齊爾維斯特安排在明天的晚餐過後其實已經算很快了。但在這種需要討論機密，又不能直接在奧多南茲裡透露的情況下，要我等到隔天簡直就像三年那麼久。

「羅潔梅茵大人，您比預期要早回來，真是太好了呢。這樣一來，就有時間與您一起討論明天要定做的服裝了。」

奧黛麗與莉瑟蕾塔拿來了好幾片木板。如今已經確定春季尾聲我就要前往中央，然而因為我突然長大的關係，原本準備好的衣服全部都要重做。若不動員身邊可以找來幫忙的專屬裁縫師，絕對完成不了春季與夏季的衣物。這種情況下，若要再花時間與裁縫師重新討論衣服的款式，肯定會來不及。所以關於要定做怎樣的服裝，她們似乎想先定好大概的方向。

「羅潔梅茵大人，不光衣服而已，您也需要重新定做鞋子、襪子與內衣。我們必須先問過您的意見，再大致決定好款式，否則很難在一天的時間內下好訂單。」

不只谷麗媞亞與貝兒朵黛，就連克拉麗莎與萊歐諾蕾也被找來，大家一起討論服裝的設計。由於我的五官與整體氛圍已和從前大不相同，以往定做的那些可愛服裝不再適合我，必須徹底換成新的款式。

「時間所剩不多，不可能重新染布了吧。要使用文藝復興以外的布料嗎？」

「不行，還是要盡可能使用文藝復興所染的布。要是製作新衣時完全不使用她所染製的布料，這樣怎能算是專屬呢？我不希望帶她前往中央時，讓她因此抬不起頭來，所以再想想要怎麼設計吧。」

我開始長高後，母親染布時所用的花紋與樣式，也都跟著變得成熟了些，所以應該不至於完全無法使用。

「不如參考布倫希爾德的服裝吧？她已經很巧妙地融合了我所推廣的元素，這樣也比從頭思考要快。」

我拎起身上服裝的裙襬說道。雖然我們的髮色與膚色不一樣，布料必須審慎選擇，但應該能採用差不多的設計。

「既然要重新定做，還是希望可以加點新的設計呢，羅潔梅茵大人若完全沿用近侍的服裝款式也不好。」

因為流行都要由上位者來引領，她們認為我不該沿用布倫希爾德設計好的款式，至少要加點新元素。聞言，我「嗯……」地陷入長考，但雖然試著思考服裝該怎麼設計，腦海裡迸出來的全是有關神殿與喬琪娜的事情。

我也知道服裝的準備同樣緊急，但還是忍不住心想我現在哪有時間做這種事。難以言表的焦慮襲上心頭，拚命壓抑的同時，我忽然因為滿腦子都是亞倫斯伯罕而想起了一件事，記得有斐迪南送來的布料。

「……那如果使用從亞倫斯伯罕送來的布料呢？那種布料非常輕薄，很適合用來製作夏衣。可以像這樣當作花瓣一樣疊在裙子上，或是疊在這邊的袖子上，就能讓底下的布料圖案若隱若現，給人的感覺也會截然不同。」

「好棒喔，我也好想穿穿看這樣的服裝。」

貝兒朵黛的雙眼燦然發亮，拿起那張將布料疊成花瓣狀的設計圖。大家都露出溫柔的微笑看著她，同時也提醒道：「現在要做的是羅潔梅茵大人的衣服唷。」

為了能快速下訂單，大家一起設計好大致的款式後，轉眼已到了晚餐時間。為免在人前失儀，我請人把晚餐送到房間來，自己一個人慢慢吃。怎麼說好呢，若想維持貴族的風範吃得優雅，每個動作都必須非常小心留意，但這對還沒適應現在身體的我來說太困難了。比如我用和以前一樣的力道切肉，結果刀叉卻「碰」地撞在盤子上；拿著湯匙把食物送到嘴邊，卻驚覺位置不對。各方面都還需要調整。

「不過，您看起來還是比昨天適應多了呢。」

「但大概還得適應一段時間吧……」

用完餐洗完澡，便要上床歇息。明天就能與齊爾維斯特談話了，波尼法狄斯與馬提亞斯也會回來，說不定會有能讓人安心點的好消息——我懷抱著這樣的希望鑽進被窩。

「羅潔梅茵大人，您的臉色有些蒼白呢。身體還好嗎？」

「莉瑟蕾塔……我昨晚似乎沒能蒙受席朗托羅莫的祝福。」

昨晚我夢到自己來不及通知齊爾維斯特，結果發生可怕的事情，因而睡眠不足。焦慮難安的我緊接著前往小會廳，準備測量尺寸。今天集結了我、芙蘿洛翠亞、夏綠蒂、艾薇拉與布倫希爾德的所有專屬裁縫師，要一次性地定做春季與夏季的服裝。儘管已經分成上午定做服裝，下午是鞋子與飾物，但屋內的人數還是相當多。

「羅潔梅茵大人到。」

一見到我，認識已久的專屬們全都一臉吃驚；而表情幾乎沒變的都是其他人的專屬，大多今天才第一次見到我。真是好區分呢。

隨後，我在滿臉驚愕的裁縫師中發現了多莉。看來隨著成年，她也被允許進入城堡了。畢竟多莉將以專屬的身分跟著我前往中央，往後會出入王宮，必須先學會出入領主城堡時的禮節。以她是我專屬的這個身分來看，這或許是理所當然，但其實可說是非常驚人的成就。

……多莉、多莉，妳看妳看！我長高了喔！

看見多莉以後，內心的喜悅逐漸蓋過焦慮。為了讓自己看起來再高一點，我本想稍微踮腳尖，但馬上意識到最好不要亂來，否則要是跌倒就糗大了。為了讓言行與自己現在的外表一致，我小心並且盡量優雅地移動步伐，然後坐在椅子上。

「奧黛麗、貝兒朵黛，請妳們向養母大人與母親大人告知我們昨天決定好的款式。莉瑟蕾塔、谷麗媞亞，我測量尺寸時麻煩妳們陪同。」

「遵命。」

我們打算在測量尺寸的同時也決定好款式。奧黛麗說明完今天的流程後，奇爾博塔商會的裁縫師們也分成兩組人開始移動，一組負責討論服裝，一組負責量身，其中多莉拿著捲尺往我走來。

「多莉，妳負責量身嗎？」

「因為我製作的髮飾得配合服裝的款式。」

多莉一邊說著，一邊與另一名裁縫師測量我身體各部位的尺寸，然後把數字寫在木板上。

「重新測量過後，完全可以看出羅潔梅茵大人的成長呢。神殿來的使者告訴我們，說您在得到諸神的祝福以後長大了，看來真的曾有神蹟發生在您身上呢。」

「是啊。多虧培育之神安瓦庫斯，我才能長大，但衣服也全部要重做了。不過，多莉做的髮飾就算我長大了還是能使用呢。」

我輕碰頭上的髮飾，多莉便露出開心的微笑道：「我特別費了工夫，就是為了讓您能長久使用。」

……唔，我的身高還是比不上多莉呢，而且我是不是有些偏矮呢？

雖然身邊的人都不知道，但我與多莉其實是姊妹，因此我忍不住與她比較身高。儘管我從以前就期盼著，總有一天要長得比多莉還高，但看來就算有安瓦庫斯的祝福，想要靠身高下剋上還是不太可能。

「初冬的時候，我們接到指示說要暫停製作服裝，本來還擔心您是否出了什麼事，但現在看來並沒有壞事發生，我便放心了。」

……但以後說不定會發生可怕的事情喔。

現在什麼也還沒有發生，無論是喬琪娜的來襲，還是她已經得到艾倫菲斯特的聖典鑰匙，抑或她有可能在祈福儀式時發動攻擊，其實這些全是我的臆測而已，沒有半點真憑實據。若有人說我這是被害妄想症，我也無法反駁。

「不管發生什麼事，我都會保護你們。」

我這麼說完後，多莉瞬間靜止不動。她似乎察覺到了什麼，臉上面對貴族的特有客套笑容有些僵硬。我則是對她投以微笑，要她放心。

量好尺寸以後，接著要決定款式，必須從眾人討論的款式當中選出最終定案。

「姊姊大人，您喜歡哪個款式呢？這一款非常漂亮，我秋天的服裝想要參考這個去定做，您覺得呢？」

「如果妳想要有部分的元素與羅潔梅茵一樣，可以挑冬天在貴族院要穿的服裝去定做唷。」

雖然中途還會與大家閒聊或是穿插休息時間，但上午要定做服裝，下午則是鞋子和飾品，等於一整天都在工作，我累得渾身疲軟無力。

……與養父大人的談話都還沒開始呢。

# 守護之法

「那麼，妳有什麼新發現？是鑰匙上發現了什麼機關嗎？」

晚餐過後我便前往領主辦公室。由於談話內容關係到艾倫菲斯特的基礎，不容有他人在場，齊爾維斯特已經屏退眾人。

「我發現鑰匙被人掉包了。我以神殿長身分保管著的這把鑰匙，其實是亞倫斯伯罕的鑰匙。」

「妳說什麼?!」

齊爾維斯特往前探頭，緊盯著我取出的鑰匙。我一邊向面色凝重的他展示鑰匙，一邊指向上頭的小魔石。

「鑲在這裡的小魔石會有領地的代表色，但您看這是亞倫斯伯罕的顏色吧？」

接著我陳述了自己的看法，包括我不明白他們為什麼要把亞倫斯伯罕的鑰匙放在這裡，以及喬琪娜的目的有可能不是成為領主，而是摧毀領地等等。順便還抱怨一下自己因為做了惡夢，所以睡眠不足。

「妳問為什麼嗎？只要亞倫斯伯罕的鑰匙在我們手上，他們想要怎麼羅織罪名都可以。既可以宣稱艾倫菲斯特有意侵略亞倫斯伯罕，也可以宣稱斐迪南明明奉國王之命前往，卻意圖讓亞倫斯伯罕陷入動盪不安，更能以取回亞倫斯伯罕的鑰匙為名義，攻打艾倫菲斯特……」

這既可以是進攻的理由，也能藉此聲討艾倫菲斯特。他說首先神殿出身的我與斐迪南會成為被抨擊的目標，之後只要再主張我們是趁著前往參加葬禮時偷走的，還能抹黑齊爾維斯特。

齊爾維斯特語氣平淡地說出這些話，我卻忍不住怒吼：「那情況很嚴重嘛！」

「所以我不是正在想辦法嗎……但都還不曉得對方何時會發動攻擊，妳若從現在開始就這麼緊張戒備，身體可會支撐不住。要是妳還擔心到睡不著覺，乾脆就做些能當陷阱的魔導具吧，但當然了，妳現在應該優先為成為國王的養女做準備……」

前往中央的準備都做好了嗎——面對這個問題，我只是笑笑打馬虎眼。今天才剛請眾人的專屬幫忙、定做好了衣服，遠遠稱不上是已經做好準備。

「……養父大人，我有辦法早點成為國王的養女嗎？若能成為國王的養女，再成為君騰，我就可以採取更多措施了。」

此時此刻，我迫切地想得到沉睡在地下書庫深處裡的國王抄本。如果能有過濾掉了瑣碎記憶、僅整理了君騰所需資訊的古得里斯海得，那就再好不過了。

「其實何時要前往中央，全看妳的準備和意願……但是，守護艾倫菲斯特的基礎是我身為奧伯的責任，本就不該借助君騰的力量。我不打算把重擔都推到妳的身上，還向妳尋求協助。」

「可是，養父大人……凡事當然要物盡其用。」

對於我的主張，齊爾維斯特的深綠色雙眼迸出精光，然後緩緩搖頭。

「羅潔梅茵，我並不認為妳那種凡事要物盡其用的想法有錯。但是，君騰的力量應該要用來守護整個尤根施密特。如果是君騰要對艾倫菲斯特伸出援手，那自然無可非議，但我認為妳不該為了守住艾倫菲斯特的基礎而去成為君騰。」

一旦成為君騰，不管是亞倫斯伯罕、庫拉森博克，還是說過齊爾維斯特壞話、藐視神殿的小領地與中領地，一律都要予以守護。如若遇到萬不得已的情況，有時即使要犧牲艾倫菲斯特，也得選擇對尤根施密特更有利的做法。

「羅潔梅茵，妳的個性是會過度保護自己人，但對他人卻是漠不關心，這樣的妳真能成為君騰嗎？倘若君騰眼中只有艾倫菲斯特，無意保護整個尤根施密特，那麼其他領地都會背棄妳。妳甚至可能淪為禍端，總有一天須加以排除。」

就連在艾倫菲斯特領內，我也因為不擅長貴族間的派系鬥爭與社交活動，至今一直避而遠之。加上常識異於他人，常常使得身邊的人陷入混亂。齊爾維斯特指出，萬一我真的成為君騰，屆時這種情況將在尤根施密特境內的各地上演。

「妳之所以成為我的養女是為了保護家人，當時為了避免處刑，我們都別無選擇。但是現在不同，如果只是想擊潰姊姊大人，妳不必成為君騰也還有其他辦法。況且艾倫菲斯特的基礎不該由妳來守護，應該由我這個奧伯來率領眾人。聽我說完這些，妳還是想成為君騰、得到力量嗎？」

我注視自己的雙手。一直以來，我都是因為想要保護自己重視的人們，才想要獲得力量。就連讓斐迪南免於連坐，也是我想得到古得里斯海得的動力。但是，若問我想不想成為君騰、有這樣的野心嗎？心裡馬上能得出答案。

「我只是想要有更多手段可以保護自己重視的人，並不想成為君騰，治理尤根施密特喔。要是有人有能力，我還打從心底想把這些麻煩丟給他呢。那種會讓自己沒什麼時間看書，還很難取得新書的環境，我才不想主動跳進去。」

我刻意換上比較輕鬆的語氣和態度回答後，齊爾維斯特也哼了一聲往後靠在椅子上，不再那麼正經八百。

「這我也知道，所以才會提醒妳。直到他們表示期限已到，要妳過去之前，妳都先放著別管吧。就算只有一、兩個月，但既然妳沒有野心也沒有覺悟，就不要自己主動成為君騰。」

若要成為君騰，首先得在領主會議上宣布我已取得古得里斯海得，然後得到中央神殿長的認可，再取得尤根施密特的基礎。然而現在的我，只是個連持有的梅斯緹歐若拉之書都還殘缺不全的下任君騰候補，根本無法做好君騰的工作。

「妳要露骨地表現出自己是因為奉王族之命，才會心不甘情不願地去取得古得里斯海得。然後一旦發現有人有能力、可以把古得里斯海得丟給他，就把麻煩都推給對方也沒關係。要是不這麼做，各種不必要的麻煩還會不斷落到我們頭上來。」

「養父大人?!您突然在說什麼啊?!」

我不由得抬高音量，沒好氣地瞪著齊爾維斯特，但他只是環抱手臂，別過頭去。

「光是之前的事前協商，我都能感覺到王族之間其實還未討論出共識。即便妳得到了古得里斯海得，不管是王族還是上位領地，都不會視妳為真正的君騰並擁戴妳吧。他們只會考慮自己的利益，畢竟他們向來都是毫不猶豫地要求下位領地遵從。」

「您還真是有話直說呢。」

「因為錯過這次機會，以後再也無法這樣開門見山了。最主要是後來我都忘了，貴族那種拐彎抹角在妳身上根本行不通。」

不光是態度，就連表情也沒有任何掩飾，齊爾維斯特筆直地注視我。

「我就直說了吧。對於原是平民，後來以上級貴族身分受洗並成為我養女的妳，如今竟然還要背負起尤根施密特這個重擔，這種情況真的讓我非常火大。妳本該待在神殿裡灑灑祝福、接受孤兒們的讚揚、發展印刷業得到新書，然後與從小認識的商人們一起討論，該怎麼做才能讓這座城市更蓬勃發展。妳本來可以過著這樣的生活。」

這是我在艾倫菲斯特能得到的最大限度的自由，但在其他領地卻絕無可能。發現齊爾維斯特非常清楚我最由衷的盼望，我的內心一陣溫暖。

「為了守住尤根施密特，需要妳的力量？或許吧。但守護尤根施密特難道不是王族的職責所在嗎？明明是他們沒有古得里斯海得還要治理國家，卻自命不凡地要求斐迪南前往亞倫斯伯罕，甚至要把妳納為王族。那妳又何必背負起尤根施密特這個重擔，丟給他們自己去背負就好了啊。」

聽說王族在領主會議上說了一些話，大意就是艾倫菲斯特的貴族人數會減少，是因為我們自己對內部進行了肅清與姊弟內訌，那麼貴族與魔力的不足全是咎由自取。齊爾維斯特氣得把王族臭罵一頓。

……的確，王族當初也是兄弟內訌，害得尤根施密特紛爭不斷，甚至遺失了古得里斯海得，實在沒有資格這麼說呢。
畢竟當時就算要捨棄支持自己的派系，齊爾維斯特還是非得懲治薇羅妮卡與前任神殿長不可，清理餘黨的肅清行動也是必要之舉。
雖說現在的艾倫菲斯特因為貴族人數減少過多而魔力不足，貴族們也還亂成一團，但我並不認為當初進行肅清有錯。況且追根究柢，導致艾倫菲斯特的情勢變得如此混亂的，就是因為本為齊爾維斯特最得力助手的斐迪南被迫離開了。若沒有接二連三的王命，我們領內的情勢也不至於這麼混亂吧。
「羅潔梅茵，我個人甚至覺得，既然妳都得到了古得里斯海得，到時候就拿出來甩在王族臉上，告訴他們『自己的事情自己解決』！」
聞言，腦中驀地蹦出這樣的畫面：我變出古得里斯海得以後，大力甩在亞納索塔瓊斯臉上說：「這個送給你們，王族的事情請王族自己解決！」我忍不住噗哧一笑後，急忙摀住嘴巴，但顯然還是被齊爾維斯特看到了，只見他咧嘴一笑：「這樣心情是不是好一點了？」
「雖然我不贊成用書砸人……但感覺一定很痛快呢！尤其亞納索塔瓊斯王子說過，艾倫菲斯特的事情應該我們自己解決，真想丟在他臉上試試看呢。」
兩人笑了好一陣子後，我才定定地注視齊爾維斯特。
「……那麼，不得到古得里斯海得就能擊潰喬琪娜大人的方法是什麼呢？」
「倘若不計後果，只是想擊潰她的話，其實馬上就能執行，甚至早在一年前就可以付諸行動。」

齊爾維斯特露出厭惡至極的表情說道。既然早有辦法，為什麼不執行呢？我感到疑惑時，齊爾維斯特說著「很簡單」，同時面容嚴肅，直勾勾地注視我。

「只要命令斐迪南，不擇手段殺了她就好。斐迪南就是為此前往亞倫斯伯罕，有必要的話，我就會對他下令。」

「怎麼會……」

「但我不想讓他做這種事。換作是妳，下得了這種命令嗎？在斐迪南弄髒他的雙手以後，妳有辦法佯裝不知情，堅稱這與艾倫菲斯特沒有關係嗎？說著斐迪南已經是亞倫斯伯罕的人了、可能是在亞倫斯伯罕那裡發生了什麼爭執，然後把責任都推到他一個人身上，這妳辦得到嗎？」

我如博浪鼓般搖頭。齊爾維斯特苦笑道：「所以大家才說我身為奧伯，想法還是太天真了。」但是，我甚至慶幸自領的領主並不是個能若無其事下達這種命令的人。

「縱使旁人告訴我，即便是自己人也要當棄則棄，但我總是遲遲無法下定決心。所以同樣無法當機立斷的妳，並不適合成為奧伯或君騰。」

「那除了向斐迪南大人下令以外，沒有其他方法能抓到喬琪娜大人了嗎？」

我不安地問道。

「最確實的當然還是斐迪南的提議……」齊爾維斯特邊說邊盤起手臂。「但另外也有幾個方法。只是考慮到後果，在對方還未有任何行動的情況下，我們不能主動出擊，只能徹底做好防禦工作吧。若想盡量對艾倫菲斯特有利，並且減少犧牲者，難度就會大上許多……但妳也不希望神殿淪為戰場，灰衣神官還有孤兒們無辜犧牲吧？」

「那當然啊！神殿對我來說等同第二個家，而且還有羅潔梅茵工坊喔，自然要保護好神殿。在喬琪娜大人出現之前，我會讓大家進行避難訓練。」

齊爾維斯特似乎早就料到我會這麼回答，點一點頭。

「這樣一來，就得多花些心力與魔力了。只不過現在積雪尚未消融，馬車還無法通行，亞倫斯伯罕那邊的慶春宴應該也剛結束。雖說隨時可能發生敵襲，但也不至於就在這一兩天吧。與其每天提心吊膽，不如思考要如何迎擊會更有建設性。」

從亞倫斯伯罕到艾倫菲斯特的神殿，路途十分遙遠。他們若想要以一小隊人馬偷偷潛入，積雪只會礙事；但如果想以拿回亞倫斯伯罕的鑰匙為名義，帶著大批人馬前來興師問罪，就不可能隱匿行蹤——齊爾維斯特如是說。

「目前我們已經決定，要在平民區的各個大門部署兩名騎士。」

「我之前也想到他們有可能從平民區偷偷潛進來，所以已經提醒士兵要注意披著銀布的人了。一旦有人發現，應該就會向騎士團發送求援信號。」

「這樣啊，原來妳已經採取了對策。」

齊爾維斯特說著，緩緩摩挲下巴。

「話說回來，通往基礎的入口在神殿裡的何處？畢竟就算為了保護基礎，也不能明目張膽地增派騎士去神殿，讓人看出基礎的所在。目前我打算讓妳或是麥西歐爾其中一人隨時都在神殿，讓神殿能有幾名護衛騎士，再設置魔導具便於少數幾人看守。」

「就在神殿的圖書室裡喔。有個附門的書櫃必須要有神殿長的鑰匙才能打開，裡面刻有梅斯緹歐若拉神像。好像是移動神像手上的聖典，就會看到鑰匙孔。」

裝滿喬琪娜來信的書盒就是放在那個上鎖的書櫃裡。大概是前任神殿長為了不被其他人看到，在藏匿信件時偶然間發現的。

「雖然我沒有嘗試過，但應該錯不了。」

「那麼從神殿的出入口到那裡，一路上有必須經過的地方嗎？因為我想設置轉移陣。」

轉移活人用的轉移陣只有領主能夠設置，齊爾維斯特似乎想在喬琪娜會經過的地方設置轉移陣，用這種方式將她排除。

於是我回想神殿的平面圖。神殿共有三道大門，一道是緊鄰平民區的後門，一道是馬車可以出入的正門，一道是通往貴族區的貴族門。至於神殿內部，有禮拜堂、孤兒院底樓那道後門、正門玄關、往貴族門的側門，以及專屬廚師們出入用的小門等等，有非常多的出入口。

……端看使用哪個出入口，抵達圖書室的路線完全不一樣呢。

「那可能就是神殿圖書室的入口了吧。因為神殿的圖書室設計成沒在神殿辦理過登記的人就進不去。像我第一次看到圖書室的時候，就因為被透明的牆壁擋在外面而嚎啕大哭，所以非神殿相關人員是進不去的喔。」

「但都能穿過領地邊界了，只要披著銀布，應該也進得了圖書室吧。」

艾倫菲斯特這座城市以領主的魔力設了結界，能將他領貴族阻隔在外。但是，裹著銀布的人應該進得來。可以想見喬琪娜會警戒著魔力，一路都披著銀布來到神殿。

「可是，只要她還披著銀布，轉移陣也不會發動吧？」

「是啊。但如果她想轉移至基礎魔法所在的地方，就非得拿下銀布不可。所以最好是設在通往基礎的入口前嗎……明明提防到了最後一刻，卻在她打開櫃門、為了走向入口而取下銀布時遭到轉移——妳看這招如何？」

齊爾維斯特一臉得意地說，表情儼然像是個設了陷阱後沾沾自喜的調皮小鬼。

的確，要對基礎魔法動手時，銀布反而會成為阻礙。最後的最後，喬琪娜肯定會自己取下來。就在她以為一切順利進行的時候，卻遭到轉移——想像那幅畫面後，我有些想笑，於是我們敲定了將轉移陣設置在書櫃前面。

「但在圖書室裡設置轉移陣的話，其他人就無法進出了吧。」

「不會，因為我轉移的對象，會設定成僅限未在艾倫菲斯特有過登記的人。平常會出入神殿圖書室的，都是艾倫菲斯特裡的人吧？這樣一來就算設置在圖書室內，也不會對一般的使用者造成任何影響。」

領主施展的魔法，能夠辨別來者在自領是否有過登記。雖然這種情況下，未受洗的孩童會因為還未登記為領民而遭到轉移，但孤兒院內尚未受洗的孩子們都被禁止進入貴族區域，所以應該不用擔心。

「那麼我再拜託芙蘿洛翠亞她們製作轉移陣。妳不擅長刺繡吧？」

齊爾維斯特照著一般人會採用的方法，似乎打算請芙蘿洛翠亞、夏綠蒂與布倫希爾德幫忙繡魔法陣，但其實不必這麼麻煩又費工。

「總之不要被發現是轉移陣就好了吧？呵呵，設置在入口前的魔法陣就包在我身上吧。養父大人只要答應我，最後會負責發動即可。」

我可以使用過一晚便會隱形的墨水。雖然最後得是領主齊爾維斯特才能發動，但只是負責畫的話，這我也辦得到。這樣會比刺繡要快得多吧。

「羅潔梅茵，妳想到什麼主意了？表情很邪惡喔。」

「養父大人，這世上有些事情得先當作沒有這回事喔。」

「結果不知不覺間還是以妳為中心在進行嘛？」齊爾維斯特露出傻眼表情，但也答應了我的要求。

「那麼，您要用轉移陣將喬琪娜大人轉移至哪裡呢？」

「罪犯的去處當然只有一個，那就是白塔。我會為姊姊大人準備好母親大人隔壁的房間，進了那裡，她再怎麼想掙扎逃脫，也只有領主一族才能開門。另外為免姊姊大人有所察覺，我希望神殿盡量保持平常的樣子，將她引誘到轉移陣那裡去。以我對姊姊大人的了解，她不可能會在神殿內製造混亂、引來騎士團，肯定是想暗中進行。」

齊爾維斯特說了，喬琪娜肯定會在其他地方製造驚天動地的騷動，引開騎士團後，再趁著眾人的注意力被引開時偷偷潛入神殿。回想她至今各種隱密的行動，確實很可能採取這種策略。

就在喬琪娜自以為神不知鬼不覺地潛入神殿時，卻被轉移到了白塔去。想像那幅畫面後，我與齊爾維斯特對看一眼，露出賊笑。

「如果能讓神殿裡的人去避難就更好了呢，因為我不希望神殿裡有人犧牲。」

「我的首要之務是抓到姊姊大人與她的黨羽，平民區與神殿若有幾人因此犧牲，只怕是在所難免。但如果妳想要避免，就由妳來想要怎麼引誘又不會有人犧牲吧。」

負責領路，帶著喬琪娜他們前往圖書室的人多半會遭到滅口吧。所以，必須要是不會被殺死的人才行。

……既能當嚮導帶他們去圖書室，又必須不是人類，最好還能在受到攻擊時可以反擊……這不就是休華茲與懷斯嗎！

「那就由我來製作休華茲與懷斯，讓他們負責帶人前往神殿圖書室吧！」

# 迎戰的準備

「什麼休華茲與懷斯？妳怎麼突然得出這樣的結論？」

齊爾維斯特一臉納悶至極地問道，我便為他說明自己得出這個結論的過程。但他聽完似乎還是感到莫名其妙，抱頭扶額。

「我明白妳為了要有人負責帶路，想利用自己熟知的圖書館魔導具，但圖書館的魔導具要維持運作，得有好幾種屬性與大量的魔力吧？妳在春季尾聲就會前往中央，到時候要由誰負責供給魔力？魔力量足夠嗎？雖然我認為姊姊大人很可能在祈福儀式期間發動襲擊，但也有可能在那之後。因為這只是我的直覺，沒有任何憑據。」

「嗚啊！」

雖說與貴族院裡的休華茲與懷斯不同，只要依照用途製作魔導具，就能減少維持運作所需的魔力量，但擁有暗屬性的人並不多。再者我離開以後，艾倫菲斯特便沒有多餘的魔力，就算是為了保護神殿，也很難持續供給魔力吧。

「況且看到可疑的魔導具為自己帶路，行事謹慎的姊姊大人一行人會乖乖跟著走嗎？就連我也會心生防備。」

「才不可疑呢，休華茲與懷斯明明就很可愛！」

「跟可不可愛沒關係，而是神殿裡出現這樣的魔導具太可疑了。妳與其製作這種魔導具，還不如讓大門的守衛多帶幾個護身符在身上會更有用吧？」

聽到齊爾維斯特要我準備大量的護身符讓灰衣神官們帶在身上，在遭到攻擊時可以反擊，我拍了一下手心。

「所以為了大門守衛，最好製作強化了戰鬥能力的休華茲與懷斯吧。」

「不對，妳根本沒聽懂我說的話吧?!」

「因為幾乎所有灰衣神官都沒有魔力，沒辦法讓他們帶太多靠魔力發動的護身符在身上喔。既然如此，最好還是派騎士守在神殿大門，或是製作幾乎不耗魔力、強化了防守功用的休華茲與懷斯……」

記得休華茲與懷斯切換成攻擊模式時，我曾為按鈕供給魔力，那麼只要讓大門守衛把帶有魔力的魔石帶在身上，遇到緊急情況時再啟動開關，平常就能夠只以少許的魔力維持運作吧。等一下再變出梅斯緹歐若拉之書搜尋看看，或許會有什麼線索。

「神殿的防護工作就交給我，總之，請養父大人最好也假定對方有可能闖入基礎魔法的所在地，先在那裡設下陷阱吧。您可以施展因特維庫侖在入口處建立一道簡單的門，然後預先放好障礙物，在喬琪娜大人通過的瞬間就會掉下來砸向她，或是在走進來的地方鋪滿圓石代替『彈珠』，讓她跌倒……」

「這些我也會考慮，但最好還是想些不會讓姊姊大人接觸到基礎魔法的方法。」

如果姊姊大人會從境界門以外的地方進入領地，那麼她會選擇哪裡……齊爾維斯特低聲嘀咕著。但說到她熟悉的地方，果然格拉罕是最有可能的地點吧。

「祖父大人與馬提亞斯回報過消息了嗎？」

「他們並未發現入侵的跡象，而且考慮到積雪尚未融化，也沒發現可疑的足跡，再加上波尼法狄斯的直覺沒有任何反應，可以判定還沒有人從格拉罕進入領地。」

一個人若裹著銀布完全藏起自己的魔力，便能不被領主發現地穿過領地邊界。但因為需要裹住全身，就無法使用思達普或騎獸。由於很難想像他們會徒步移動，想必會使用某種交通工具吧。

「雖然不曉得對方會採用什麼方法，但是不是該動員領主一族的所有文官近侍，讓大家製作大量的回復藥水與魔導具呢？至於戰鬥時可用的魔導具，比過奪寶迪塔的那一代人會比較清楚吧。」

開戰前能做好多少準備是左右勝敗的關鍵，所以最好也找已經引退的波尼法狄斯與黎希達那一代人，請他們提供協助。

「三年級的時候，我們在迪塔比賽上用過的那些魔導具肯定也很有用喔，當時還對戴肯弗爾格的騎士們發揮了一定的效果。由於學生們在哈特姆特的使喚下做過魔導具，所以都知道做法，不如也找來這些學生幫忙吧？」

我說明當時在迪塔上用過哪些凶殘的魔導具。有用強光讓人睜不開眼睛的、有會撒出大量蟲子的，而這種並非以魔力進行攻擊的魔導具，應該也對裹著銀布的敵人有效。

「……原來如此，奪寶迪塔嗎？」

「是的。奪寶迪塔這項競技本就源自於守護基礎的模擬賽，所以準備時可以問問祖父大人那一代人的意見，或是重新翻閱斐迪南大人撰寫的資料，再擬定作戰計畫。只不過需要注意的是，敵人有可能裹著不受魔力影響的銀布……」

在面對以魔力進行攻擊的貴族時，銀布確實非常有用，可是在面對不以思達普為武器的人時就毫無用處了。

「如果想讓對方猝不及防，也可以考慮把平民列為戰鬥人員。比如若是發現有人披著銀布想要穿過大門，就讓習慣使用一般武器的士兵去對付他們；或在走進大門前就往對方身上潑灑穢物，讓他們不得不脫下銀布……」

「妳還真是心狠手辣，一般的貴族女性可不會想到要潑灑穢物。」

齊爾維斯特表情有些不敢恭維地道，但他竟然到現在才對我有這樣的評價。

「哎呀，我與戴肯弗爾格比迪塔時也經常被這麼說喔，況且重點在於不擇手段也要贏得勝利吧？斐迪南大人也在資料裡說過，什麼要有貴族風範、要堂堂正正地比賽，這些一點用處也沒有。」

接受過斐迪南指導的那個世代與我們這個世代，都在與戴肯弗爾格比迪塔時深深體會到了這個道理。若想填補戰力的差距，就要出其不意。

「養父大人，我可以寫信並準備餐點送去給斐迪南大人嗎？他說不定能不著痕跡地給我們建言。」

「……但不會被姊姊大人發現嗎？我想最好別讓姊姊大人知道有關妳的消息。餐點與信件不能以妳的名義，但能以艾倫菲斯特的名義送過去。」

既然對外只是我從臥病在床變成可以下床走動了，這應該不值得大驚小怪吧。但齊爾維斯特若想以他為中心展開行動，那就這樣吧。

「只要您願意幫忙送去，那我沒有異議喔。那麼我會回自己的工坊與近侍們製作魔導具，至於領主一族的近侍與學生，再請養父大人向他們下達指示了。」

與齊爾維斯特談完話後，我便離開領主辦公室。現在必須盡快製作各種魔導具，還得把留在神殿裡的近侍們叫過來——我這麼心想著回到自己的房間時，卻發現不知為何哈特姆特正笑容可掬地等著我回來。

「哈特姆特，你怎麼會在這裡呢？」

「神殿的事務我已經交給麥西歐爾大人與他的近侍們了。您與奧伯的談話是否還順利呢？有我能幫上忙的地方嗎？」

儘管沒有說出口，哈特姆特那雙眼睛也明顯在說著：「來吧，請儘管下令。」感受到了某種無形壓力的我忍不住後退一步，但現在確實需要請哈特姆特與克拉麗莎幫忙製作魔導具。

「之後可能會與喬琪娜大人開戰，所以接下來必須製作各式各樣的魔導具與回復藥水。我打算召集所有文官，前往圖書館進行調合……」

「如果是些簡單的道具，騎士與侍從也能自行調合吧。既然是要為戰鬥做準備，不如動員領主一族的所有近侍進行調合，不知您意下如何？」

「所有人嗎？文官以外的近侍也有辦法調合魔導具嗎？」

之前為了與戴肯弗爾格的迪塔做準備時，都是見習文官在製作魔導具。再者有些調合對見習騎士與見習侍從來說，難度也相當高。

「畢竟所有人在貴族院都上過調合課，至少在課堂上學過的回復藥水，騎士們也能自行調合。如此一來，文官便能把製作回復藥水所需的時間與魔力用在其他調合上。」

的確是沒有必要只交由文官製作，況且回復藥水需要的數量相當龐大。我頷首看向自己的近侍們，只見安潔莉卡正在瘋狂搖頭。

「我是護衛騎士，只負責保護羅潔梅茵大人的安全……」

「放心吧。安潔莉卡，我完全不期待妳幫忙調合喔。不過，可能會麻煩妳去貴族的森林幫忙採集……」

安潔莉卡如釋重負地按著胸口，微笑道：「羅潔梅茵大人真是英明。」

「安潔莉卡，妳就算為此稱讚我，我也一點都不高興。」

「我只是很高興羅潔梅茵大人如此了解我。」

雖然有些雞同鴨講，但這就是安潔莉卡平常的樣子，所以我不禁笑了出聲。

「那麼，中級以下的近侍就前往神殿的工坊，負責製作戰場上要發給騎士們的回復藥水與簡單的魔導具，上級以上的近侍則是前往圖書館進行高難度的調合，這樣的分工您看如何？考慮到兩邊工坊原料的品質，調合最好還是分開進行，而且若想與麥西歐爾大人保持順暢聯繫，還是需要有菲里妮與熟悉神殿事務的達穆爾留在神殿。」

近來神殿已經開始在為祈福儀式做準備了。由於我之前長時間下落不明，再加上王族隨時有可能叫我啟程前往中央，所以我早已被排除在舉行祈福儀式的名單外。

倒是菲里妮會帶著我的侍從，與達穆爾一同去舉行祈福儀式。

「哈特姆特，那你呢？你不是也要參加祈福儀式嗎？」

「我認為自己的首要之務，是等羅潔梅茵大人一回來，便能以已獻名近侍的身分與您一起行動。因此，我已經趁著冬季期間大致交接完了神殿裡的工作。包括不久後平民區的冬季成年禮也已做好準備，將由麥西歐爾大人以神殿長的身分上臺主持。」

「哈特姆特的優秀程度真是教我大吃一驚。」

雖然也覺得有點恐怖、令人發毛，但我沒有說出口。畢竟優秀是好事。

「很高興能得到羅潔梅茵大人的表揚。」

「羅潔梅茵大人，不只哈特姆特，我也很努力喔。冬季期間從貴族院送回來的原料我已經分類完畢，送往了圖書館的工坊，還改良了對廣域魔法有輔助效果的魔導具，也提前做好了魔紙以備斐迪南大人要求追加。」

克拉麗莎不甘示弱，立刻列出自己做了哪些事情。假如之後真有一場大戰，她的這些努力完全能幫上忙，因為用複製魔法就能複製魔法陣，而我正好需要大量的魔紙。

「克拉麗莎，妳真是太厲害了。雖說魔紙用途很廣，但得耗費大量的魔力與時間去製作吧？所以這次我本來打算放棄了。但是這樣一來，我就可以放手去做用來保護神殿的休華茲與懷斯了。」

「若您是指圖書館的魔導具，這裡有赫思爾老師託我們轉交的魔導具唷。」

莉瑟蕾塔說著，看向從貴族院帶回來的行李。之前我本來帶著原料去貴族院，要自己做研究，結果後來卻行蹤成謎。由於對外是宣稱我臥病在床，她說赫思爾便直接跑來宿舍要原料。

「那陣子因為羅潔梅茵大人下落不明，正是艾倫菲斯特舍最混亂的時候。為了讓赫思爾老師與我們統一口徑，便把原料提供給了她，但因為屬性與魔力量的關係，她的調合似乎在途中遇到了瓶頸。聽說後來是找了前去參加領地對抗戰的斐迪南大人，才完成了這個魔導具，我也已經讓魔導具穿好衣服了唷。」

莉瑟蕾塔說她已經把之前準備好、本想給休華茲與懷斯穿的服裝，穿在了新的魔導具身上。

「聽說這個魔導具只有搜尋資料的功能，而且只要不讓魔導具說話、特定強化某個功能，製作上就會十分簡單，也不需要太多魔力就能維持運作。」

「真是值得參考的範本呢，請連同資料送去我的圖書館吧。」

於是，我們就這麼敲定了大家分頭進行調合。我先是回神殿一趟，打開神殿長室的工坊，交由羅德里希管理工坊裡的原料後，再請大家輪流進行調合。

「達穆爾，之後會有騎士要去平民區的大門看守，我想請你負責他們與士兵之間的溝通協調。因為如果有人試圖披著銀布進城，習慣使用一般武器的士兵可能更有辦法應付。」

「遵命。」

這件事只有深受平民士兵愛戴的達穆爾才辦得到。雖然安潔莉卡也有很多士兵認得她，但無法指望她的協調能力。

「騎士與文官似乎會分別在神殿與圖書館進行調合，那麼侍從呢？」

「莉瑟蕾塔說了，她們會留在城堡調合回復藥水，順便為即將增加的蘇彌魯魔導具縫製新衣。優蒂特，請妳也試著調合自己要用的魔導具與回復藥水吧。」

下達完指示後，我便前往圖書館。一見到似乎有話想問的拉塞法姆，我以笑容讓他靜默下來，接著往工坊移動，拿出赫思爾與斐迪南所做的蘇彌魯型魔導具。是隻淡綠色的蘇彌魯，然後我一邊閱讀赫思爾寫的研究結果，一邊東摸摸西摸摸，想要了解他的功用。

「看來真的只強化了搜尋這項功能呢。」

總之目前已經發現，若想要製作可以自行動作的魔導具，需要有命屬性；而若想製作出像休華茲與懷斯這樣的魔導具，必須有全屬性才能進行調合。既然有的近侍在向我獻名後變成了全屬性，那哈特姆特與克拉麗莎應該也做得出來吧。雖然不曉得魔力量是否足夠，但是應該可以。

「由於會和休華茲他們混淆，總之先幫他取名字吧。既然是搜尋資料用的魔導具，我覺得取搜尋的『尋』叫『小尋』，或是取線上公用目錄的『錄』叫『小錄』也不錯……」

我開始思考名字後，正切著原料、準備調合回復藥水的柯尼留斯露出有些為難的表情，忽然舉起手來。

「羅潔梅茵大人，實在非常抱歉。莉瑟蕾塔已經在貴族院將他取名為『阿德雷』，還為他穿上衣服，對他愛不釋手，您看魔導具的名字就叫阿德雷如何？」

「是呀，我們也習慣這個名字了，不如就叫作阿德雷吧？」

萊歐諾蕾也出聲贊同後，我取的名字就這麼默默遭到駁回。雖然我覺得叫小尋或小錄比較簡單明瞭，但既然大家已經有習慣的名字了，那也沒辦法，就叫他阿德雷吧。

「接下來我想製作的魔導具，不像阿德雷這樣是以搜尋的功能為主，而是要加強可以排除侵入者與危險人物的能力，最好是能保護神殿的強大魔導具。」

我在說明自己要求的同時，也列出了齊爾維斯特針對魔力問題給過的提醒，哈特姆特與克拉麗莎便近乎爭吵地開始提出自己的看法。有的意見不錯，但我忽然想看看梅斯緹歐若拉之書進行確認。

「哈特姆特、克拉麗莎，我進去秘密房間看一下資料喔。」

「咦？有必要非進秘密房間不可嗎……」

克拉麗莎一臉吃驚，但我只是投以微笑。雖說在場都是近侍，但我還是不打算在人前變出梅斯緹歐若拉之書。

「有些資料在外面沒辦法看。安潔莉卡，麻煩妳擔任護衛。等大家都提完自己的意見了，請先製作魔紙吧。」

我抱著赫思爾歸納的研究成果進入秘密房間後，先是放在桌上，再變出思達普詠唱「古得里斯海得」。

「如果用圖書館與魔導具去搜尋的話……嗚哇，有好多結果！」

由於不曉得休華茲與懷斯的正式名稱，我便輸入圖書館與魔導具進行搜尋，發現原來圖書館是座充斥著魔導具的建築物。看到與魔導具有關的結果一字排開，就能清楚知道貴族院的圖書館是一處多麼重要的場所。

「這樣看起來，幾乎能從缺少的資料看出斐迪南大人的興趣嗜好呢……」

有關地下書庫與梅斯緹歐若拉之像的資料都有所缺失，但是，他顯然對於告知離館時間的魔導具沒什麼興趣。從有著缺漏的資料不難看出，斐迪南多半和我不一樣，沒辦法暫時將腦袋清空，只是單純地接收所有知識。

……每當發現自己感興趣的事情，他肯定都會思考起來吧。

我總覺得就是因為這樣，結果才變成了他在抗拒灌進腦中的梅斯緹歐若拉的知識。即便艾爾維洛米多次斥責：「別再抗拒了。」斐迪南還是無法克制地繼續思考。想像了那幅畫面後，我感到十分想笑。

「斐迪南大人在某些地方上奇妙地不太靈光呢。」

我輕笑起來，將目光投向裝有魔導具、錄了「非常好」這句稱讚的皮袋。好久沒聽的我不由得想聽聽看，於是拿起皮袋。拿出魔導具後，我把皮袋放在桌上，碰撞下傳來「叩」的一聲。

「對喔，底下還有一層，裡面到底放了什麼呢？」

我來回摸了摸皮袋，感覺不大，而且觸感像是顆表面粗糙不平的魔石。這裡面究竟藏了什麼呢？我突然間非常好奇。

「……既然是給我的，應該可以打開來看看吧？」

由於設計成了隱藏的夾層，光是打開袋口往裡看，也看不見底下的東西。要拿出藏在裡頭的東西必須劃開底部，因此我變出思達普詠唱「密撒」，再往小刀注入多一點的魔力。

這個皮袋是以能阻隔魔力的皮革製成，魔獸皮的特性，就是能夠反彈自身以外的魔力。雖然和銀布一樣都有著能夠阻隔魔力的特性，但以思達普變成的武器只要灌注大於魔獸的魔力，就有辦法將其切開。而銀布則是不管再強大的魔力也能阻隔在外，但普通的金屬利刃就能造成損傷。兩者間有著非常大的不同。

「從這邊切開的話，應該不會割到裡面的東西吧？」

我拿著小刀盡可能往邊緣一劃。由於灌注了較多的魔力，即便只是輕撫般的力道，也讓袋子底部俐落地出現一道切口。

「咯空。」

我解除變形消除思達普後，瞬間感到自己心跳加快，馬上把手伸進開口裡。斐迪南究竟在這裡面藏了什麼東西？手指碰到東西後傳來「喀沙喀沙」的響聲，取出一看，是個被白紙包起來、長度約有五公分的橢圓形物體。另外我還發現一張折起的小紙條。

我先把白紙包起的東西放在桌上，然後攤開紙條。上頭有斐迪南寫的字，大概寫的時候很急，字跡十分潦草。

「我看看喔……『紙團裡的東西是個名為庫因特的人的獻名石。總有一天我會找妳拿回來，在那之前妳千萬別碰，並放在妳的秘密房間裡別讓其他人看到』……怎麼對獻名石這麼隨便，不好好收下的話庫因特先生也太可憐了吧？」

為什麼他自己不接受獻名，要寄放在我這裡呢？……我這麼心想的瞬間，倏地想起庫因特是誰的名字。

「啊！咦？庫因特不就是斐迪南大人的名字嗎?!咦？咦？那也就是說……這是斐迪南大人的獻名石？等一下，為什麼他寫得好像這是別人的東西……」

為什麼不預先藏在這座宅邸裡放置自己行李的房間？這麼重要的東西又為什麼不自己保管，要藏在放有錄音魔導具的皮袋底部？再說了既然他沒有要向任何人獻名，為什麼要製作獻名石？各種疑問接二連三地浮上腦海。

「難道是斐迪南大人曾向某個人獻名，但對方還回來了？雖然很難想像斐迪南大人會在怎樣的情況下要向他人獻名，但既然獻名石都做好了，感覺這個可能性很高……」

儘管一頭霧水，但斐迪南曾經需要製作獻名石，以及他的獻名石此刻就在我眼前，這些都是無庸置疑的事實。

斐迪南把皮袋交給我的時候，他在亞倫斯伯罕還沒有秘密房間，所以大概是找不到安全的地方能藏起來吧。換言之那時候，他的處境已經危險到了不能把獻名石帶在自己身邊嗎？也找不到其他能託付的人嗎？為什麼偏偏是交給我呢？

「難不成斐迪南大人很信任我？不，這不太可能。他不可能料想得到我會從艾爾維洛米大人那裡知道他真正的名字，所以真要說的話，他應該是覺得我不會主動去碰陌生人的獻名石吧？嗯，這倒有可能。」

望著包在白紙裡的獻名石，我的內心五味雜陳。居然不放心把自己的獻名石留在身邊，亞倫斯伯罕到底是多麼危險的地方啊？

「可是，這種東西怎麼能交給我保管呢……」

我用指尖輕輕一戳，毫無力量的獻名石便滾動一圈。能夠掌握斐迪南生死的魔石，就放在眼前的紙張裡。

「現在我可是知道了斐迪南大人的真名是庫因特，隨時都能奪走你的名字喔？不過……我也不可能做好覺悟承擔斐迪南大人的性命，所以還是會放在一邊啦。」

不管是誰的名字，我都無法不做好覺悟就接受。況且斐迪南已經寫了紙條吩咐過，獻名石不能碰到、放著就好，我只要負責保管，等著斐迪南以後來拿回去。於是我決定裝作沒看見，把白紙包著的獻名石重新放回皮袋裡。

不管是誰的獻名石，我都無法伸手隨意觸摸。這樣的我會有什麼行動，肯定盡在斐迪南的掌握之中。感覺自己完全被斐迪南操控在股掌之間，雖然有些不甘心，但他願意把這麼重要的東西交給我，代表對我也有一定的信任，想到這裡就不怎麼火大了。

……沒辦法，就先寄放在我這裡吧。所以，還請盡早來找我拿回去。

後來，我忙於製作強化戰鬥能力的蘇彌魯與戰鬥時能使用的魔導具，也召集孤兒院的眾人進行避難訓練，同時也把藏書資料登記進阿德雷裡面，日子很快地一天天過去了。

最終我完成了三隻強化戰鬥能力的蘇彌魯，而且無論是魔力還是物理攻擊都能反擊回去。由於要守護神殿的三處大門，設計上他們是根據守衛持有的魔石來認定主人。

此外據幫忙製作的哈特姆特所言，製作這種魔導具需要貴重又高品質的原料，還需要製作者是全屬性，所以有能力製作的人非常稀少。

儘管哈特姆特與克拉麗莎在向我獻名後變成了全屬性，但因獻名而獲得的新屬性，與自己原有的屬性相比屬性值相當低，不到原有屬性值的一半。因此，重新舉行過加護儀式、在取得眷屬神的加護後，增加了屬性值的哈特姆特雖然勉強能夠製作，但屬性值不夠的克拉麗莎卻沒有辦法。

「我也想要重新舉行加護儀式！」

克拉麗莎對此咳聲嘆氣，但我們實在不能讓未婚的他領貴族女性出入神殿。再加上我之後將前往中央，不太可能在近期內重新舉行加護儀式。

「克拉麗莎，對不起喔，很多事情都只能請妳先忍耐一下。」

「實在非常抱歉！明明已經破例讓我可以在成婚前就服侍羅潔梅茵大人，我還說這些話讓您操心。」

「但如果沒有克拉麗莎幫忙，魔紙的數量根本不夠，我們也沒辦法做出三隻蘇彌魯喔。做為我的近侍，我認為妳非常盡職盡責。」

接著我看向完成的三隻蘇彌魯。

「拿掉說話的功能、只特定強化某些能力以後，我們成功節省了許多魔力吧？撇開製作不說，使用上只要消耗少許魔力就能發動了，我認為結果非常完美。」

「所謂少許魔力是以羅潔梅茵大人為基準吧。因為若要讓三隻蘇彌魯平常都維持運作，需要一名上級貴族每兩天便為他們供給一次魔力。」

「儘管知道有用，但除了緊要時期外，平常還是盡量別發動比較好吧。」

哈特姆特與柯尼留斯說完，我也同意道：「是啊。」但是，僅僅一名上級貴族就能維持三隻蘇彌魯的運作，跟需要有三名上級文官才能維持運作的休華茲與懷斯相比，魔力消耗量真的減少了許多。

於是我們決定常態性地將這三隻蘇彌魯放在大門，與守衛一起守門，若有人來到神殿大門前，或是平民區的大門送出了要給騎士團的求援信號時，再將他們發動。

## 加米爾的洗禮儀式

當我們在工坊裡忙著調合的時候，不知不覺間冬季成年禮已經過去，春季的洗禮儀式即將到來。這場洗禮儀式加米爾將會來到神殿參加，我已經很久很久都沒能見到加米爾了，想當然耳為此幹勁十足。

「春季的洗禮儀式就由我來主持吧。」

「羅潔梅茵姊姊大人，您不是最好不要出現在人前嗎？還是交給我吧，而且冬季的成年禮我也主持得很順利……」

麥西歐爾確實是藉由注有魔力的魔石，非常出色地主持完了冬季的成年禮，這樣的表現確實十分了不起。能夠感受到他的成長，我身為姊姊也引以為傲。但是，春季洗禮儀式的主持我絕不退讓。因為加米爾舉行洗禮儀式時，必須是由我來給予他祝福。

「……這是我在艾倫菲斯特能主持的最後一場儀式了。麥西歐爾，拜託你嘛，就交給我主持吧。」

「羅潔梅茵姊姊大人的最後一場儀式嗎……？」

「是啊。我想在離開之前，為艾倫菲斯特的平民送上我最後的祝福。」

我刻意說些符合聖女形象的話，拚命說服麥西歐爾與哈特姆特。甚至還去拜託齊爾維斯特，最終爭取到了機會，將在春季的洗禮儀式上以神殿長身分主持最後一場儀式。

「想到這是最後一次為羅潔梅茵大人穿上儀式服，就讓人感到非常失落呢。」

莫妮卡與妮可拉在為我穿上儀式服時，垂著眉梢微笑道。我注視著兩人以熟稔動作為我穿上衣物的雙手。

「我也很惆悵喔，好不容易習慣了呢……」

剛長大的那陣子，兩人還曾無法順利地為我穿上衣物，花了點時間才適應。但因為在平常穿的神殿長服修改好前，我在神殿裡只能一直穿著儀式服，所以兩人現在穿衣的動作已經迅速又俐落。

「不知道菲里妮換好衣服了沒？」

「葳瑪已前去為菲里妮大人更衣。而菲里妮大人是見習青衣巫女，想必此刻正要往禮拜堂移動吧。」

菲里妮因為要參加祈福儀式，今後又要以青衣見習巫女的身分展開新生活，我便把自己青衣見習巫女時期定做的儀式服讓給了她。修改過後，尺寸似乎也已完美合身。儘管儀式服上仍然有著羅潔梅茵工坊徽章的圖案，但因為菲里妮說：「我已經離開家裡，既然羅潔梅茵大人是我的後盾，那就保留這個圖案也沒關係。」於是我也予以保留，希望我的徽章能對菲里妮多少起到保護的作用。

「羅潔梅茵大人已準備就緒。」

「那麼請隨我來。」

接著我在法藍的帶領下前往禮拜堂。現在長高以後，走路的速度也變快了，不過大概是已養成習慣，法藍總會稍微回過頭來確認行進速度。每當這種時候，他的目光都是落在我長大前頭部所在的位置。驚覺落點不對，法藍抬起目光，有些落寞地笑道：「往後不必再配合您的走路速度了呢。」

因為我長高了，也因為我再過不久就要離開艾倫菲斯特——法藍帶著這兩層涵義的話語，讓我鼻頭一酸。

「……真捨不得離開呢。」

「今天是羅潔梅茵大人主持的最後一場儀式，請您務必親眼看一看，您所帶來的所有變化。」

「我所帶來的變化嗎……？」

法藍站在禮拜堂門前，緩緩轉過身來。

「曾經被視為無用之人、被禁錮在孤兒院內的灰衣神官與巫女們，如今三餐都得以溫飽，還參與了製紙業與印刷業，成為支撐領地產業的一分子。而原本無事不登神殿的平民，也開始因為能夠得到真正的祝福而認真祈禱。此外雖說理由不盡相同，但貴族們同樣開始習以為常地出入神殿，甚至戴爾克與貝特朗這樣的孤兒還成為了貴族。而在麥西歐爾大人就任為新的神殿長後，也確定領主一族今後將會繼續守護神殿。如今領主大人更是在採取行動，要保護神殿與平民區裡的所有人。」

在受到薇羅妮卡欺凌、不得不進入神殿的斐迪南與原為平民的我離開以後，身為領主親生孩子的麥西歐爾將會成為神殿長，繼續守護神殿，這件事其實可謂意義重大。而法藍說了，這一切所有的變化，全是由我所帶來。

「神殿長進場！」

配合著禮拜堂內傳來的朗聲宣告，法藍打開門扉。在他面帶沉穩笑容的目送下，我抱著聖典走進禮拜堂。

只見年幼的孩子們都一臉呆愣地盯著我瞧，肯定是心裡正想著：「明明我聽說神殿長很矮，但根本一點也不矮嘛！」光是想像這件事情，我就覺得有些好玩。

接著我緩步前進，發現孩子們列隊排開的腦袋瓜，都落在自己視野的正下方，讓人不禁覺得他們又小又可愛。居然可以和常人一樣有這種感想，我深刻地感受到自己真的長大了。

「羅潔梅茵大人。」

哈特姆特習慣性地伸出手來，但我現在已經長大了，就算抱著聖典也能自己走上階梯。只是這樣一來，他伸來的手會尷尬地懸在半空中吧，於是我把聖典交給哈特姆特，並在他的護送下上臺。

「……啊。」

祭壇前面照舊準備了腳凳，但其實現在也不需要了。哈特姆特把聖典放在祭壇上，然後帶著苦笑將腳凳推到裡面。

隨後我站到祭壇前，環顧禮拜堂內的眾人，難以忽視地明白到了法藍說的那些話。已經進入貴族院就讀，只要願意便能住進城堡騎士宿舍的青衣見習生們，都基於想取得更多加護以及待起來更自在等理由，選擇了留在神殿裡生活。麥西歐爾與他的近侍們還有菲里妮，則都穿著青衣整齊排開。

當年我參加洗禮儀式的時候，灰衣神官們還都面色有些嚴肅地監督孩子們，此刻卻是一臉自豪地挺胸而立。而參加儀式的孩子們也沒有半點懶散毛躁的樣子，都表情有些緊張地筆直面向前方。

一邊感受著儀式上的變化，我一邊尋找加米爾。

……加米爾在哪裡呢？

排在前面的都是富裕人家的孩子，所以加米爾肯定在後面。我稍微用魔力強化了視力後，目光來回搜索，很輕易就找到了。

……是加米爾，加米爾就在那裡！

加米爾有著一頭遺傳自父親的藍髮，整個人散發出男孩子特有的活潑朝氣，但五官和以前的多莉十分相似。而且正是因為他與鄰居的孩子們排在一起，我馬上就認出來了。畢竟加米爾受過教育要成為普朗坦商會的學徒，所以只有他一個人站姿格外筆挺，頭髮又因為洗過絲髮精而柔柔亮亮，非常醒目。

……再加上媽媽還用了染布代替刺繡。

一般洗禮儀式的正裝都是白色的，然後在衣服邊緣繡上刺繡，但母親卻是直接縫上自己所染的布。她是刻意想要推廣艾倫菲斯特新的染布流行，順便突顯與我的聯繫吧。為了讓再也沒有見過加米爾的我能一眼認出他來，這多半是母親想出的辦法。

……只不過，與媽媽原本的意圖完全無關，從明年開始大概會很流行這種以染布鑲邊的做法吧。

這種用染布做成花邊的方式，肯定會在不善刺繡的婦女之間大受歡迎。因為換作是我的話絕對會跟著照做，然後找藉口說：「這個可是新流行喔。領主大人養女的專屬都這麼做了，所以不是我偷懶。」

預感到新流行誕生的同時，儀式也開始了。首先朗讀聖典裡的神話，再教孩子們怎麼祈禱，最後是給予祝福。

「水之女神芙琉朵蕾妮啊，請聆聽吾的祈求，為今年聚集於此的孩子們賜予祢的祝福。彼等的赤誠真心奉獻予祢，謹獻上祈禱與感謝，懇請賜予祢神聖的守護。」

灑出的綠色祝福雖然有些偏多，但這也沒辦法吧。而且跟多莉成年禮上我在最後無法抑制所灑出的祝福比起來，這已經低調很多了。再說了忍耐對身體不好。

……之後再向麥西歐爾他們辯解說，因為這是我最後一次能給艾倫菲斯特的平民祝福了。

給完祝福後，灰衣神官們打開禮拜堂的大門，讓孩子們離開。等到大門完全敞開，我在門口看見了所有家人。父親、母親與多莉都在，不知為何路茲也來了。

看到我長大後的樣子，父親、母親與路茲都瞪大了眼睛。只有曾在近距離下見過我的多莉臉上毫無驚訝，反倒顯得有些得意，彷彿在說：「看，我說的沒錯吧？」

父親與母親看著我雙眼圓睜後，旋即露出開心的笑容。身為父母，兩人完全不覺得突然長大的我令人發毛，而是為我的成長感到高興。胸口深處不由得發熱。

「你們不用全都跑到這麼前面來啦！」

加米爾難為情地這麼喊著，快步往四人走去。路茲笑著輕拍了拍加米爾的頭，說：「有什麼關係。」然後他抬起目光，朝我輕輕揮手。我強忍下想要回應的衝動，只是更加彎起嘴角微笑。

……好遠喔。

雖然明白自己如今的身分，已經無法與家人站在一起恭喜加米爾受洗，但我還是感到既遙遠且悲傷。

……就連隔著這段距離的微小互動，這也是最後一次了呢。

一旦去了中央，就連這樣微小的互動也無法輕易擁有。注視著孩子們離開後重新緊緊掩上的大門，我輕嘆口氣。

「羅潔梅茵大人，請把手給我吧。」

知道我家人存在的哈特姆特直到最後都陪著我，什麼也沒有說。我把手疊在他伸來的手上，下臺步出禮拜堂。

「羅潔梅茵大人，城堡捎來了奧多南茲。」

在禮拜堂外待命的護衛騎士們，神色肅穆地並肩而立。其中柯尼留斯上前一步，開口說道：

「內容表示要召集領主一族，連同祈福儀式的日程在內，共同商討領地的防衛計畫。請羅潔梅茵大人與麥西歐爾大人各帶一名護衛騎士、文官與侍從，返回城堡。」

儘管剛舉行完最後一場儀式，與家人有了些許的互動，但看來我現在根本沒有時間沉浸在感傷當中。我與麥西歐爾對看一眼，點了點頭。如今不能隨隨便便離開神殿，必須先確認要把誰留下來，以及神殿的防衛部署有無問題。絕不能讓平民區與神殿落入險境。

「那麼我會帶柯尼留斯、哈特姆特與莉瑟蕾塔這三人前往參加會議。為了可以應付緊急情況，達穆爾、安潔莉卡、馬提亞斯與勞倫斯這四名護衛騎士，以及孤兒院長菲里妮請留在神殿待命。另外請找來萊歐諾蕾與優蒂特，擔任我前往城堡的護衛。」

「是！」

我與麥西歐爾都從近侍中留下了幾名護衛騎士保護神殿，然後交代大家要輪流各派一人去看守神殿大門，並與守在平民區大門的騎士們密切保持聯繫。最後我請莫妮卡、妮可拉與葳瑪負責留守，同時要與菲里妮一起整理孤兒院長室，為祈福儀式做準備。

「我這邊如果有任何情況會聯絡達穆爾，到時再請你們所有人分工合作，往平民區的大門送去奧多南茲。若是有事要聯絡孤兒院，我會通知菲里妮，到時請照著之前的訓練讓孤兒們去避難。」

「遵命。」

# 防衛計畫的商討

一回到城堡，奧黛麗、莉瑟蕾塔與谷麗媞亞三人便出來迎接。

「羅潔梅茵大人，歡迎您的歸來。」

「我回來了……克拉麗莎與羅德里希在圖書館嗎？」

「是的。克拉麗莎可是幹勁十足，說要為羅潔梅茵大人製作魔紙呢。而羅德里希在克拉麗莎的指導下，調合能力似乎有顯著提升。畢竟努力壓縮魔力之後，雖說羅德里希的魔力有所增長，但經驗的累積也很重要嘛。」

奧黛麗咯咯笑著，告訴我兩人目前的情況。聽說克拉麗莎對羅德里希進行了嚴厲的指導，還說既然他是第一個向主人獻名的文官，在去中央之前，調合能力應該要提升到足以從旁協助主人。

「我因為經常陪著克拉麗莎一起去圖書館，也被迫進行了大量調合。」

顯然克拉麗莎連優蒂特也沒放過，教給了她好幾種攻擊型投射魔導具的做法。雖然教人感激，但克拉麗莎的戴肯弗爾格式教育似乎相當嚴格。

「不過，不管是羅德里希必須提升自己的調合技術，以免到了中央後被人看輕，還是優蒂特必須要能製作自己需要的武器，這些事情都很重要呢。」

由於我現在光自己的事情就忙得分身乏術，老實說克拉麗莎這樣做幫了我大忙。

「聽說會議從下午開始，請問同行的近侍和往常一樣嗎？」

「從這次開始，就由莉瑟蕾塔同行吧，畢竟要陪我去中央的人是她。」

之前同行的侍從一向是上級貴族奧黛麗，但我表示要從這次開始改成莉瑟蕾塔後，奧黛麗便微笑頷首。

「這是很好的決定呢。那麼，我與谷麗媞亞便繼續為前往中央做準備吧。這邊都是已經挑選好的行李，一旦接到王族的通知，便能立即裝上馬車。請問您在神殿與圖書館的用品呢？若有東西要帶去中央，還請抓緊時間，將行李整理好送來城堡。」

和斐迪南那時一樣，現在我也到了必須關閉神殿裡的秘密房間、將房內物品清空的時候。忙得再暈頭轉向，離開的準備也一點一點地確實進行著。

「前陣子因為羅德里希他們都在神殿的秘密房間裡進行調合，原料用掉了許多，所以我沒有再補充，而是把剩下的原料與器材都搬去了圖書館的工坊。再加上神殿裡的東西我大多都會讓給菲里妮，這樣一來，要帶走的都是些大型家具……」

我要從神殿帶走的東西都是床墊、棉被與書盒這類的大型家具，而且這些東西我都會在神殿裡用到要離開的那一天。搬運上雖然麻煩，但要帶走的行李並不多。

「那麼，您預計從圖書館帶走的東西會有多少呢？」

「我已經寫信問了斐迪南大人，可以帶多少書籍與原料前往中央。養父大人也已經把信和餐點都送過去了，所以現在只等回覆。那服裝的進度怎麼樣了呢？有辦法在領主會議前趕出來嗎？」

奧黛麗點一點頭。集結眾人的專屬趕製新衣後，目前似乎已經進入大家開始在討論可以試裝的階段。

「但還不曉得下午的會議要討論哪些事情，所以試裝的時間就等會議結束後再決定吧。」

「遵命。」

我們帶著自己的近侍抵達會議室時，屋內的氣氛沉重肅穆。因為不只領主夫婦與其近侍們，騎士團的高層也都面色嚴峻。

「嗯，你們來啦。羅潔梅茵，妳在神殿那裡留下了護衛騎士吧？」

「那當然。對吧，麥西歐爾？」

我轉頭看去後，麥西歐爾笑著點點頭。

「羅潔梅茵姊姊大人留了四名護衛騎士，我則留了三名護衛騎士在神殿。尼可拉斯還說他身為見習騎士，會與我的護衛騎士一起守門。」

聞言，站在齊爾維斯特身後的卡斯泰德顯得有些鬆一口氣。在我消失的那段時間，尼可拉斯為了在貴族院尋求庇護，似乎是經常與在神殿有過交流的麥西歐爾的見習護衛騎士一起行動。

雖然身為姊姊有些不中用，但既然我已確定要前往中央，柯尼留斯又對尼可拉斯萬般警戒，如果麥西歐爾能就此為他提供庇護便太好了。

「那麼接下來，我想與諸位一同商討艾倫菲斯特的防衛計畫。」

齊爾維斯特先是告訴眾人，如今喬琪娜很可能已經知道如何能取得基礎魔法，並且他有種她會在祈福儀式期間來襲的預感，所以也已經與騎士團討論過各種對策。

「父親大人，我的護衛騎士也曾參與騎士團的討論，所以這些事情我已有所耳聞，可是究竟有多少可信度呢？」

韋菲利特開口發問。齊爾維斯特往我瞥來一眼後，搖了搖頭。

「我不能說出情報來源。即便我認為可信度很高，但也沒有確切證據。但是，亞倫斯伯罕——正確地說是喬琪娜——肯定是想要得到艾倫菲斯特，從馬提亞斯提供的證言也能看出這一點。」

據說喬琪娜在造訪格拉罕的夏之館時，曾說過她有辦法能取得艾倫菲斯特的基礎，接著同年秋天便發生了聖典遭竊一事。只是隨著冬天領內進行肅清，向喬琪娜獻名的貴族都遭到了處刑。因此，她的計畫想必曾一度陷入停擺。

「當時我們成功掃除了她在艾倫菲斯特的黨羽與情報來源，這件事可謂意義重大。再加上今年冬天，我們在貴族院都對外宣稱羅潔梅茵臥病在床，回到了領地休養吧？她有可能因此提高警覺，不敢輕舉妄動。」

倘若這就是亞倫斯伯罕學生們所提供的情報，而她在艾倫菲斯特領內的情報來源又遭到了消滅，那麼她得花上不少時間，才能知道我們的實際情況是如何吧。

「我個人認為，她最有可能在領主會議的星結儀式到來前發動襲擊。因為亞倫斯伯罕奉王命提供給斐迪南的房間在西邊別館，他因此說過自己現在很難取得有關喬琪娜的情報。一旦成婚，斐迪南便能正式以領主一族的身分在領內行事，所以喬琪娜極有可能在這之前採取行動。」

齊爾維斯特說完，眾人的表情無不變得肅穆。

「接著是敵人入侵時的防守配置。我身為奧伯，必須優先保護基礎魔法，所以會待在基礎之間；卡斯泰德會率領部分騎士團員，專注於守衛艾倫菲斯特這整座城市；若有敵人出現在基貝的土地上，波尼法狄斯會率領部分騎士團員前去支援。」

齊爾維斯特似乎已經向土地與亞倫斯伯罕相鄰的幾位基貝示警過了。聽說還提醒他們要擴大範圍向平民蒐集情報，時時留意有無異常情況和可疑的人影。

「一旦發生事情，你們也要率領護衛騎士保衛城市。你們就帶著各自的護衛騎士，芙蘿洛翠亞與夏綠蒂負責城堡，韋菲利特負責貴族區，麥西歐爾負責神殿與平民區。」

「不光男士，我們也要率領護衛騎士戰鬥嗎？」

我想過要在後方支援，卻從沒想過要上戰場呢——夏綠蒂不安地低語道。見狀，齊爾維斯特嚴肅地板起臉孔。

「夏綠蒂，這是當然的吧。妳既是領主候補生，現在也以成為奧伯為目標吧？那麼以妳的身分就該身先士卒。」

守護基礎是領主不能讓給任何人的重責大任。要是把基礎拱手讓人就會失去資格，所以可說是最重要的職責吧。

「沒有能力守護基礎的奧伯稱不上是奧伯，況且護衛騎士是為何而存在？妳要為守護基礎善用他們。」

「……是。」

夏綠蒂點一點頭。這麼說來，我因為採集過尤列汾藥水的原料，又參加過與戴肯弗爾格的迪塔，相對來說算是十分習慣戰鬥。這對完全不習慣戰鬥，也沒有受過騎士訓練的夏綠蒂來說，可能有些吃力。

……這也是大家總說男性更適合成為奧伯的理由之一吧。

像韋菲利特從小就與騎士們一起接受訓練，但夏綠蒂幾乎沒有，看得出兩人對於即將上場戰鬥有著不同的心理準備。韋菲利特還說他不僅會與騎士們一起參加訓練，也和自己的護衛騎士們討論過要如何守衛城市，此外也已經商量好了保衛貴族區時，要如何與騎士團齊心協力。

「那個，養父大人。我好像沒有要負責的地方……」

「我無法指定地方給妳負責。如果真有需要的話，我希望妳能幫忙替補。」

「替補嗎？」

「老實說，王族不知何時會下令召妳過去，所以我們也沒安排妳去參加祈福儀式。況且妳的近侍已經在反應，說戰鬥魔導具的製作占用了太多時間，很多事情都還沒能做好準備。所以，我希望妳接下來先為前往中央好好做準備。」

意思是艾倫菲斯特的防衛固然重要，但為成為王族一員做好準備更重要吧。我點了點頭。

「今天上午我才與奧黛麗討論過，預計領主會議那時候會做好所有準備……雖然很感謝您的費心，但領地遭受襲擊時，若不先決定好我該如何行動，我會十分困擾。因為要是只有我手忙腳亂，反而會成為累贅吧？」

喬琪娜來襲時，我也不可能悠悠哉哉地繼續打包行李。

「無論是要向王族求援還是上戰場，請指示我該如何行動。」

「妳這麼驍勇好戰真是教我吃驚，妳本來是這樣的孩子嗎？」

看到我與夏綠蒂不同，主動想要投身戰場，齊爾維斯特皺起眉頭。這時韋菲利特大嘆口氣。

「父親大人，她早在很久以前就是這樣了。我都要懷疑羅潔梅茵喜歡迪塔的程度僅次於戴肯弗爾格。」

「韋菲利特哥哥大人！」

「雖然我知道每次都有原因，但妳待在貴族院的時間明明比任何學生都要短，也沒修習騎士課程，卻每年都在與戴肯弗爾格比奪寶迪塔。還有其他領主候補生像妳這樣嗎？」

……不──！說起來這倒是！竟然無法反駁！

「那好吧，既然妳願意率領近侍作戰，我希望要是敵襲正好發生在祈福儀式那段時間，妳能幫忙替補去了直轄地的人。」

因為祈福儀式期間得帶著聖杯前往各個直轄地，韋菲利特、夏綠蒂與麥西歐爾會輪流出發。齊爾維斯特於是拜託我，先在城堡與圖書館為前往中央做準備，若是這段時間發生敵襲，再替補外出的領主一族守護城市。

「我明白了。那戰鬥用的魔導具製作得怎麼樣了呢？」

「我照著妳的建議，不只文官近侍，也動員了騎士與學生們製作回復藥水與魔導具。」

剛好先前趁著領主會議與貴族院開放時，採集到了大量豐富的原料，魔導具的製作似乎相當順利。

「我通知各地基貝也要做好作戰準備後，沒想到那些已經引退的老人幫上了很大的忙。」

聽說年輕的騎士們找了經歷過奪寶迪塔的那一代老人，向他們請教哪些陷阱有效、怎樣的時機使用過哪種魔導具，因此稍微縮小了世代間的鴻溝。除此之外，聽說有些地方還因此開始互助合作，認為現在不是萊瑟岡古一族與舊薇羅妮卡派互鬥的時候。

「因為有共同的外部敵人時，內部的人比較容易團結起來嘛。這可是團結領內眾人的好機會呢。」

畢竟自領的基礎不分世代與地區，大家得一起守護才行。如今肅清已經結束，向喬琪娜獻名的貴族也排除了，舊薇羅妮卡派的貴族免於連坐後，包括獻名者在內向領主一族宣誓效忠的貴族因此變多，這些事也都發揮了很大的作用吧。

「對了，羅潔梅茵。我聽說妳在製作某種大型魔導具，已經做好了嗎？」

聽見韋菲利特問起，我得意地挺起胸膛。

「是的。我們完成了三隻蘇彌魯，做為守護神殿大門的魔導具，也已經放在大門那裡了。為了節省魔力，平常不會發動。」

我本來想走戰隊風，將蘇彌魯調合成紅色、藍色與黃色三種顏色，但由於準備毛皮的莉瑟蕾塔根據自己的喜好選了粉彩色系，最終變成了粉紅、水藍與米色三種顏色，而且還為他們穿上了點綴著蝴蝶結與蕾絲的服裝，非常可愛。擺在有灰衣神官與騎士守著的大門時，簡直可愛到了不自然的地步，但啟動之後又有非常強大的防衛功能，成了一種超脫現實的存在。

「我或是麥西歐爾的護衛騎士與灰衣神官們守在大門時，會拿著可以啟動他們的魔導具。另外我還參考斐迪南大人給的護身符，在他們身上設置了好幾個一樣的反擊魔法陣，所以有著非常強大的防衛功能喔。」

我開始說明蘇彌魯他們有多麼厲害時，斐迪南的聲音忽然直接在腦海裡響起。他大喊著：「羅潔梅茵！」

「咦？斐迪南大人？」

我下意識地捂住耳朵，左右張望。是我聽錯了嗎？但才剛這麼心想，似乎有一道虹光猛然將自己包圍。

# 親眼目睹的危機

「咦？這是哪裡？」

眼前的景色陡然切換。明明上一秒韋菲利特與夏綠蒂還在我正前方，但似乎只有我一個人來到了其他地方，四周是截然不同的景色。

「這裡……是供給室吧？」

雪白的房間中央，有顆天球儀般神秘轉動著的魔石，並且環繞著因帶有魔力而發光的複雜文字與圖騰。這幅畫面我非常眼熟。

「斐迪南大人?!斐迪南大人?!」

聽見還帶有些稚嫩的呼喊聲，我不由自主回過頭，只見一名金髮少女正臉色大變地跑向斐迪南。雖然跟記憶中的模樣相比長大不少，但少女確實是萊蒂希雅沒錯。在大驚失色的萊蒂希雅前方，斐迪南正按著胸口，跪在地上不住咳嗽。

……斐迪南大人！

我也忍不住飛奔上前。儘管視野一變像是來到了斐迪南面前，但自認伸出了手的我卻沒在視野中看見自己的雙手，也觸碰不到斐迪南或萊蒂希雅。這種感覺就像在看著電影裡的場景，而且不管我怎麼呼喊，兩人似乎都聽不見我的聲音，也看不見我在這裡，對我毫無反應。

斐迪南從腰間的藥水袋裡拿出了什麼東西放入口中，接著解開裝有獻名石的小巧金屬籠。他的雙手不停顫抖，額上布滿汗珠。

「把這個、交給尤修塔斯……要他們、快走……快。」

萊蒂希雅臉色慘白地接過籠子後，急忙往外飛奔。大概是離開了供給室，就此從我的視線範圍裡消失。

萊蒂希雅一離開，斐迪南更是當場橫倒在地。他現在的狀態已經連坐著也沒辦法了嗎？倒臥後斐迪南再也沒有起身。

……斐迪南大人！

儘管很想立即為他施以治癒、取來需要的藥水，然而此刻的我卻是無能為力。想必沒有發現我正在看著，斐迪南痛苦得臉龐扭曲。

「唔……」

他發出呻吟的同時，還抓著胸口的衣物。定睛細看後，我才發現斐迪南的胸口正發出淡淡虹光，從頭到腳將他包覆住。

……是我的護身符?!

由於護身符收在衣服底下，我並沒有親眼看見，但此刻包裹著斐迪南的淡淡發光魔力無疑源自於我。我並非以邏輯，而是從感覺得知。

柔和的虹色光芒覆蓋住了斐迪南全身，就好像是護身符在維繫著他的生命。

……誰都好，快來救救斐迪南大人！

這種只能看著卻無法出手幫忙的情況讓我心急如焚。

「呼……哈……」

斐迪南緊抓著胸口，重複著急促又短淺的呼吸。就在這個時候，忽然有腳步聲響起。瞬間斐迪南渾身一震，反射性地按著胸口，整個人彈起來般地坐好。雖然勉強維持住了坐姿，但他的呼吸依舊急促，顯然也沒有力氣去撥開額上汗濕的頭髮。

我邊為斐迪南的情況感到擔憂邊回過頭，便見蒂緹琳朵披著下襬足以拖地的銀布斗篷，踩著鞋子發出叩叩聲響，從容地慢步走來。明明斐迪南的模樣明顯不太對勁，她這種走路方式卻彷彿對他視若無睹，至少看起來一點也沒有擔心的樣子。

……為什麼？

看到她既不驚訝也不慌張的反應，我心中油然升起了非常不祥的預感。很難說是預感還是奇妙的確信，總之我腦中只有一個想法：可能就是蒂緹琳朵害了斐迪南。

……不要過來，不要靠近斐迪南大人！

我擋在蒂緹琳朵前方想要保護斐迪南，然而只是徒勞。蒂緹琳朵並沒有撞上我，而是直接從我身上穿了過去。我被迫體認到了自己並非真的在場。

「真奇怪。明明雷昂齊歐大人說了，那種劇毒會讓人當場死亡，變成魔石，你竟然還活著……這下子我怎麼有辦法把你搬出去呢。」

蒂緹琳朵看著坐在地上的斐迪南蹙起了眉，深綠色眼眸裡有著再明顯不過的輕蔑。

……她剛才說什麼？

「你真的中了萊蒂希雅下的毒嗎？不過，你看來確實是變虛弱了，所以是避開了正面攻擊？還是說你事前已經服下了解毒藥水？原本的計畫是萊蒂希雅對斐迪南大人下毒以後，我會發現變成了魔石的斐迪南大人，現在卻沒有照著計畫進行，這可怎麼辦才好呢？」

直到讓萊蒂希雅動手前，明明一切都很順利呀，這可真是傷腦筋——蒂緹琳朵一邊說著，一邊手托著腮優雅偏頭。

「偏偏我已經答應了雷昂齊歐大人，要把蘭翠奈維的魔石還給蘭翠奈維……」

蘭翠奈維的魔石——蒂緹琳朵的眼神與話語讓我不寒而慄。這種發言意味著她並不把斐迪南當成人類看待，同時，我也明白到了雷昂齊歐是個來自蘭翠奈維的人。

「斐迪南大人，我聽說你其實是個失敗品，原本該在受洗前就被變成魔石，然後送回蘭翠奈維去吧？那是叫作阿妲姬莎之實嗎？就連你的母親，也認為你只有變成魔石才具有價值吧？」

蒂緹琳朵露出得意洋洋的表情，低頭看向斐迪南。只見斐迪南拚命隱藏自己急促的呼吸，似乎正努力裝作若無其事。但是，他肯定覺得就像有人正光著腳，用力踩在自己最不想被人觸及的過去上。

「你這樣的人竟然是我這個下任君騰的未婚夫，真是讓人覺得太丟臉了。所以，我希望斐迪南大人能在星結儀式之前消失喔。母親大人也說沒關係，還幫我訂定了這樣的計畫……」

簡直莫名其妙。亞倫斯伯罕就是因為領主一族人數太少，無法自己維持領地的運作，斐迪南才會奉王命前來幫忙，還過著每天都要喝藥的生活。現在竟然要除掉斐迪南，到底對亞倫斯伯罕的將來有什麼打算？

「妳……不可能成為下任君騰。」

斐迪南呻吟般地說道，但蒂緹琳朵只是付之一笑。

「斐迪南大人想必不知道，但我已經知曉古得里斯海得的下落了喔。雷昂齊歐大人他知道呢。我將與他一起取得古得里斯海得，然後成為君騰，之後還預計要納雷昂齊歐大人為我的王夫。你再怎麼深愛著我，未來我們也不可能攜手同行。」

蒂緹琳朵微笑道，臉上洋溢著希望的光彩。不知道是因為她已經成年，還是特意為雷昂齊歐妝扮的，臉上的妝比以前在貴族院看到過的還要豔麗。那揚起的紅唇映在我眼中，顯得格外刺眼。

「妳是、已將基礎染色的奧伯……不可能成為君騰——」

「呵呵，並不是我，將基礎染色的是姊姊大人唷。所以，現在的奧伯．亞倫斯伯罕是姊姊大人。」

我身為下任君騰，怎麼可能為亞倫斯伯罕的基礎染色嘛——蒂緹琳朵像在嘲笑斐迪南般地掩著嘴角，咯咯發笑。

「等我成為君騰，便能撤回現任君騰的命令，讓姊夫大人變回領主一族。另外也能把叔父大人他們變回領主一族，繼承人也還有蓓妮蒂塔。亞倫斯伯罕的未來可以說是平穩順遂呢。」

在蒂緹琳朵描繪的未來中，既沒出現斐迪南也沒有萊蒂希雅的名字。萊蒂希雅肯定也有危險吧。雖不知道是怎麼誘騙她的，但如今她已確定成為對斐迪南下毒的現行犯。

「母親大人也開始準備了唷。雖然我不太能理解她想得到艾倫菲斯特這種偏僻領地的心情……但她說了，你不在更有利於行動，所以她正等著我的奧多南茲呢。」

聽見喬琪娜正等著收到斐迪南已死的報告，我內心湧起了難以形容的憤怒。先是使用蘭翠奈維的毒物，再誘騙萊蒂希雅對斐迪南下毒，然後讓蒂緹琳朵來確認生死——這種從頭到尾都不弄髒自己雙手的做法，以貴族來說或許稱得上十分優秀，但此刻我心中對她只有熊熊燃燒的怒火。

「要是告訴母親大人，萊蒂希雅沒能成功把你變成魔石，肯定會狠狠罵我一頓吧。而且若是放著不管，你看起來也沒有要斷氣的跡象嘛。」

蒂緹琳朵一邊說著一邊把手伸向腰間，準備拿出某個袋子。趁她別開視線的瞬間，斐迪南用力一咬牙，呻吟著丟出了幾個繫在自己腰間上的魔導具魔石，然後手中握住思達普。

「呀啊?!」

現場爆炸聲響，就在衝擊也襲向斐迪南自己的同時，蒂緹琳朵發出慘呼。但是，只見魔力造成的攻擊全被銀布彈開了。蒂緹琳朵似乎只受到一些衝擊，但並沒有受傷。看來在與海斯赫崔比迪塔時足以逆轉情勢的魔導具，面對銀布也發揮不了作用。

「……沒有效嗎？」

「真是的！你竟然這麼粗魯。」

蒂緹琳朵氣憤地從腰間上的袋子裡拿出一顆糖果，放進口中。看起來很像是萊蒂希雅分給我的蘭翠奈維糖果。然後她含著糖果，再拿出另一個袋子往斐迪南投擲粉末。

「……住手！」

無法隨心所欲移動的斐迪南雖然扭過了身體避免正面承接，卻阻止不了粉末在掉到地上後往上飛揚。他頓時無力軟倒，再也無法在蒂緹琳朵面前坐著，往前倒臥在地。原本緊抓著胸口的手也無力鬆開來，只有那雙淡金色眼眸依然瞪著蒂緹琳朵，但嘴唇幾乎是動也不動。

「能當場致人於死的劇毒對你好像沒什麼用，但這種藥卻有效呢。真神奇。」

說話時，蒂緹琳朵又拿出了罪犯用的，可以封住思達普的手銬。她往斐迪南使不上力的手腕伸出手，想要套上手銬時，突然「啪」的巨響，指尖被虹色光芒彈開。

「呀啊?!」

蒂緹琳朵張大了眼看著自己的手指，惡狠狠地瞪向斐迪南後，接著以銀布斗篷阻隔魔力，銬上手銬。看似魔石的石環套在了斐迪南兩隻手上，中間連著鎖鏈。

「這樣一來就算你的身體能行動了，也不會對大家造成危險吧。」

蒂緹琳朵「哼」了一聲說道，再稍微拉過斐迪南的雙手，放在供給魔法陣上。

「像我這樣柔弱無力的女性，哪有辦法把斐迪南大人帶出去嘛。你就這樣為基礎供給魔力，直到魔力枯竭為止吧。成為奧伯的姊姊大人想必也會很高興。」

說完蒂緹琳朵走到魔法陣中心，蹲下來往魔法陣注入魔力。供給魔法陣旋即發動，直到斐迪南自己把手移開為止，魔力都將不間斷地流往魔法陣。

「不知道你的魔力直到枯竭為止要花多久時間呢？若是我能在那之前取得古得里斯海得就好了……」

蒂緹琳朵一派神清氣爽，彷彿完成了一項重大任務，蹬著鞋子轉身離開。

但她離開以後，魔法陣仍在運作，並且吸取著斐迪南的魔力。我可以感覺到魔力開始從自己送給斐迪南的護身符往外流出，包覆著他的虹色光芒逐漸變弱轉淡。

剛才還一直瞪著蒂緹琳朵的斐迪南，此時淡金色的眼眸裡忽然不再有任何情緒，既無憤怒也沒有憎恨，只是全然放棄一切般地垂下眼瞼。

「……請不要就此放棄！」

在我這麼大喊的同時，眼前的畫面突然又變回了領主一族正在開會的地方。不管是倒地的斐迪南還是持續吸取著他魔力的魔法陣，都再也看不見了，只見滿臉擔憂的領主一族與近侍們全聚集在我身邊。

## 誘惑

「羅潔梅茵，怎麼回事?!妳突然發出虹光以後，就一動也不動了喔！」

我立刻明白了大家為什麼聚集在自己身邊，但現在沒有時間了。

「養父大人，是斐迪南大人！斐迪南大人他在亞倫斯伯罕中毒倒下了。是喬琪娜大人在背後操控，他中了毒以後，蒂緹琳朵大人還對他撒了粉末，他便倒地不起……」

我把想到的事情一股腦說出來，同時起身離座，想要去救斐迪南。然而，我並沒能走向門口。因為大家都擋在我面前，齊爾維斯特也抓住我的手臂。

「養父大人，請您放開我！」

「妳冷靜一點！妳這樣的說明我們根本聽不懂。到底是怎麼回事，為何斐迪南會中毒?妳有辦法可以救他嗎?!」

肩膀遭人按住的我半是被迫地重新坐好，不僅如此，大家還接二連三發問，要我說明自己剛才看見了什麼。不只齊爾維斯特，芙蘿洛翠亞與波尼法狄斯也問了問題，但不論採取什麼行動都需要有人幫忙，因此我硬是按捺下想要早點去救人的心情，為大家說明。

「也就是說，喬琪娜再過不久便會來襲吧?必須即刻想好對策。」

「祖父大人?!現在喬琪娜大人不重要，斐迪南大人他……」

「斐迪南已在他領的供給室裡身中劇毒、瀕臨死亡，我們救不了他。放棄吧，羅潔梅茵。我們現在優先該做的，是守住艾倫菲斯特的基礎。不要搞錯了。」

波尼法狄斯的淡藍色雙眼帶著凌厲光芒，低頭看向我說道。

「您要我……放棄嗎？」

我感到全身的血液都在沸騰，用力握起拳頭。

「沒錯，妳該保護的是艾倫菲斯特。斐迪南啟程前往亞倫斯伯罕時，妳不是也這麼答應過他嗎？」

這件事我確實答應過，對象還不偏不倚就是斐迪南。而且艾倫菲斯特這座城市裡還有平民區的家人、古騰堡夥伴們以及神殿裡的大家，這些全是我該保護的人。但是，我也說好了要保護斐迪南，所以我絕不可能放棄。

「更何況妳打算如何進入他領的供給室？妳知道趕到亞倫斯伯罕需要幾天時間嗎？斐迪南的魔力能撐到那時候嗎？即便妳趕去救人，也不可能來得及。比起這件事情，當然更該商討對策，應付即將來襲的喬琪娜。」

聽著波尼法狄斯列出的必須放棄的理由，我悄悄以手指摩挲隨身攜帶的亞倫斯伯罕鑰匙。只要採取和喬琪娜一樣的手段，便能得到亞倫斯伯罕的基礎，這絕非不可能。

「所以只要能來得及，我就可以去救斐迪南大人吧？」

我眼睛眨也不眨地注視波尼法狄斯，同時感覺得到魔力往全身流竄。眼角餘光中我注意到周遭眾人都倒吸口氣，慌張地說：「空魔石……」但我再一次問道。

「只要能來得及，我就可以不用放棄對吧？」

波尼法狄斯緊皺著眉，像被我的氣勢震懾住般點了下頭。我的魔力或許有些溢出，形成了威懾吧。儘管腦海一隅意識到了這件事，我還是沒有停手，逼著對方給出答覆。

「在斐迪南大人的魔力還支撐得住的時候，祖父大人與養父大人都願意協助我嗎？為了救斐迪南大人，就算要與亞倫斯伯罕、中央、國王甚至是艾爾維洛米大人為敵，我也在所不惜。我說什麼也不打算放棄。」

只見波尼法狄斯吞了吞口水。

「祖父大人，我是為了守護自己重視的一切才會成為奧伯的養女。因為沒有權力與身分，我保護不了任何人。會成為國王的養女也是為了解救斐迪南大人，倘若斐迪南大人死了，那他還能不能免於連坐根本無關緊要，就算成為國王的養女也是毫無意義。」

如果是自己重視的一切都在身邊，依然阻止不了尤根施密特的滅亡，這我倒還能死心看開；但如果守住了尤根施密特這個國家，卻要失去自己重要的人，這樣根本毫無意義可言。

因為對我來說，平民區的家人與斐迪南比尤根施密特更重要。

「羅潔梅茵，妳是認真的嗎？就只為了斐迪南一人……？」

「每個人心中的優先順序會不一樣也是理所當然的吧？在我心裡，艾倫菲斯特比尤根施密特更重要，住在這塊土地上的自己人又比艾倫菲斯特更重要。」
聽完我這番話，波尼法狄斯與齊爾維斯特還沒出聲，韋菲利特就先回答了。
「既然她的決心這麼強烈，也有辦法能救人，那讓她去有什麼關係。」
「韋菲利特?!」
「原本我們在訂定防衛計畫時，就是以羅潔梅茵會去中央為前提，所以就算少了妳，我們也有辦法執行。如果妳與妳的近侍想要採取行動，對領地也不會造成任何影響。真要說的話，讓魔力隨時可能失控的妳留在艾倫菲斯特更危險吧。」
韋菲利特說著，指出我眼睛的顏色都變了。波尼法狄斯則是雙眼圓睜。
「就算羅潔梅茵已確定要去中央，她還是艾倫菲斯特的領主候補生。這將會演變成艾倫菲斯特入侵亞倫斯伯罕喔！」
「那又怎麼樣？現在很明顯對方想奪取我們的基礎，那我們也可以主動進擊吧？不管是哪個領地的奧伯，面對敵人來襲，都要設法保住自領的基礎。既然如此，不如先下手為強。」
韋菲利特說完，齊爾維斯特一臉饒富興味地緩緩撫著下巴。
「羅潔梅茵，妳有辦法能救出斐迪南嗎？」
「雖然大概只有我才辦得到，但我確實有方法。若有養父大人的協助，難度更能降低許多。您願意協助我嗎？」
因為不想弄髒斐迪南的雙手，齊爾維斯特甚至無法下令要他暗殺喬琪娜。那麼為了救他，應該願意協助我吧。心中有著確信的我偏頭詢問後，便見齊爾維斯特嘴角一勾。

「如果可以，我也希望能救下斐迪南。但是，妳現在依然是艾倫菲斯特的領主候補生，事後肯定會被聲討，說妳侵略領地。若想採取行動，必須有非常正當的名義。」

那雙深綠色眼眸在說著，只要有能說服旁人的正當理由，妳儘管去沒關係。

「告訴大家這是為了營救叔父大人就好了吧？畢竟叔父大人尚未舉行星結儀式，仍是艾倫菲斯特的貴族，原本還要奉王命成為暫代奧伯的伴侶。」

「……韋菲利特，這對中央與他領來說沒有足夠的說服力。」

說話的同時，齊爾維斯特仍定定望著我。

……快點，快想出理由。

這樣一來，我就能光明正大地前去營救斐迪南。我讓腦袋全速運作，思索著能夠攻打亞倫斯伯罕的正當名義。

「亞倫斯伯罕與蘭翠奈維的人勾結，意圖篡奪下任君騰之位。他們並不是要告訴王族古得里斯海得的下落並加以呈獻，蒂緹琳朵大人說了，她要自己成為下任君騰，日後再納蘭翠奈維的雷昂齊歐為王夫。」

倘若只是蒂緹琳朵想要取得古得里斯海得，其實這不會演變成什麼大問題。這種情況下的她，就和要向王族呈獻古得里斯海得的我一樣。說不定為了減少尤根施密特內部的混亂，還會發展成蒂緹琳朵與斐迪南解除婚約，然後與席格斯瓦德成婚。

但是，如今亞倫斯伯罕卻犯下了致命性的錯誤。因為他們為了得到古得里斯海得，竟然與蘭翠奈維這個外國聯手。

「與蘭翠奈維串通，想要篡奪君騰之位的亞倫斯伯罕，就好比是過往曾受到波斯蓋茲挑撥，決定與其聯手的埃澤萊赫。而艾倫菲斯特又是在埃澤萊赫被重新劃分後所形成的領地，自然最為清楚與外國聯手、意圖篡奪君騰之位的罪行有多麼重大。那麼由艾倫菲斯特與即將成為國王養女的我前去討伐亞倫斯伯罕，這不是理所應當的嗎？屆時中央與他領也應該感謝我們，而不是聲討譴責吧？」

聽完我想出的理由後，齊爾維斯特笑了起來。

「呵……妳這名義不錯。但是，艾倫菲斯特與亞倫斯伯罕的戰力差距極大，我們可沒有足夠的戰力能進攻亞倫斯伯罕。所以，真的會只有妳與妳的近侍要深入敵境。」

亞倫斯伯罕還負責管理半個舊孛克史德克，人口眾多，因此雙方在戰力上有著壓倒性的差距。而中領地艾倫菲斯特的人口本就不多，光是固守就得竭盡全力。

「這樣就夠了，因為人數太多也不方便行動。」

「不行，若沒有足夠的戰力，我不能讓妳前往亞倫斯伯罕。畢竟妳既已確定要成為國王的養女，反倒是我們最該保護的人。」

齊爾維斯特面色凝重地道。於是我思考了一會兒。沒有戰力的話該怎麼辦？很簡單，從前歐托教過我：「既然自己做不到，雇用做得到的人不就得了？換作是我，會誘導做得到的人，設法讓他自願去做這件事。」

我只能往他處尋求艾倫菲斯特不具有的戰力，而說到尤根施密特的戰力，就只有一個地方。

「養父大人，請您幫我聯絡奧伯・戴肯弗爾格，然後我會邀請戴肯弗爾格一起參加迪塔。目的是討伐招來外患的亞倫斯伯罕，以及營救斐迪南大人。」

「戴肯弗爾格？妳想把他領也牽扯進來嗎?!」

原本在發生奪礎戰事時，必須要能自己守住才有意義，也因為日後容易引發其他紛爭，一般不會向他領尋求協助。但是，這場戰役我們並不是想要得到亞倫斯伯罕，我只是想救出斐迪南，若能順便削弱亞倫斯伯罕的戰力那就更好了。

「若不凡事物盡其用，我們面對大領地亞倫斯伯罕根本沒有勝算。而在比迪塔上，戴肯弗爾格是最強的王牌吧？此時不用更待何時？除了預先想好的正當名義，只要再挑動他們對於比迪塔的熱情，然後提醒一下斐迪南大人當初是因為誰的舉薦才會奉王命前往亞倫斯伯罕，以及克拉麗莎那些事情，相信不只奧伯，第一夫人也會爽快答應。」

「……好，妳跟我來，就由妳負責交涉。芙蘿洛翠亞、波尼法狄斯，接下來就交給你們了，別讓在場眾人洩露機密。」

緊接著我被帶到了領主辦公室，齊爾維斯特喚來文官，命其準備通訊用的魔導具。這種魔導具是領主間在緊急聯絡時所用，造型就像一面水鏡。由於在領主候補生課程的課堂上學習過，我也知道用法，但基本上只有領主能使用。

齊爾維斯特聯繫上戴肯弗爾格後，對方的文官便前去呼喚領主。

「奧伯．戴肯弗爾格，別來無恙。」

「奧伯．艾倫菲斯特……與羅潔梅茵大人?!我聽說妳臥病在床，這到底是……」

水鏡上映著奧伯．戴肯弗爾格的身影，所以想必他也能看見我們吧。奧伯目不轉睛地打量著突然長大的我，隨即恍然回神般假咳一聲。

「咳。聽說有緊急消息，還請兩位說明。」

於是我告訴奧伯．戴肯弗爾格，如今亞倫斯伯罕犯下罪行招來外患，正意圖攻打中央。有這麼冠冕堂皇的正當理由，當然得先亮出來。

「前身是埃澤萊赫的艾倫菲斯特非常清楚此等罪行有多麼重大，所以，希望各大領地也能協助我們保護王族。」

齊爾維斯特也一本正經，為我的主張做了些補充。計畫暗中前來奪取基礎的喬琪娜，肯定想不到我們會對中央還有其他領地進行遊說吧。這種事前的協商工作，想必今後在外交上會非常重要。

「再加上中央騎士團已經出了兩次狀況，還都與圖魯克有關。因此我對中央騎士團無法寄予全面的信任，才認為最好先向輔佐著現今王族的大領地騎士團請求協助。」

雖然之後也會提醒王族，但對於中央騎士團是否值得信任，其實我深感不安。奧伯．戴肯弗爾格也知道迪塔曾被干擾一事，以及亞倫斯伯罕葬禮上發生的騷動，所以點一點頭，沒有厲聲駁斥我們是胡說八道。

「此外，有別於派往中央的騎士，我還希望您再派一批騎士前往亞倫斯伯罕。只不過，這部分請召集有志之士即可。」

聞言，奧伯．戴肯弗爾格眨眨眼睛：「這是為何？」

「因為我竭誠想要邀請戴肯弗爾格的諸位一起參加迪塔。戴肯弗爾格的騎士們對於真正的迪塔有沒有興趣呢？」

我微笑說完後，只見奧伯．戴肯弗爾格喃喃低語：「真正的迪塔……？難道是奪礎……」腦袋這麼靈光、反應這麼快，真是太好了。我盈盈一笑。

「沒錯。接下來艾倫菲斯特與亞倫斯伯罕之間，將有一場壯烈的迪塔。但是，我們雙方的戰力差距極其巨大吧？因此，艾倫菲斯特誠摯想要邀請戴肯弗爾格的諸位參加。因為說到迪塔，就會想到戴肯弗爾格啊。」

我呵呵笑著，注視水鏡中的奧伯．戴肯弗爾格，只見他啞然失聲。

「艾倫菲斯特要負責守護自己的基礎，但我接下來將要去奪取亞倫斯伯罕的基礎，所以這部分想向各位尋求協助。因為就我所知，尤根施密特境內武力最為強大的便是戴肯弗爾格。」

說完這些，看得出來奧伯大為動搖。我加深臉上的笑意，為了更加煽動對方想比迪塔的情緒，繼續又道：

「畢竟即便是戴肯弗爾格，在現今這個時世，也應該沒經歷過賭上基礎的迪塔吧？您難道不想體驗一次看看嗎？」

「唔……」

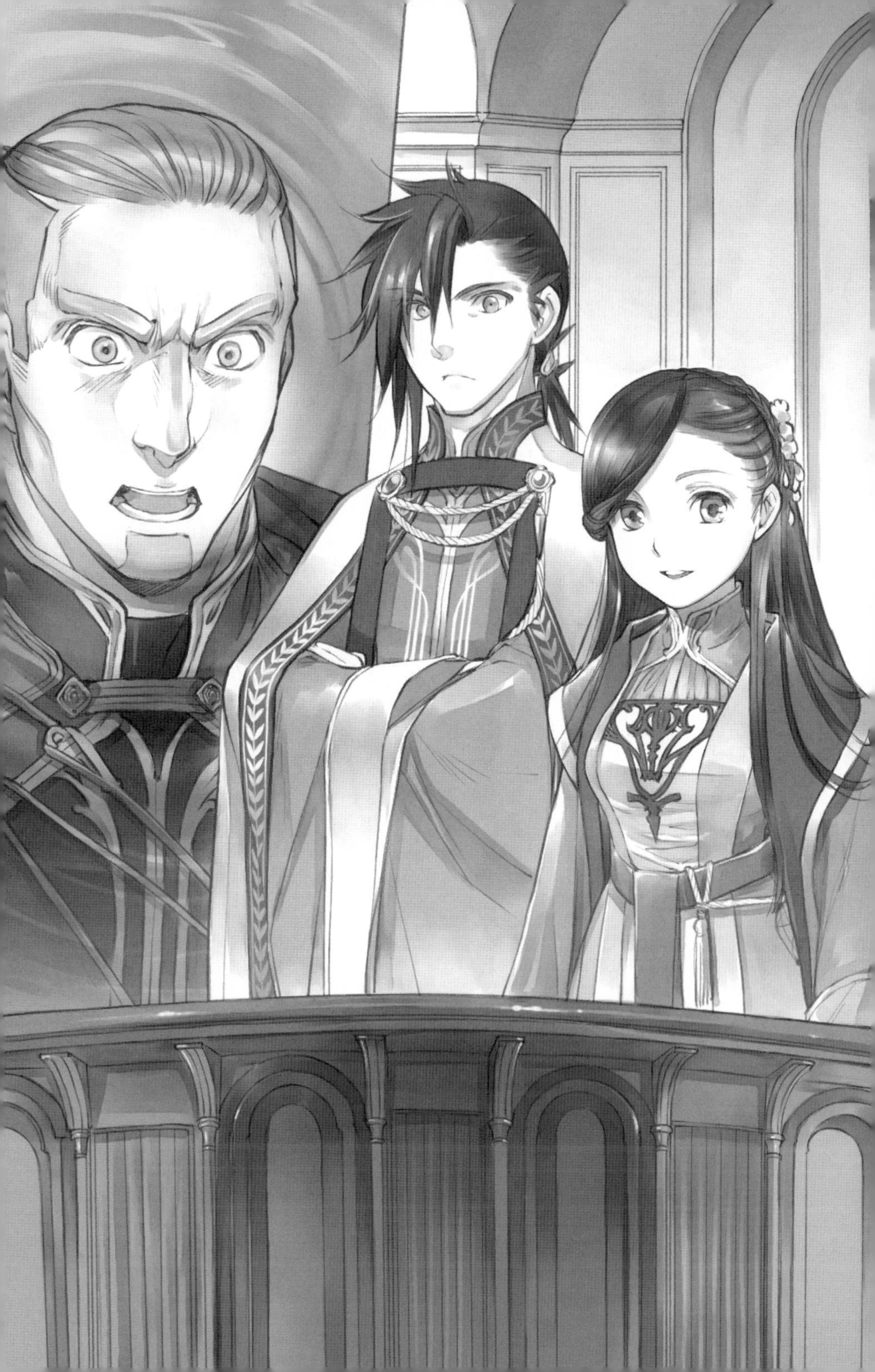

「這可是以亞倫斯伯罕與艾倫菲斯特為舞臺的真正迪塔喔，相信可以體會到在尋常競技中難以領略的熱血沸騰之感。奧伯．戴肯弗爾格，對於願意與我一起攻打亞倫斯伯罕基礎的騎士，不知您心裡有無人選呢？」

面對真正的迪塔這個誘惑，大為動搖的奧伯．戴肯弗爾格忙不迭搖頭。

「除了騎士，沒人會贊同去插手他領的紛爭。」

……意思是騎士們就會贊同嗎？

我不由得有些傻眼，但只有這一次可說是正合我意。

「看來為了參加迪塔，不只需要熱情，也需要正當的理由呢。」

我笑著點出名義的必要性後，奧伯．戴肯弗爾格立刻上鉤：「還有什麼消息嗎？」看到他的眼中充滿期待，我揚起得意微笑。

「因為一旦說明了原由，聽起來實在很像是威脅，所以如果可以，我本是希望各位能夠僅憑對迪塔的熱情便給予協助，但看來也是無可奈何。那我說明一下情況吧。」

我盡可能做出悲痛的模樣，微微垂下眼睫。

「細節請容我省略，總之斐迪南大人被蒂緹琳朵大人下了毒，此刻正倒在亞倫斯伯罕的供給室裡動彈不得。所以，我無論如何都想去救斐迪南大人。」

「妳說什麼?!」

「為了救出人在供給室裡的斐迪南大人，我必須取得亞倫斯伯罕的基礎。而戴肯弗爾格曾經團結一心，就是為了解救斐迪南大人離開艾倫菲斯特的神殿。那麼為了解救在亞倫斯伯罕身中劇毒的斐迪南大人，這次想必也願意集結力量吧？」

「我們必須為自己曾經的行為贖罪，這點沒有任何人能反對吧。好，那我們就參加亞倫斯伯罕的奪礎迪塔！」

……奧伯．戴肯弗爾格，但你臉上笑得很開心喔。請再稍微反省一下。

# 迅疾更勝休泰菲黎茲

「那麼奪礎迪塔時，羅潔梅茵大人希望我們做什麼？」

奧伯・戴肯弗爾格笑著宣告參戰後，毫不掩飾臉上興奮神情地問道。這下子成功借到有意願的騎士了，那當然要事前溝通討論。

「我會以最快速度取得亞倫斯伯罕的基礎。因此同一時間，我希望戴肯弗爾格的有志之士們能把亞倫斯伯罕的騎士團引到城堡上空，分散他們的注意力。」

「噢？所以妳不是要我們奪取基礎，而是成為誘餌嗎？」

「是的。像這次的情況必須分秒必爭，到時候能進入供給室的只有將基礎染色的人吧。那麼我會負責將基礎迅速染色，所以想請戴肯弗爾格擔任誘餌。」

考慮到從斐迪南身上流走的魔力量，絕不能在為基礎染色上浪費太多時間。而且想要進入供給室，就必須有登記魔石，但一族以外的人想要進行登記得多花一道工夫。

「我個人的希望是救出斐迪南大人。為了能在確保安全的前提下以最快速度行動，我才會需要支援，並不是想擊潰敵人……但當然，倘若戴肯弗爾格想要得到基礎當作是迪塔勝利的證明，那麼在我救出斐迪南大人後，各位完全可以將基礎重新染色。」

我只是為了進入供給室才需要基礎，之後要再拱手讓人也完全沒問題。若有勇者有信心能接連飲用魔力回復藥水、將基礎重新染色，並且樂於治理曾招來外患的亞倫斯伯罕，那我還求之不得。

「不了，如今亞倫斯伯罕與蘭翠奈維聯手，已確定會被中央視為眼中釘，我可不想接手這種燙手山芋。對我們來說只會是處罰，不是獎勵。」

……啊，果然嗎？

奪礎迪塔的勝利條件就是取得基礎，所以我還心想也許戴肯弗爾格會想得到基礎，當作是勝利的證明，看來也不一定。

「既然我已答應了會為迪塔提供協助，那麼我們自當全力以赴，助羅潔梅茵大人奪得基礎。」

「感激不盡。」

戴肯弗爾格為了迪塔總是全力以赴，看來向他們尋求協助是正確的決定。

「那麼，宣告迪塔開始的鐘聲將在何時敲響？」

「奧伯．戴肯弗爾格，請您當作早在對方對斐迪南大人痛下毒手時，這場迪塔便已宣告開始了吧。」

我注視著一臉興奮的奧伯．戴肯弗爾格，輕笑說道。我自己所定下的勝利條件，便是成功營救斐迪南。一旦斐迪南魔力耗盡，就是我們輸了，所以勝負早已開始。

「只要戴肯弗爾格準備就緒，我便會開始行動。請問戴肯弗爾格若要召集有志之士，並且做好出擊準備，最快需要多久時間？」

為了保衛領地，艾倫菲斯特花了將近一個月時間，動員所有人製作魔導具與回復藥水，騎士也進行了訓練。如今已經做好萬全準備，一旦接到指令隨時都能出動。這點我的近侍們也不例外。只要決定好同行成員與留守成員，再分別下達指示，大家很快就能完成準備吧。目前的情況是，準備上最花時間的人反而是我，所以坦白說，出發時間全依戴肯弗爾格而定。

「嗯……最快的意思是不分晝夜嗎？」

奧伯．戴肯弗爾格撫著自己的下巴問道。儘管目光看著這邊，但並沒有聚焦。看得出來他完全沉浸在自己的思緒裡，大腦飛快運作著。

「是的。如果定在夜裡發動攻擊，就不用擔心會波及到平民，所以我想在夜色的掩護下採取行動。」

雖說要前往神殿奪取基礎，我也希望盡量不造成傷亡。而且我無意殺人滅口，要是遇到有人阻攔，我雖然會以思達普變出光帶綑住對方，但看到貴族變出思達普對著自己，內心只會恐懼至極吧，所以遭到波及的人越少越好。

「要在夜色的掩護下行動……並且盡量不造成傷亡嗎？」

「但實際情況還是得等到了當地，在觀察過蘭翠奈維與亞倫斯伯罕騎士團的反應後，才能有更進一步的決定。不過，為了盡量不傷及一般市民，我希望能在貴族區上空就分出勝負……但也只是盡量而已，並非絕對。因為對我來說絕對要達到的目標，就是成功救出斐迪南大人。」

奧伯．戴肯弗爾格好半晌注視著我，不停以手摩挲下巴。

「這場迪塔預計耗費多久時間？該準備的物資也會因此而有不同。」

「如果只是要取得基礎，有一鐘的時間就夠了。但是在那之後，為了營救斐迪南大人需要多少時間，現階段我還無法估計。」

若能與人在亞倫斯伯罕的尤修塔斯與艾克哈特取得聯繫，並與他們攜手合作，想要潛入城堡會輕鬆得多吧。但是，現在我完全不曉得兩人是否成功與萊蒂希雅碰頭，斐迪南所說的「快走」又是什麼意思、指示了他們前往哪裡？而且最糟糕的情況是，說不定他們也被關起來了。

……只要能知道亞倫斯伯罕的魔力供給室在城堡內的哪個地方……啊，奧蕾麗亞說不定知道！

我尋思著有沒有人非常了解亞倫斯伯罕的城堡時，腦中倏地浮現出了從亞倫斯伯罕嫁過來、成為蘭普雷特妻子的奧蕾麗亞。既然她是領主的侄女，應該多少了解城堡內部的配置。當然我不會讓還有著年幼孩子的母親上戰場，只是應該可以問問她是否知道魔力供給室的位置。

「奧伯．戴肯弗爾格，請假定在亞倫斯伯罕的戰鬥會持續兩鐘的時間，並以此進行準備吧。我們也會準備魔導具與回復藥水帶過去，一併發給戴肯弗爾格的騎士們；而你們在此次迪塔所消耗的物資，我會在事後予以補償。」

「羅潔梅茵，交涉時必須清楚說明白，別隨便許下承諾。」

由於艾倫菲斯特的防衛工作也要花錢，齊爾維斯特立即斥道，但我搖了搖頭。

「請想成我是花錢節省交涉時間吧。再者既然是我要求前往亞倫斯伯罕的，我會用自己的資產來補償戴肯弗爾格，請養父大人不用擔心。而且把斐迪南大人留下來的錢用來救他，相信不會有任何人有意見吧？」

……其實用我的錢也無所謂，但這麼做的話，感覺斐迪南大人又會五倍奉還。

「總之我會提供補償，但有關錢的事情還是之後再討論吧。現在更重要的是，此次迪塔有幾件事情需要注意。與蘭翠奈維勾結的亞倫斯伯罕，極有可能會使用能夠完全阻隔魔力的銀布。」

我開始說明與亞倫斯伯罕以及蘭翠奈維交手時，需要注意哪些事情。要是對方不以思達普為武器，那麼戰況很可能與過往的迪塔截然不同。

「請各位一定要攜帶思達普以外的武器。還有，考慮到蒂緹琳朵大人曾對斐迪南大人撒過毒粉，為防敵人用毒，也請預先用布遮住口鼻。回復藥水、解毒藥水與尤列汾藥水都請多帶一些，以備萬一。」

「呵，如果只需要做這點準備，那麼午夜過後就能挑選完騎士吧。」

……好快！話說回來，該不會幾乎所有準備時間都是用在挑選騎士上吧？

「前往中央的準備應該也能在同一時間完成，但是，我們只有在接到王族的指令時才能採取行動。若無指示便擅自行動，我們將會被指控為逆賊。」

「您所言甚是。」

奧伯．戴肯弗爾格說完，齊爾維斯特出聲表示贊同。即便是為了王族而採取行動，但如果沒有接到命令或要求就帶著眾多騎士前往中央，這不是明智之舉。是否真要率領騎士出征，當然還是得由王族做決定。

「我會告知王族，我們能向戴肯弗爾格請求支援。不過，這次要對付的敵人與過往不同，他們擁有蘭翠奈維的援助，中央騎士團很可能也會陷入混亂與苦戰吧。艾倫菲斯特雖然有意向其他上位領地尋求協助，但若是奧伯‧戴肯弗爾格也能出面幫忙呼籲，那更是再好不過……因為艾倫菲斯特與上位領地的交情還十分薄弱。」

聽了齊爾維斯特提出的請求，奧伯‧戴肯弗爾格眼底亮起帶著興味的光芒。

「只是呼籲的話當然無妨，但一旦我出面，艾倫菲斯特就無法獨攬功勞了喔？」

「艾倫菲斯特現在能做的僅僅只是求援，因此如若在中央立了大功，戴肯弗爾格要獨攬功勞也毫無問題。」

「噢？」

奧伯‧戴肯弗爾格努努下巴，要齊爾維斯特接著說明。齊爾維斯特輕輕點頭後，繼續又道：

「不知戴肯弗爾格能否預見，營救斐迪南一事會帶來怎樣的影響？倘若斐迪南是因為握有重要情報才遭人毒害，那麼亞倫斯伯罕說不定會齊心對外，無論如何都要取他性命。縱然羅潔梅茵可以奪得基礎，讓亞倫斯伯罕的貴族對她聽命行事，但舊孛克史德克的貴族會有何反應卻是另當別論。恐怕即使羅潔梅茵救出了斐迪南，艾倫菲斯特光是防範亞倫斯伯罕之後的行動便已分身乏術。儘管艾倫菲斯特會開口籲求上位領地向中央提供支援，自己卻無法前往中央與敵人作戰。」

最後會演變成我們只是到處求援，卻把上戰場的工作都丟給上位領地——齊爾維斯特說完後，奧伯‧戴肯弗爾格皺起眉頭低喃：

「舊孛克史德克嗎……雖然非得管理不可，卻無法和自領一樣進行處置，說起來也是麻煩。」

從那感慨萬千的語氣，看來即便是戴肯弗爾格，要管理舊孛克史德克也不容易吧。我正這麼心想時，只見奧伯．戴肯弗爾格揚起苦笑，但緊接著，他那雙與藍斯特勞德十分相似的紅色眼眸綻放凌厲光芒，定定地攫住我。

「綜觀歷史可知，只是想要奪取基礎並不難，難的在於之後。正因如此，才會鮮少發展成真正的迪塔。」

為了治理得到的領地，新奧伯必須從原先的領地帶走人力、物資與錢財。因此除非是到萬不得已的地步，否則一般並不會發生跨領地的奪礎戰爭，想要得到比自領還大的領地更是有勇無謀至極——奧伯．戴肯弗爾格明白直言。

「你們在得到亞倫斯伯罕的基礎後會怎麼做，我可是拭目以待。我們只需享受真正的迪塔，你們卻是要面對奪得基礎後的種種難題。並不是救出了斐迪南大人以後，一切便會宣告結束，稍有不慎，艾倫菲斯特會落得兩敗俱傷的下場。」

你們不惜把戴肯弗爾格牽扯進來也要奪得亞倫斯伯罕的基礎，我倒要看看你們打算如何收場——奧伯露出事不關己的笑容說道。聽得出來言下之意是在勸告我，想要收手的話就趁現在。

但是，我一絲一毫也沒有收手的打算。我毫無退縮之意地注視奧伯，揚起微笑。

「奧伯．戴肯弗爾格，這些我再清楚不過了。敬請您期待之後的發展。」

如今我已確定將在領主會議前成為國王的養女，取得古得里斯海得。到時既能重新劃定領地邊界，也能設置新的基礎。我絕不會讓艾倫菲斯特與亞倫斯伯罕一起沉淪。

「妳那做好覺悟的眼神實在教人欣賞，無法讓妳成為戴肯弗爾格的一分子，我真心感到可惜……那麼，羅潔梅茵大人，我該讓準備好的有志之士們前往何處會合？」

「午夜之際，我會前往戴肯弗爾格的國境門迎接大家，還請打開境界門等候。」

「……妳說國境門?!這意思是……」

奧伯瞪大雙眼，茫然地張著嘴巴說不出話來。對此我沒有給予明確回答，僅是投以微笑。

「是嘛……哈哈哈哈哈哈！原來是這麼一回事！」

奧伯・戴肯弗爾格擊掌豪邁大笑：「這下可真是太有意思了！」

「我抵達時，只會帶走到了現場的人。剛才我也說過好幾次了，這次迪塔的勝利條件是救出斐迪南大人。我會以迅疾更勝疾風女神休泰菲黎茲的速度，奪取亞倫斯伯罕的基礎。」

「好！迅疾更勝休泰菲黎茲！」

奧伯・戴肯弗爾格右手握拳，往左胸敲了兩下，渾身上下散發著即將上戰場前的澎湃激昂。

緊接著對方似乎中斷了水鏡的通訊，奧伯的身影就此消失。

「……妳還真會鼓動人。」

「我每年與戴肯弗爾格比迪塔可不是白比的喔。因為他們的鬥志將是這次勝利的關鍵。」

望著通訊已切斷的水鏡，齊爾維斯特露出不太確定的笑容。他似乎有些被嚇到，但我們已經成功讓戴肯弗爾格湧起鬥志，沒有比這更好的成果了。

「我也必須與近侍們做好出發的準備才行……啊，但是在這之前，得先通知王族與上位領地呢。」

儘管想要趕快動身，該做的事情卻多得不得了，這讓我心浮氣躁。但是，事前的協商工作非常重要。必須向王族告知這項駭人的消息，請他們提高警覺，也要告知我們已經聯絡過戴肯弗爾格等上位領地，請求援助。

「有妳想出的正當名義，再加上戴肯弗爾格也願意幫忙，這方面的聯絡就由身為奧伯的我來負責吧。妳快去為半夜的出征做準備，可別像某次一樣昏昏欲睡。」

被齊爾維斯特提起我為了蒐集尤列汾藥水的原料，有一次曾邊打瞌睡邊與戈爾契奮戰，我「唔唔……」地說不出話來。既然時間定在半夜出發，好像是有必要先睡一覺，並且攜帶驅除睡意的藥水。

「這裡就交給我，妳快走吧。」齊爾維斯特這麼催促時，忽然有隻奧多南茲飛了進來。

「奧伯，此處是轉移廳。貴族院有急事稟報，說是尤修塔斯與艾克哈特兩人來到了貴族院宿舍，求見奧伯。目前已先讓兩人在茶會室等候，請問該如何應對？」

奧多南茲重複三次傳話的時候，我與齊爾維斯特只是互相對視。尤修塔斯與艾克哈特兩人應該正身處在風暴中心，此刻竟出現在了貴族院，我一時間不敢置信。

……況且我也不認為奧伯．亞倫斯伯罕會下達許可，讓他們使用轉移陣。

為什麼？瞬間這麼心想的我，馬上明白了肯定是斐迪南早有對策。他對兩人說的「快走」，就是要他們來找齊爾維斯特吧。他似乎早就想好辦法，在緊急情況發生時可以立即聯絡艾倫菲斯特。既然兩人順利到了貴族院，代表衝出供給室的萊蒂希雅成功地將斐迪南說的話傳達給了兩人。

「坦白說，我本來還希望妳說的這些都不是真的，但現在看來已是無庸置疑的事實。否則的話，那兩人不可能離開斐迪南身邊。」

齊爾維斯特緊皺眉頭，陰鬱地沉下臉後，變出思達普輕敲黃色魔石，奧多南茲遂又重新出現。

「等我與王族取得聯繫，便會即刻前往貴族院，聽聽那兩人要說什麼，並且讓他們能夠進入艾倫菲斯特。那妳呢？」

因為只有領主才能製作出入宿舍用的胸針，也才能決定是否要接納曾經前往他領的人。必須由齊爾維斯特前往，否則毫無意義。

……可是我呢？

我想去貴族院，心裡也急得直跳腳。我想得到更多有關斐迪南的消息，也想親眼確認兩人是否平安無事。

「我會連同兩人的份，專心為出征做準備。養父大人，等您聽完兩人的說明，請告訴他們來我的圖書館。若想營救斐迪南大人，他們可說是最強而有力的同伴。」

我解下腰間的回復藥水，請齊爾維斯特拿給兩人，自己則是為了要向近侍們下達指示，轉身離開領主辦公室。

# 終章

正當斐迪南與蒂緹琳朵前往貴族院參加領地對抗戰和畢業儀式的時候，蘭翠奈維的船隻穿過亞倫斯伯罕的國境門而來。往年蘭翠奈維的使者都是在領主會議過後才抵達，現在卻差了整整一個季節。

「聽聞他們希望能在領主會議前直接與王族交涉，請王族更改去年的決定。」

首席侍從璐思薇塔說完，萊蒂希雅蹙起了眉。

「但能夠開關境界門的，只有將基礎染色的人吧？既然蒂緹琳朵大人現在不在，應該沒有人能開門吧？」

「是呀。所以似乎是休特朗前往應對，請他們暫且返回。」

休特朗原本是騎士團長，但被蒂緹琳朵以「太囉嗦了，都不聽我的話」為由將其免職，現在成了斐迪南身邊的護衛騎士。

「希望他們能在蒂緹琳朵大人回來前就離開呢。畢竟斐迪南大人雖然奉王命入贅，但終究是他領的人，並不是奧伯。即便能夠開口勸諫蒂緹琳朵大人，也阻止不了她的行動。境界門的開啟與否，全在蒂緹琳朵大人的一念之間。」

璐思薇塔面帶無奈地說完，萊蒂希雅也點點頭。蒂緹琳朵對蘭翠奈維的雷昂齊歐已經是神魂顛倒，要是知道他來了，想必會馬上打開境界門吧。那樣一來，又得被迫看見不忍目睹的景象。明明未婚夫是奉王命前來，還攬下了領內大半的公務，蒂緹琳朵的行為卻完全不將未婚夫放在眼裡，這讓許多貴族都深不以為然。

「若是身為她母親的喬琪娜大人能更嚴厲地制止她就好了呢……」

「因為喬琪娜大人很長時間都是第三夫人，成為第一夫人以後，也不會過問奧伯的工作。有關奧伯該注重的名聲她雖會出言提醒，但不會干涉領地的治理方針。」

只要是蒂緹琳朵以領主身分下的決定，喬琪娜便認為應該著手進行。雖然會提醒她不要丟下公務不管，但對於她推動有益於蘭翠奈維的政策，卻什麼也沒有說。

「休特朗雖然不再是騎士團長，但在騎士團中說話還是有些分量的。既然蒂緹琳朵大人現在不在，應該不用太過擔心吧。」

然而，事情的發展並未照著她們的預期。因為支持蒂緹琳朵的貴族們，說著「騎士團怎能趁著奧伯不在的時候恣意妄為」，便往貴族院送去了消息。

結果，蒂緹琳朵興匆匆地提早結束行程、返回領地，還為蘭翠奈維打開了境界門。聽說事情正好就發生在斐迪南為了雷蒙特的研究，前往恩師的研究室拜訪之際，因此誰也沒能阻止蒂緹琳朵。

「都是家父力有未逮，實在非常抱歉。」

既是休特朗的女兒，也是萊蒂希雅見習侍從的菲亞吉黎，滿臉不甘地這麼說道。往常她那雙眼眸總是盈滿了對父親的信賴，此刻卻是往下低垂。

「奧伯都已經打開了境界門，邀請對方進入領地，騎士團也無法抗命吧。這不怪休特朗喔，菲亞吉黎，請妳別露出那種表情。」

春天還沒到來，蘭翠奈維之館便再次開啟，用了好幾輛馬車將要進獻給王族的貢品運往使館，許多銀色船隻也開始在港口進進出出。

除了給王族的，也有很多禮物送給了蒂緹琳朵。為了正式問好，雷昂齊歐帶著禮物造訪城堡後，蒂緹琳朵高高興興地悉數接下。當雷昂齊歐帶著寵溺的笑容跪下來，向蒂緹琳朵獻上珠寶時，那一幕簡直像在求婚一樣。

……畢竟來自其他國家，風俗習慣想必不一樣吧。

若不這麼心想，那幅畫面實在教人難以直視。竟然摘下訂婚魔石，讓蒂緹琳朵試戴上自己贈送的首飾，這以尤根施密特的常識來看簡直不可置信。但是，萊蒂希雅也不能在公開場合上提醒客人兩國常識的不同、讓對方丟臉，所以只能默不作聲地看著。

「萊蒂希雅大人，這些禮物請笑納。因為我看您似乎十分喜歡去年的禮物……」

雷昂齊歐遞給她的禮物，是相當眼熟的銀筒與甜點心。正巧羅潔梅茵送來的點心已經吃完了，萊蒂希雅於是心懷感激地接下。

「謝謝……」

但她話還沒有說完，便被蒂緹琳朵往旁邊一推。

「雷昂齊歐大人，這次一定要讓君騰明白蘭翠奈維的難處才行呢。」

「蒂緹琳朵大人，感謝您為我們如此費心。」

蒂緹琳朵興致高昂，想要促成王族與蘭翠奈維的會面，文官們因此忙得暈頭轉向。尤其斐迪南必須多方協調，變得比以往還要忙碌。看著愉快地討論起今後行程的兩人，萊蒂希雅悄悄拉開距離。

「……斐迪南大人，請問祈福儀式的討論結果如何呢？」

斐迪南前來為作業打分數時，萊蒂希雅這麼問道。原本今年的祈福儀式也預計要前往領內各地，但是，由於蘭翠奈維的使者們受到了蒂緹琳朵的邀請，總在城堡內部四處走動，這種情況下斐迪南根本無法抽身離開。因此萊蒂希雅聽璐思薇塔說，眾人為此在本館召開了會議。

「我聽說最後照著喬琪娜大人的建議，初春時會讓基貝們帶著小聖杯，返回各自管理的土地……」

據說喬琪娜提議，既然讓貴族自己舉行儀式是件好事，不如就把運送小聖杯的工作交給基貝，再交由青衣神官們前往各個直轄地，那麼今年的收成多半也不用擔心吧。而且與其讓神官去送，交給基貝更能確實送達當地，再者基貝的魔力也比神官要多。而其他貴族似乎都贊成這麼做，期待著收成有所提升。

「蒂緹琳朵大人已經下令，慶春宴一結束，基貝們就要帶著小聖杯離開城堡。」

發現斐迪南的臉色難看至極，萊蒂希雅戰戰兢兢地接著又問：

「……但我也聽說斐迪南大人非常反對將小聖杯交給基貝們，請問是有什麼重要的理由嗎？」

「因為小聖杯也是能用以舉行儀式的神具之一。儘管知道用法的只是少數，但還是有可能遭到濫用。只是我無法回答怎樣的利用算是濫用。」

斐迪南臉上有著萊蒂希雅一眼也能看出的疲憊。這也難怪，因為無論斐迪南如何反對並闡述理由，蒂緹琳朵仍是一意孤行，甚至以領主的身分下令，最終卻是斐迪南要忙於奔波協調。

「抱歉，我還要安排王族與蘭翠奈維的使者會面，暫時無法抽出時間來指導萊蒂希雅大人。這段期間請妳完成這些作業，時間一到我會派賽吉烏斯過來。」

斐迪南很快便站起身，目送他離開後，萊蒂希雅感到想哭地看著猶如一座小山的作業。雖然接受指導的時間大幅減少了，作業卻也大幅增加。

「現在羅潔梅茵大人送來的點心也吃完了，要一直待在房裡獨自完成作業，真是有些難熬呢。」

由於被吩咐過要盡量別與蘭翠奈維的人往來，萊蒂希雅平常極少離開北邊別館，充其量只有供給魔力的時候吧。甚至除非有斐迪南陪同，否則也禁止她前往本館的餐廳用晚餐。

「斐迪南大人是擔心您遭人下毒喔。」

這點萊蒂希雅也知道，但還是無法擺脫被人關起來的感覺。

「對了，聽說喬琪娜大人正準備出發，要去巡視舊孛克史德克的基貝們是否確實舉行了祈福儀式。看來也不會完全撒手丟給基貝他們，這樣我就放心了。」

璐思薇塔說完，萊蒂希雅默默垂下目光。

「……其實我本來還有些期待可以離開城堡，去舉行祈福儀式呢。」

去年萊蒂希雅曾為了祈福儀式前往領內各地，這樣的經驗對她來說非常有趣，而且也是她能離開城堡的寶貴機會。然而，提出了其他建議破壞這原定計畫的人正是喬琪娜，因此聽到她將代替自己外出，萊蒂希雅不由得十分羨慕。

「哎呀，可以不用陪同前往祈福儀式，被迫提供大量的魔力，我倒是鬆了一口氣呢。」

聽到璐思薇塔的意見與自己相左，萊蒂希雅鼓起了臉頰。雖然領主一族不該做出這樣的舉動，但她知道首席侍從會睜一隻眼、閉一隻眼，便稍微耍耍性子。「大小姐，這樣的表情不適合您喔。」璐思薇塔苦笑說完，接著建議萊蒂希雅去庭院喝茶。

同意了蘭翠奈維的來訪後，地方的貴族紛紛希望能與他們往來交流，由於這個緣故，宣告社交界結束的慶春宴遠比往年晚了許多才舉行。最終是拖到春季中旬，眼看祈福儀式就要到來，宴會結束後，基貝們一拿到小聖杯，便近乎遭到驅趕地離開城堡，返回各自的土地。隨著舉辦社交活動的貴族們離開，城堡裡蒂緹琳朵與蘭翠奈維的人同進同出的身影，便顯得格外醒目。

「菲亞吉黎，璐思薇塔還沒回來嗎？」

晚餐過後，璐思薇塔便說要去找自己的兒子，也是斐迪南侍從的賽吉烏斯，與他討論有關新作業的批改。但她去了本館以後，直到現在都還沒回來。這時萊蒂希雅已經沐浴完畢，準備上床就寢。

「是的，可能是斐迪南大人太忙，還抽不出時間談話吧。」
「也或許是與賽吉烏斯聊得正開心呢。」
近侍們接連這麼安慰道，但由於璐思薇塔不在身邊，萊蒂希雅懷著不安進入夢鄉。

隔天早上醒來，璐思薇塔依然不見蹤影。萊蒂希雅心中升起不祥的預感，便拜託自己的近侍們前去找她，然而卻找不到人。只打聽到下人們曾看見她在與賽吉烏斯說完話後，便跑去廚房詢問隔天的餐點。在那之後，便再也沒有半個人見到璐思薇塔。萊蒂希雅不安得甚至感到難以呼吸，仰頭看向同樣一臉憂心忡忡的菲亞吉黎。
「現在一天都快要過去了，我想去本館找璐思薇塔，請幫我向斐迪南大人預約會面時間。」

然而，斐迪南指定的會面時間卻是五天後。對於想立即去找人的萊蒂希雅來說，五天後實在是太久了。因為璐思薇塔是以首席侍從的身分，陪著她從多雷凡赫一起來到亞倫斯伯罕的近侍。在必須與親生母親分離、來到異地當養女的萊蒂希雅心中，璐思薇塔等同是第二個母親。如今她下落不明，這讓萊蒂希雅非常惶恐不安。
「如果斐迪南大人很忙，我們能不能先與賽吉烏斯說幾句話呢？」
「只是向兒子詢問母親行蹤的話，他或許願意通融一下吧。」
找了菲亞吉黎商量後，萊蒂希雅再次提出會面請求，於是當天斐迪南便派了賽吉烏斯過來。看來即便諸事繁忙，斐迪南還是多少關心著萊蒂希雅一行人。
「賽吉烏斯，璐思薇塔不知道去了哪裡，請幫忙尋找她的下落，因為斐迪南大人禁止我前往本館。」

萊蒂希雅向賽吉烏斯說明情況後，再請他轉告斐迪南，說她想拜託他幫忙找到璐思薇塔。

「我明白了。我會找斐迪南大人商議，問他能否空出一些時間與您談話……不過，母親大人到底人在哪裡呢？希望不是出了什麼事……」

當天晚上，賽吉烏斯便捎來奧多南茲說：「斐迪南大人說了，明天下午會在魔力供給室內聽您詳細說明。」得知斐迪南願意聽自己訴說，萊蒂希雅鬆了口氣，但最為信賴的璐思薇塔不見蹤影，依然令她深感不安。截至目前為止，已經兩天沒見到人了，很可能是在哪裡昏倒，或是出了什麼意外。

……璐思薇塔，拜託妳要平安無事……

夜裡，萊蒂希雅夢見璐思薇塔向自己求救，不自覺地發出尖叫，飛身坐起。然而，擔心地走進來察看她的侍從依舊不是璐思薇塔。而且無論她如何呼喊，璐思薇塔也終究沒有現身。她全身直冒冷汗，後來輾轉難眠，就這麼到了早上。

用早餐時，萊蒂希雅總覺得腦袋昏沉沉的，像是疲憊沒有完全消除，然後就要面對上午的作業。但是，她怎麼也無法集中精神。

「您若沒能做完斐迪南大人規定的作業，說不定他就不願意聽您說話了唷？」

……糟糕！斐迪南大人的話很可能這麼做！

萊蒂希雅小聲慘呼，打起精神重新做作業。

第四鐘響後，整個午餐時間，菲亞吉黎都在一旁提醒萊蒂希雅：「請您再沉著一點慢慢用餐。」到了這個時候，她已是坐立難安，恨不得馬上前往供給室。但是，她只能心急如焚地等著近侍們用完午餐。

「菲亞吉黎，我們快走吧。」

「萊蒂希雅大人，您別著急。斐迪南大人若還沒到，您也進不了供給室喔。」

為基礎供給魔力時，近侍當中也只有與領主有血緣關係的上級貴族，能夠進入入口所在的領主辦公室。因此，今天陪同在側的都是上級貴族。

「哎呀，萊蒂希雅。妳接下來要去供給魔力嗎？」

前往領主辦公室的半路上，萊蒂希雅遇見了雷昂齊歐與蒂緹琳朵。兩人正在本館二樓的大廳裡悠哉喝茶，大廳緊鄰遼闊的陽臺，能將窗外的街景與海景盡收眼底。萊蒂希雅想起自己學習過，藉由像這樣不邀請對方進入自己的房間，而是在公開場合與對方一起喝茶，便能主張兩人之間並無見不得人的關係。

……難不成，他們剛才還一起用了午餐？

眼看他們把工作全推給了斐迪南，自己卻優雅愜意地在這裡喝茶，萊蒂希雅心中生起小小的怒火。如今璐思薇塔下落不明，斐迪南甚至抽不出時間來與她討論這件事——想要遷怒於他們的心情翻湧而上。

但再怎麼心煩意亂，對方都已叫住自己，她不能不問候一聲便直接走掉。萊蒂希雅有禮地向兩人問好，再對於雷昂齊歐送的點心述說了自己的感想。

「很高興我的一點心意能幫上忙，為萊蒂希雅大人的心靈帶來撫慰。您看起來心事重重，是否有什麼煩惱呢？相信吃點甜食有助於消除煩惱。」

雷昂齊歐露出迷人的笑容，遞來他與蒂緹琳朵一同在吃的點心。就是他之前送過的，造型有如魔石的透明點心。

……我對璐思薇塔的擔心竟然都表現在臉上了……

發覺自己未能隱藏情緒，萊蒂希雅羞愧之餘，也判定這時候拒絕對方可能會讓場面十分尷尬，便向雷昂齊歐道謝。

慎重起見，見習侍從菲亞吉黎先吃了一個點心試毒。見她點頭，萊蒂希雅當場也拿了一個點心放入口中。明明味道與雷昂齊歐之前送的一樣，但含到最後，中心部位卻有些苦苦的，讓她不禁納悶偏頭。

「萊蒂希雅大人，發生什麼事了嗎？既然遇上了，請向我傾訴讓您那張可愛小臉也蒙上陰影的煩惱吧。有時只是找人商量，心情便會輕鬆許多。」

聞言，萊蒂希雅的注意力從不太一樣的點心，轉移到了雷昂齊歐與蒂緹琳朵身上。但是，自己的煩惱並非只要找人商量，心情便能輕鬆許多。主要是蒂緹琳朵那雙深綠色眼眸正眨也不眨地盯著自己，讓她非常在意。明明往常蒂緹琳朵總會馬上插嘴打斷兩人的對話，現在卻只是不發一語地看著，令萊蒂希雅感到毛骨悚然。若與雷昂齊歐交談太久，之後蒂緹琳朵的態度會非常惡劣，因此她只想趕快離開。

「沒關係的，等一下我會找斐迪南大人商量。感謝您的關心。」

向雷昂齊歐致謝後，萊蒂希雅接著向蒂緹琳朵告辭。

「對了，萊蒂希雅大人，這個請您收下。不如您用這個找斐迪南大人商量如何？

記得您說過曾以此為籌碼，讓斐迪南大人答應了您的要求吧？」

說完，雷昂齊歐遞來一個銀筒。萊蒂希雅眨眨眼睛。以前她受邀造訪蘭翠奈維之館的時候，與雷昂齊歐只有過少許的對話，沒想到他竟然記得這麼清楚，教她大吃一驚。

「謝謝，很高興您還記得。」

對方的關心令萊蒂希雅十分高興，於是接下了雷昂齊歐遞來的銀筒。請菲亞吉黎拿著後，她便告辭離開。

……這次也拿著這個銀筒拜託斐迪南大人吧。說不定他就會願意幫忙一起尋找璐思薇塔了。

萊蒂希雅走向領主辦公室，心情就像是有一小束光照進了陰鬱晦暗的心底。到了目的地後，只見斐迪南的近侍艾克哈特與尤修塔斯站在門前。兩人雖是艾倫菲斯特的上級貴族，但並不是與奧伯．亞倫斯伯罕有血緣關係的上級貴族，所以即便是最受斐迪南信賴的近侍，主人在進行魔力供給時也不能進入領主辦公室，每次都是待在門口等著主人出來。既然進不了領主辦公室，通常會讓近侍留在自己的房裡待命，然而，兩人卻總是站在領主辦公室的門前等候。

……反正能進去的近侍還有賽吉烏斯與休特朗，應該給兩人一點休息時間呀……

萊蒂希雅這麼心想著進入領主辦公室，便看見賽吉烏斯與休特朗，兩人都是斐迪南到了亞倫斯伯罕後才在他身邊服侍的近侍。發現在場只有自己熟悉的人，萊蒂希雅安心地吁了口氣。她這才驚覺，自己似乎比預想中的還要害怕與蒂緹琳朵接觸。

「休特朗，斐迪南大人進去了嗎？」

「是的，方才已經進去了。聽聞魔力供給會對年幼的萊蒂希雅大人造成不小的負擔，望您順利無恙。」

萊蒂希雅點頭回應後，朝著菲亞吉黎伸出手：「請給我剛才的玩具吧。」卻見菲亞吉黎拿著銀筒面露些許遲疑，看向在場眾人。

「萊蒂希雅大人，那是什麼？是供給時需要的物品嗎？」

聽見賽吉烏斯帶有譴責意味的口吻，萊蒂希雅吃了一驚，便從菲亞吉黎手中拿過銀筒，並且舉高讓眾人能清楚看見。同時她極力擠出笑容，仰頭看向賽吉烏斯。

「這是我要用來與斐迪南大人交涉的籌碼，請他幫忙尋找璐思薇塔……璐思薇塔還活著吧？」

「……肯定還在本館裡的某處吧。雖然送出奧多南茲後，穿過了幾處上鎖的房間，因此無法確定地點，但至少可以肯定她還活著……」

儘管沒有回應，但奧多南茲還送得出去。那麼，一定要想辦法救出被關在某處的璐思薇塔才行。目前萊蒂希雅被禁止隨意離開北邊別館，也不能擅自取用本館的鑰匙，而能向蒂緹琳朵借用鑰匙的，只有喬琪娜與斐迪南。

「現在喬琪娜大人外出去巡視祈福儀式了，不在城堡，那我只能拜託斐迪南大人了吧？我想用這個玩具進行交涉。因為只有上一次以這個做為籌碼時，我才成功讓斐迪南大人答應了我的請求。」

「斐迪南大人曾說過，這個玩具的構造十分有意思。」

接著賽吉烏斯交叉手臂跪下來：「您竟為了母親大人如此費心，實在感激不盡。」萊蒂希雅擺擺手要他起身。

「你不必道謝。我是因為自己很需要璐思薇塔。」於是在近侍們的目送下，萊蒂希雅手握著銀筒進入魔力供給室。聽見腳步聲的斐迪南回過頭來，向她遞來魔石道：「那麼開始吧。」

「斐迪南大人，開始供給魔力前我有一個請求。這個給您，請您幫忙找到璐思薇塔的下落吧。」

萊蒂希雅遞出銀筒如此懇求道。然而，儘管她期待著這樣一來斐迪南肯定會答應，他卻只是低頭看著銀筒好一會兒，最終靜靜搖頭。

「這東西我已經調查過了，所以不再需要。還有……璐思薇塔這件事妳最好還是放棄吧。」

……咦？

聽到斐迪南說他已經不再需要銀筒，萊蒂希雅固然驚訝，但對於他要自己放棄璐思薇塔，這件事卻是讓她無法理解。在斐迪南來到亞倫斯伯罕的一路上，她曾告訴過他「璐思薇塔就像是自己的家人」，他應該明白她對自己有多麼重要才對。然而，萊蒂希雅怎麼也沒想到他會如此輕易地叫自己放棄。

「斐迪南大人，您在……說什麼啊？我好像……沒聽清楚。」

萊蒂希雅睜大雙眼，凝視斐迪南。她希望只是其中有什麼誤會，也懇求斐迪南重新考慮，怎料她的急切卻徹底遭到忽視。斐迪南僅是冷冷地垂下淡金色眼眸往她看來，神情再認真不過地重複道：他不需要銀筒，還有放棄璐思薇塔。

「……怎麼這樣……這我做不到。斐迪南大人，拜託您了！請和我一起尋找璐思薇塔吧。奧多南茲現在還送得出去，她人一定在本館裡的某個地方，我實在無法就這樣放棄……而且璐思薇塔是賽吉烏斯的母親，對斐迪南大人來說也是近侍的家人吧，求求您了……」

萊蒂希雅苦苦哀求後，只見斐迪南按著太陽穴發出嘆息。萊蒂希雅看得出來，他那無奈的眼神就像是在看著不懂事的孩子。

「我已聽取過賽吉烏斯的報告，他說由於奧多南茲飛往的那一帶皆是上鎖的房間，所以無法確定她人在何處。很遺憾，我的權限並不足以打開那邊的門。況且如果想去救人，很可能因此落入某些陷阱。若不想讓身邊更多的人遭遇危險，勸妳還是放棄璐思薇塔吧。」

即便萊蒂希雅迫切地想要營救璐思薇塔、不想就此放棄她，斐迪南卻是從始至終面無表情，態度冷漠地斷然拒絕。

……璐思薇塔！

萊蒂希雅感到眼前一黑，用力閉上雙眼，咬緊了牙。就在這時候，她意識到了嘴裡還留有雷昂齊歐送給自己的點心餘味。注意到甜味的瞬間，雷昂齊歐說過的話也掠過腦海：「不如您用這個找斐迪南大人商量如何？」

……用這個找斐迪南大人商量……？

雷昂齊歐的話聲開始一再地在腦海裡迴盪，同時她整個人天旋地轉起來，意識逐漸有些模糊。

……只要對斐迪南大人使用這個，他就會答應我的請求……？啊，對喔。不用的話，他就不會答應我吧。

萊蒂希雅遵從腦中雷昂齊歐的話聲，握著銀筒仰望斐迪南。有著俊美容貌的他只是平靜淡漠地低頭看著自己，並且遞來魔石，彷彿已將璐思薇塔一事拋諸腦後。

「萊蒂希雅大人，既然妳冷靜下來了，那我們開始供給魔力吧。現在不需要那個玩具，先放到旁邊去吧。」

斐迪南遞來魔石後，伸手就要拿走她手中的銀筒。

……不行！這個被拿走的話，斐迪南大人就不會答應我的要求了，我也沒有辦法去救璐思薇塔。

籌碼絕不可以被搶走！情急之下，萊蒂希雅抓住銀筒拉開上面的繩子。

「拜託了，斐迪南大人！請您幫我救璐思薇塔出來！」

然而從銀筒裡飛出的，卻不是先前已經見慣的花瓣或亮片，而是某種白色粉末。

……這是什麼？

萊蒂希雅瞪圓了眼睛，看著飄揚飛舞的白粉。就在這時，斐迪南忽然皺起眉頭以披風摀住口鼻，朝她猛力一撞：「別吸進去！」

「呀啊?!」

由於斐迪南的行為太過突然且粗暴，萊蒂希雅尖叫著被往後撞倒，跌坐在地。下個瞬間，斐迪南胸前衣服裡的某樣東西倏地綻放強光。

「羅潔梅茵。」

……咦？

萊蒂希雅吃驚得忘了疼痛，只是愣愣地注視虹光。幾乎就在同時，斐迪南則是痛苦地皺起臉龐，按著發光的胸口呼喊羅潔梅茵的名字。為什麼這時候會呼喊羅潔梅茵的名字？萊蒂希雅不明就裡，但在斐迪南喊出名字以後，他胸前的虹色光芒更是益發燦亮，隨後如同光柱般往上升起。

……這是怎麼回事？

虹色光芒包覆住了斐迪南以後，緊接著更往整個供給室擴散，也籠罩住呆若木雞的萊蒂希雅。瞬間，就好像視野豁然變得開闊一般，萊蒂希雅的思緒變得無比清晰。

「斐迪南大人?!」

萊蒂希雅完全不明白現在是怎麼一回事，只知道跪在地上猛烈咳嗽的斐迪南看起來非常痛苦。

「斐迪南大人！」

萊蒂希雅跑上前，只見斐迪南從腰間的藥水袋裡拿出了什麼東西放入口中，接著解開金屬製的小籠子。他拿著籠子的手不停顫抖，額上布滿汗珠。情況明顯不對勁，儘管清楚理解到了這一點，萊蒂希雅還是不知該如何是好。她來回張望，想要尋找能對自己伸出援手的人。

「把這個、交給尤修塔斯……要他們、快走……」

咳嗽的同時，斐迪南斷斷續續地從口中吐出字句。那雙望著萊蒂希雅的淡金色眼眸裡再也沒有半點平常的從容鎮定。

「快。」

總之去通知斐迪南最為信任的近侍們，兩人或許會知道這是怎麼一回事。面對呼吸急促、催促著自己的斐迪南，萊蒂希雅接過籠子後，轉身往外飛奔。

……到底發生什麼事了？為什麼斐迪南大人會那麼痛苦？那些虹光又是怎麼回事？誰快點來告訴我吧！

萊蒂希雅茫然不知所措，感覺得到心臟正在猛烈跳動，衝出了供給室。

「萊蒂希雅大人?!您的魔力供給結束了嗎?!」

看見只有萊蒂希雅一個人出來，近侍們訝聲大叫。但是，此刻的她沒有時間回答他們的問題。

「請開門，我有急事。」

萊蒂希雅努力驅策自己抖個不停、幾乎就要打結的雙腳，下令開門。在門外待命的尤修塔斯與艾克哈特立即回過頭來，萊蒂希雅來回看了看兩人，然後向自己比較熟悉的尤修塔斯遞出籠子。籠子裡有魔石與三顆白繭正在互相碰撞。

「斐迪南大人說……快走……」

注視著籠子的兩人臉色丕變，緊接著尤修塔斯一把搶過她掌心上的籠子。尤修塔斯兩眼發直地緊盯著籠子瞧，無聲地張開嘴唇喊著「斐迪南大人」。下個瞬間，睜著藍色雙眼的艾克哈特驀地將目光投向萊蒂希雅。

「妳到底對斐迪南大人做了什麼？」

「咿……」

明明表情與平常沒有兩樣，艾克哈特那雙藍眼卻亮起了異樣的光芒。再加上話聲雖然平靜，卻比往常要低沉許多，萊蒂希雅因此清楚意識到了他正將自己視為敵人。剎那間她感受到了自己的性命受到威脅，那種壓迫感與恐懼令她無法發出聲音。只見艾克哈特的身體一晃，抬起手來。

「艾克哈特，你想對萊蒂希雅大人做什麼?!」

「問話。供給室除了領主一族外，任何人都不得入內，我必須問清楚她對斐迪南大人做了什麼。畢竟犯人只有可能是萊蒂希雅大人。」

「這跟萊蒂希雅大人有什麼關係?!簡直莫名其妙！你到底在說什麼?!」

護衛騎士們將對艾克哈特感到害怕的萊蒂希雅護到身後，朝著他變出武器。艾克哈特也變出思達普試圖對抗時，尤修塔斯忽然揪住他的衣領怒聲咆哮。

「艾克哈特，現在不是問話的時候，必須優先執行斐迪南大人的命令！斐迪南大人說了什麼?!」

「……他要我們快走。」

「那就走吧。」

尤修塔斯慘白的臉上沒有半點血色，瞪了一眼萊蒂希雅與領主辦公室後便轉身邁步。艾克哈特咬一咬牙後，也消除思達普快步跟上。光是聽到「快走」這個指令，兩人似乎就明白自己該做什麼。但是，同樣是斐迪南的近侍，休特朗與賽吉烏斯卻只是面面相覷：「他們到底要去哪裡？」、「斐迪南大人有過什麼吩咐嗎？」

「賽吉烏斯、休特朗，請抓住那兩人。必須問清楚他們為何忽然對萊蒂希雅大人出言不遜，以及斐迪南大人對他們下了什麼指令……」

萊蒂希雅的護衛騎士說完，休特朗與賽吉烏斯便點點頭，追向尤修塔斯兩人。

「萊蒂希雅大人，究竟出了什麼事？斐迪南大人現在在做什麼？」

被菲亞吉黎這麼問道，萊蒂希雅微微張開嘴巴，卻不知該如何回答，一時間說不出話來。艾克哈特說過的話在她腦海裡響起：「供給室除了領主一族外，任何人都不得入內，妳到底對斐迪南大人做了什麼？」、「畢竟犯人只有可能是萊蒂希雅大人。」

……我是犯人？

萊蒂希雅拚命整理腦中亂成一團的思緒。為了請斐迪南幫忙營救璐思薇塔，她使用了銀筒，但既然自己什麼事情也沒有，那麼斐迪南會突然間痛苦萬分，或許不一定是銀筒的緣故。

「……斐迪南大人還沒從供給室裡出來，我要回去看看他的情況。」

萊蒂希雅才剛起腳走進領主辦公室，便聽見有好幾道腳步聲往這裡靠近。

「怎麼吵吵鬧鬧的呢。」

「蒂緹琳朵大人，您怎麼過來了？」

「斐迪南大人與萊蒂希雅大人正在供給魔力……」

聽得出護衛騎士們正擋在門外，試圖阻止蒂緹琳朵進來。房內的護衛騎士們則是站到門前，抬手示意彼此保護主人。人在領主辦公室內的萊蒂希雅被近侍們團團圍住，她自己再來回看向供給室與門口。根本無路可逃。

「少騙人了，剛才斐迪南大人的近侍們慌慌張張地不知跑去哪裡，萊蒂希雅也在裡面吧？」

蒂緹琳朵推開護衛騎士們，帶著自己的近侍與身穿銀色服裝的蘭翠奈維一行人走進領主辦公室。雷昂齊歐站在蒂緹琳朵身旁，笑容爽朗燦爛，手上則拿著方才給過萊蒂希雅的銀筒。

「萊蒂希雅大人，您向斐迪南大人提出了自己的請求吧？」

雷昂齊歐勾起嘴角微笑，炫耀一般地把玩著手中的銀筒。見狀，萊蒂希雅瞬間明白到了自己已經落入他的陷阱。儘管對自己毫無影響，但害得斐迪南那麼痛苦的原因就是那個銀筒。

「雷昂齊歐大人，您到底做了什麼……」

「蒂緹琳朵大人，您也聽見了，萊蒂希雅大人似乎謀害了斐迪南大人。能請您前去回收魔石嗎？」

怎能說出如此不吉利的話來——萊蒂希雅不自覺地瞪大雙眼時，雷昂齊歐則是護送著蒂緹琳朵走向供給室。

「竟要勞煩蒂緹琳朵大人回收魔石，真教我於心不忍，但還是拜託您了。這都是為了我們的未來……」

「哎呀，雷昂齊歐大人還真是愛操心。您不必擔心我唷，有您給我的東西，再加上我可是下任君騰……你們快點逮捕萊蒂希雅吧，罪名便是她殺害了國王所指定的下任奧伯的未婚夫。」

蒂緹琳朵咯咯笑著，將登記魔石嵌入魔力供給室的大門，然後走了進去。但在萊蒂希雅拉開了銀筒以後，此刻斐迪南還痛苦地倒在裡頭。

……必須去救斐迪南大人！

萊蒂希雅本想追上蒂緹琳朵，卻被雷昂齊歐抓住了手臂。

「這是蒂緹琳朵大人的命令。逮捕萊蒂希雅大人！」

「一派胡言！萊蒂希雅大人根本什麼也沒有做吧?!」

護衛騎士們各自變出武器，蘭翠奈維一行人也拿出了銀色武器，雙方互相對峙。

雷昂齊歐微笑開口：

「斐迪南大人奉王命來擔任指導人員後，萊蒂希雅大人卻因為他的教導太過嚴厲而心生不滿，遂利用連護衛騎士也無法進入的供給室，趁機殺害了斐迪南大人。」

「不是的。我對斐迪南大人並沒有任何不滿……」

「在茶會上與在蘭翠奈維之館內，我曾多次親耳聽聞萊蒂希雅大人訴說您的不滿與不安。還說無論您如何懇求，斐迪南大人都不願減少作業量。」

雷昂齊歐面帶微笑說完，蒂緹琳朵的近侍們也異口同聲表示贊同。抱著萊蒂希雅想保護主人的菲亞吉黎面色蒼白。

「少胡說八道了！那萊蒂希雅大人究竟要如何殺害斐迪南大人？」

「萊蒂希雅大人確實殺害了斐迪南大人喔……就像這樣。」

雷昂齊歐依舊面帶迷人的笑容，在領主辦公室內拉下銀筒上的繩子。和剛才一模一樣的白粉隨即在屋內飄揚瀰漫，下個瞬間，「哐咚」、「哐咚」的巨響接連響起，只見好幾顆魔石掉在地上微微滾動。

「呀?!」

才一眨眼的光景，領主辦公室內就只剩下蒂緹琳朵的近侍們以及蘭翠奈維一行人，還有萊蒂希雅與菲亞吉黎。明明同樣吸進了白色粉末，眼前的結果卻與斐迪南剛才截然不同。這駭人的畫面讓萊蒂希雅的腦筋變作一片空白，儘管知道在地上滾動的魔石就是自己的近侍們，大腦卻拒絕理解，停止了運作。她就像忘了怎麼呼吸般地屏住氣息，耳朵深處傳來劇烈耳鳴。

「雷昂齊歐大人，您竟然騙我，真是太過分了……斐迪南大人並沒有變成魔石喔，等他變成魔石可能要再一段時間呢。」

這時蒂緹琳朵從供給室裡走出來，手托著腮輕聲嘆氣。

「噢?那他現在是何種狀態?外面的人倒是如您所見……」

雷昂齊歐詫異地眨眨眼睛，要求詳細說明，但蒂緹琳朵輕抬起手來打斷了他，然後露出一如既往的笑容俯視萊蒂希雅。明明萊蒂希雅的近侍們變成了魔石滾落在地，她卻彷彿沒有看見一般，笑容和平常沒有兩樣。

……為什麼在這種情況下，她那雙紅唇還能彎出微笑的弧度?

「斐、斐迪南大人他……」

萊蒂希雅牙齒打顫，無法順利發聲。蒂緹琳朵愉快地看著這樣的她，說道：

「已經死了唷。不正是妳使用銀筒，對他下了手嗎？」

經人明確地宣告自己對斐迪南做了什麼，萊蒂希雅的雙腳頓時發軟無力。她再也無法站著，當場癱坐下來。雖說自己毫不知情，但她還是對斐迪南下了毒、害死了他。尤修塔斯與艾克哈特那令人膽寒的眼神倏地浮現腦海，那是面對殺死自己主人的人，近侍理所當然會有的憤怒。

「殺害了斐迪南大人的妳當場被我們發現，於是遭到處罰。畢竟妳殺死了國王所指定的下任奧伯的未婚夫嘛，這也是當然的呀。」

蒂緹琳朵用著演戲般的做作腔調與神情，為萊蒂希雅說明她對斐迪南做了什麼，以及這一切是怎樣的計畫。她說萊蒂希雅完全是照著喬琪娜安排好的，並由蒂緹琳朵等人執行的計畫在行動。

「妳的罪行之重大，就算被處死也不奇怪，但即將成為下任君騰的我，便大發慈悲饒妳一命吧。妳要一輩子待在蘭翠奈維。放心，萊蒂希雅，妳不會寂寞的。我會把妳的近侍，還有交情不錯的大小姐們統統一起送過去。只要妳永遠別再出現在我面前，我便會饒妳不死……好了，帶走吧。」

蒂緹琳朵揮了揮手，蘭翠奈維一行人便上前逼近，要抓住萊蒂希雅與菲亞吉黎。

「萊蒂希雅大人，您快逃！」

菲亞吉黎變出思達普試圖抵抗，但她的攻擊對蘭翠奈維一行人毫無效果。面對以思達普變成的劍刺來的攻擊，他們也面不改色，繼續伸出手來。現場蘭翠奈維的人超過十名以上，蒂緹琳朵也帶了八名護衛騎士，萊蒂希雅與菲亞吉黎根本不可能逃得掉。兩人立即被抓住，遭到綑綁。

「這下礙事的人都解決了，我終於可以去取得古得里斯海得了呢。必須聯絡母親大人，告訴她一切皆按計畫進行……」

蒂緹琳朵以歌唱般的節奏愉快說著，走出領主辦公室。其他人尾隨在後，被綁起來的萊蒂希雅與菲亞吉黎也跟著移動。

「萊蒂希雅大人、菲亞吉黎?!」

就在這時，去追尤修塔斯兩人的休特朗與賽吉烏斯回來了，但是，一旁並不見尤修塔斯兩人的蹤影。還沒來得及詢問兩人去了哪裡，休特朗與賽吉烏斯先變出了思達普。

「蒂緹琳朵大人，您在對兩人做什麼?!」

兩人的反應就和方才被變作魔石的近侍們一模一樣，再不阻止的話，又會發生一樣的事情。已能預見結果的萊蒂希雅直打冷顫。

「父親大人，不行！思達普的攻擊對他們沒有效！」

「他們會使用能把人立即變成魔石的毒粉！快逃！快去保護大家！」

「閉嘴！」

儘管遭到蘭翠奈維一行人施暴，萊蒂希雅與菲亞吉黎似乎還是成功傳遞出了重要訊息，只見休特朗與賽吉烏斯當即轉身。

「要是能在這時候就收拾休特朗，可以輕鬆許多呢……萊蒂希雅，我勸妳接下來最好別再多嘴了唷。否則的話，妳只會更難過而已。」

蒂緹琳朵露出既像憐憫又似輕蔑的眼神看著萊蒂希雅，在本館內移動。很快地，他們來到了本館中萊蒂希雅也鮮少出入的場所。蒂緹琳朵用鑰匙打開了好幾道門的其中一道，從中隨即傳來某種含糊不清的悶哼。

……這裡是有好幾個上鎖房間的那一帶？

萊蒂希雅張望四周，發現這邊的門都上了鎖，顯見平常極少使用。驀然間不祥的預感襲上心頭，萊蒂希雅不由自主往打開的門看過去。正巧在這時候，從蒂緹琳朵與雷昂齊歐進去的那個房間裡傳出的聲音戛然而止。由於周遭忽然變得靜寂無聲，萊蒂希雅更是清楚地聽見了自己的心臟在咚咚狂跳，四肢末端逐漸發冷。

「萊蒂希雅，妳拜託了斐迪南大人，請他幫妳尋找璐思薇塔吧？妳為近侍擔憂的心意真是教人感動。」

蒂緹琳朵走出房間來，彎起紅唇說道。雷昂齊歐則拿著一顆色彩構成十分複雜的魔石，將其滾到面色如紙的萊蒂希雅腳邊。魔石發出「叩咚叩咚」的聲響。

「因為不這麼做的話，璐思薇塔實在是太吵了……無法把她帶去蘭翠奈維。畢竟您不惜殺害斐迪南大人也想找到她，肯定很想與她一起離開吧？萊蒂希雅大人，蘭翠奈維也非常歡迎璐思薇塔的到來喔。」

「啊……啊……」

萊蒂希雅的喉嚨發乾痙攣，目光緊盯著滾到眼前的魔石無法移開。視野裡的景象彷彿染上一片鮮紅，她再也無法保持貴族應有的儀態。

「不要啊——!!璐思薇塔!!」

萊蒂希雅發出淒厲悲鳴。然而，沒有任何人救得了她。就在四周響起蒂緹琳朵高亢的尖笑聲的同時，她的意識也墜入黑暗。

# 羅潔梅茵的失蹤與歸來

「席格斯瓦德王子，那我上去為二樓的魔導具供給魔力了。」

王族也出席的貴族院奉獻儀式結束後，我偕同想將魔力分給圖書館的羅潔梅茵，一起來到了圖書館。隨後羅潔梅茵應蘇彌魯魔導具的要求，帶著近侍們走上二樓。

下達許可後，我留在一樓的閱覽室。圖書館內存放魔導具的空間不大，說得再準確些，是建造時便沒有預期王族或領主候補生會帶著複數的近侍前往，因此即便我想帶著近侍隨行也進不去。

「明明還要上課，羅潔梅茵似乎為圖書館提供了不少魔力。」

「……是呀。若不是羅潔梅茵大人，這座圖書館也許早就不存在了。我對她真是由衷感激。」

我與索蘭芝聊起了羅潔梅茵之於圖書館是怎樣的存在，有著怎樣的作用。就在這時候，二樓忽然傳來些許嘈雜聲響。聽見帶有驚愕的喊聲，我不由得看向通往二樓閱覽室的階梯。但二樓很快便安靜下來，不再有任何聲音。

不一會兒，兩名穿著青衣神官服的人走下樓來。其中一人是艾倫菲斯特的神官長哈特姆特，另一個人我不認識。兩人來到我面前跪下後，由哈特姆特過意不去地開口：

「席格斯瓦德王子，實在非常抱歉，但羅潔梅茵大人希望接下來能讓她留在圖書館看書。畢竟今天是土之日，原本是休息的日子，如今儀式也已結束。再者本就預計場地將由中央神殿與庫拉森博克負責整理，最後再由我這個神官長負責檢查。這陣子來主人都沒有時間好好看書，懇請您應允她這任性的要求。」

羅潔梅茵是與身為王族的自己一同前來，並為圖書館供給魔力，明明直到方才什麼也沒有說，不可能現在突然想看書。儘管羅潔梅茵一看起書來便會沉迷其中，毫不理會言行有無不敬，但我也知道她在翻開書頁之前，多少還能保持理智。

肯定另有隱情。但是，我也察覺到了這件事哈特姆特無法當著索蘭芝與自己近侍們的面說出口，因此先同意他的要求。

「那我便允許羅潔梅茵留下看書吧。相對地，最奧之間的檢查就由我陪著神官長一同前往。」

「遵命。達穆爾，接下來就交給你了。」

被喚作達穆爾的青衣神官靜靜頷首，再度走回二樓閱覽室。

隨後我在索蘭芝的目送下，帶著自己的近侍們與哈特姆特一同離開圖書館。我將防止竊聽的魔導具遞給他，往中央樓前進。

「那麼，羅潔梅茵發生了什麼事？」

「主人在供給魔力的途中平空消失了。」

你在胡說什麼——這句話幾欲脫口而出，但我吞回肚子裡，擠出微笑。

「你說她平空消失了，這是什麼意思？」

「據在場的圖書館魔導具所言，羅潔梅茵大人是前往了爺爺大人的所在地。問了他們誰是爺爺大人後，他們只說他既古老又偉大。不知王族諸位是否曾有耳聞？」

為了不讓周遭的近侍察覺到異樣，哈特姆特說話時始終面向前方，臉上帶著沉穩微笑。但是，還是能感受到他的情緒有些許波動，比如抑制不了的淡淡興奮以及焦慮。看來他並未撒謊，況且為這種事情欺騙王族，並無任何好處。

「那麼羅潔梅茵預計何時回來？圖書館的魔導具是否說過什麼？」
倘若平空消失的人不是羅潔梅茵，我也不會如此介懷吧。但是，現在已預計羅潔梅茵春天過後會成為國王的養女，並為我帶來古得里斯海得。她的行蹤若突然成謎，會讓我非常困擾。
「……聽說羅潔梅茵大人會何時回來，這點並無法肯定。有可能此刻已經回來了，也可能是三天後。但是，現在我們並不想聲張。艾倫菲斯特預計暫時對外宣稱，羅潔梅茵大人因為舉行了奉獻儀式太過疲累，身體不適病倒了。」
「那麼今夜我會將此事只稟告父王一人。在下個土之日之前，我與父王都不會向任何人透露。」
但要是羅潔梅茵消失了超過一週的時間，屆時我身為王族必須召集眾人談話。已預計成為王族的羅潔梅茵，地位便是如此重要。聽見可以得到一週的緩衝時間，哈特姆特緊繃的面容稍微緩和下來，笑道：「感激不盡。」
回到大禮堂後，只見中央神殿的人正在整理最奧之間。哈特姆特以貴族代表的身分走動察看，最後由我以王族的身分關閉最奧之間。
當天夜裡，我僅向貴為君騰的父王報告了羅潔梅茵失蹤一事，以及艾倫菲斯特預計對外宣稱她是身體不適。由於已知的線索太少，面對這樣的事態根本無法採取對策，父王面色凝重，緩緩吐了口氣。
「倘若羅潔梅茵很快便會回來，目前確實是該避免引起騷動。就按艾倫菲斯特的要求去做吧。」

於是我與父王決定，倘若到了下個土之日，也就是中級貴族舉行奉獻儀式的那一天羅潔梅茵仍沒回來，便要召集王族成員討論她失蹤一事。這一天便也宣告結束。

之後過了整整一週，羅潔梅茵依舊沒有現身。這天由於是錫爾布蘭德第一次要參加儀式，只見他精神抖擻地前來問好。目送他離開前，我還提醒他記得問問艾倫菲斯特的人，羅潔梅茵現在的情況如何。接著我告訴亞納索塔瓊斯與艾格蘭緹娜，晚餐過後有要事相商。為免對秋季尾聲剛產下女兒的艾格蘭緹娜造成太大的負擔，讓她參加餐後的談話就足夠了。

去年秋天，當時還是我第一夫人的娜葉拉耶誕下一名男孩，而在半年後的領主會議上，我們接著發現艾格蘭緹娜懷孕了。聽說竟然是艾格蘭緹娜在祠堂祈禱時，神向她告知她已懷有女兒一事。由於會對魔力與身體造成負擔，神便要她停止祈禱，並把已經奉獻的魔力化作祝福還給了她。

儘管吩咐過了不得對外洩露，但艾格蘭緹娜懷孕了的這項消息，還是讓王族一時方寸大亂。因為原先由艾格蘭緹娜負責奉獻的魔力，如今變成了得由剛過基本哺乳期的娜葉拉耶，還有剛與自己成婚的阿道芬妮一同分擔；艾格蘭緹娜也不必前往各個祠堂，而是專心為胎兒灌注魔力。

為了在眾人面前表現出與去年無異的樣子，現在艾格蘭緹娜正強撐著產後不適的身軀，擔任貴族院的教師。儘管娜葉拉耶會負責半學年的課程，減輕她的負擔，但我知道她肯定還是感到很吃力。

不過，我也認為既然艾格蘭緹娜想要孩子，那麼多少勉強自己也是理所應當。畢竟娜葉拉耶先前可是抱著剛出生的兒子，還得忙於迎接阿道芬妮為第一夫人，後來又因為艾格蘭緹娜懷孕了，被催著回來處理公務。明明也對我的妻子造成了很大的負擔，亞納索塔瓊斯卻說什麼也不肯讓步。

其實，我很希望艾格蘭緹娜能等到我與阿道芬妮有了兒子後再懷孕。至少不是現在，先等到羅潔梅茵成為王族、得到古得里斯海得，或是能夠幫忙供給魔力的人數增加以後，她再懷孕也不遲。這是我的真心話。

……王族人數增加確實是件喜事，但父王還是太天真了。

若不是因為同一年在貴族院與在領主會議上都舉行了奉獻儀式，取得豐富魔力，再加上又發現羅潔梅茵有望取得古得里斯海得，否則即便知道艾格蘭緹娜懷孕了，我們也無法為她感到高興吧。

而艾格蘭緹娜誕下的是女孩，亦讓我感到慶幸。因為奧伯・庫拉森博克為了讓自己的發言更具有影響力，可說是無所不用其極，萬一她誕下的是男孩，肯定想方設法也要讓亞納索塔瓊斯成為下任國王吧。

我很清楚沒有古得里斯海得的王族有多麼不堪一擊。儘管如此，我仍得裝作毫無所覺，表現出王族應有的風範。因此，倘若艾格蘭緹娜真想阻止庫拉森博克的介入，讓尤根施密特能平穩安定，她應該要懂得顧全大局，暫時別有孩子才對。

……雖說我也知道大半的責任都在亞納索塔瓊斯身上，但既然只有艾格蘭緹娜阻止得了他，心情實在難以保持平靜。

當天，我們邊用晚餐，邊聽著錫爾布蘭德分享奉獻儀式時的情況。他說雖然沒像羅潔梅茵在的時候一樣出現魔力光柱，但神具都發出了帶有貴色的光芒。聽起來與我上次參加的奉獻儀式不大相同，記憶中在紅布上流動的魔力又多又快，讓人有些措手不及，所有神像的神具還一齊往上升起了七色光柱。儘管錫爾布蘭德對此有些不滿，但第一次能夠參加儀式，還是顯得十分開心。

晚餐過後，亞納索塔瓊斯與艾格蘭緹娜也前來會合。屏退近侍以後，在場只剩下王族，但我們仍是使用防止竊聽魔導具，商討羅潔梅茵失蹤一事。我告訴大家，羅潔梅茵在圖書館二樓忽然消失了蹤影，並且據圖書館的魔導具所說，她是去了爺爺大人那裡。

「咦？羅潔梅茵臥病在床是騙人的嗎？」

錫爾布蘭德雙眼圓睜，我對他點頭道：「這是艾倫菲斯特的要求，因為他們不想聲張。」接著我也問他，今日參加奉獻儀式的艾倫菲斯特一行人有何反應。

「……就跟平常一樣喔。他們告訴我，羅潔梅茵目前依然臥病在床，然後對王族的關心表達了感謝。」

看來艾倫菲斯特打算繼續隱瞞羅潔梅茵失蹤一事吧。

「艾格蘭緹娜，那貴族院的情況如何？關於羅潔梅茵失蹤一事，有任何風聲走漏出去嗎？」

「不，我想應該沒有人懷疑羅潔梅茵大人為何長時間臥病在床……頂多只有傳萊芮默老師吧。她不斷主張，臥病在床這麼久太可疑了。」

傅萊芮默是誰？我搜尋記憶，想起了有名教師相當敵視羅潔梅茵。真希望亞倫斯伯罕能指派更好的人選來擔任教師。

……不，說到這點艾倫菲斯特也一樣。

滿腦子就只有研究的赫思爾掠過腦海，連帶地我也想起為了讓艾倫菲斯特能蒐集情報，命其返回領地的那些中央貴族。希望今年能蒐集到一些有用的情報，因為艾倫菲斯特擁有的情報實在太少，常識時常與我們有出入，難以理解他們究竟在想什麼。

「貴族院內也沒有因為羅潔梅茵大人不在，而有任何顯著的變化。雖有特定幾人出於關心，會以個人名義捎信問候，但由於羅潔梅茵大人本就身體虛弱，也總是以最快速度修完課程，再返回艾倫菲斯特，因此課堂上沒有她反而才是常態。」

羅潔梅茵雖是最優秀者，卻也相當特立獨行。每次只要出現在課堂上，她便老是做些引人矚目的事情，但平常又大多不在貴族院。由於她會以最快速度修完課，然後返回領地舉行奉獻儀式，因此見到她反而比較稀奇。

「不少領地為了能與羅潔梅茵大人交流，似乎還是會向艾倫菲斯特提出社交邀請，但現在也和往年一樣，都是由韋菲利特大人與夏綠蒂大人出面應對。」

還真的是和往年一樣。據說艾倫菲斯特的學生們也沒有任何不同以往的舉止。明明領主候補生平空消失後都過了一週的時間，他們可真是沉得住氣。

「現在還得考慮羅潔梅茵再也沒有回來的情況。」

父王神色哀戚地說道。這一年來，王族所採取的行動都是以羅潔梅茵會幫忙取得古得里斯海得為前提。倘若最終能得到古得里斯海得，那麼就算要稍微咬牙苦撐也沒問題，但萬一最終沒能得到，就得改變現在的對策。

父王與我因為大神的加護不足，必須先前往各個小祠堂獻上祈禱。然而，過往的君騰候補都是利用就讀貴族院的整整六年時間在進行奉獻，我們卻是同時還要處理公務，著實令人感到力不從心。此外，小祠堂似乎並非是由君騰所建造，而是由屬性不足的個人，為了便於向特定的神祇獻上祈禱所建。因此有的小祠堂早已毀損抑或只剩神像，有的則可能根本無人建造，才會找不到所在地，使得取得加護之路更是難行。

父王重新舉行加護儀式時，因已得到幾位眷屬神給予的加護，勉強成為了全屬性，但我還有兩位眷屬神的加護未能取得。

……不僅如此，之後還得前往各個大祠堂，才有可能得到古得里斯海得。

一思及此，前路彷彿漫漫無光。我切身地體會到，已達到那個階段的羅潔梅茵有多麼了不起。她甚至能在奉獻儀式上引發七色光柱，對此面不改色。

「艾格蘭緹娜，萬一羅潔梅茵再也沒有回來，等妳過了必須哺餵幼兒的那段時間，便要請妳也開始巡迴祠堂。」

「父王，這樣會對艾格蘭緹娜造成太大的負擔，而且庫拉森博克……」

亞納索塔瓊斯正想抗議，我輕抬起手來制止。

「如今我們已經知道如何能取得古得里斯海得，對王族來說，得到古得里斯海得便是首要之務。倘若到了春天，積雪也已融解，羅潔梅茵還是沒有回來，那麼即便會造成負擔，還是拜託從一開始便擁有全屬性的艾格蘭緹娜去取得會最有效率。」

「但是，艾格蘭緹娜才剛生產完不久。」

父王平靜地注視著還不肯死心的亞納索塔瓊斯，緩緩搖一搖頭。

「若是羅潔梅茵在領主會議過後仍未歸來，屆時我便會下令。到那時候，艾格蘭緹娜應該也已過了基本的哺乳期。先前因為艾格蘭緹娜要待產，娜葉拉耶便提前回來處理公務，那麼這次輪到她了。身為王族，妳有義務要前往祠堂進行奉獻。」

「遵命，君騰。」艾格蘭緹娜帶著微笑點頭應道，緊接著小聲輕喃：「不過，真希望羅潔梅茵大人能早點回來呢。要是今年的最優秀表彰被其他學生拿走，感覺真是太可惜了。」

羅潔梅茵已連續三年都是最優秀者，但她本人再不回來，這樣的成績恐怕也將無法維持。想起羅潔梅茵去年終於參加了表揚儀式，上臺時臉上還帶著自豪的笑容，我也不由得感到可惜。

「假使到了下級貴族舉行奉獻儀式的那一週她還是沒回來，我會找艾倫菲斯特進行談話。必須問問他們接下來打算如何應對，以及羅潔梅茵剩下的課該怎麼辦。因為以我們的常識，實在難以預料這個領地會有什麼行動。」

每當我們依著貴族的常識行事，他們卻總是感到困擾，與他們應對時，我完全不曉得該以何為基準。儘管羅潔梅茵今後將成為王族的一員，但對王族來說，她與艾倫菲斯特同樣可說是未知的存在。若取得了古得里斯海得的人是她，便很難只是單方面地對她下命令。我只能一邊摸索，一邊慢慢找出適合的應對方式。

……我將成為她的丈夫嗎？

羅潔梅茵容貌清秀，魔力也很豐富，但明明同是尤根施密特的貴族，我卻總是無法與她順利溝通。單憑神殿出身這個理由，實在無法解釋她為何如此異於常人。不光是與貴族，她整個人的行事作風抑或觀念，也與中央神殿裡的人截然不同。曾經單獨與她面對面的我，已然有過深刻體會。想起亞納索塔瓊斯曾說：「為了不讓貴族們陷入混亂，我反對讓羅潔梅茵擁有權力。」一個人認為他說的非常正確。

後來，下級貴族的奉獻儀式也結束了，羅潔梅茵仍然沒有回來。於是，我以慰勞對奉獻儀式貢獻良多的艾倫菲斯特為由，邀請了曾穿著青衣出席奉獻儀式的貴族們舉辦茶會。由於僅限穿過青衣的人，邀請對象便包括了羅潔梅茵的近侍與艾倫菲斯特的領主候補生，但排除了庫拉森博克的學生。

這天，韋菲利特與夏綠蒂最先走了進來，接著是羅潔梅茵的近侍們。不過他們今天都穿著貴族的服裝，不再是青衣神官服。羅潔梅茵的近侍有哈特姆特、柯尼留斯、萊歐諾蕾與安潔莉卡，另外還有四名學生。面對王族的邀請，艾倫菲斯特一行人臉上雖有著緊張，但幾乎沒有半點不安或窘迫。

道完寒暄，嘗過食物以示安全，也使用了指定範圍的防止竊聽魔導具後，我們開始討論有關羅潔梅茵的事情。

「羅潔梅茵這麼長時間不在，你們不擔心嗎？艾倫菲斯特應該也亂成了一團吧。」

韋菲利特開口回答。

「我們確實會擔心。但是，為了在自己離開以後，艾倫菲斯特仍能維持正常運作，羅潔梅茵早已花了半年以上的時間做好安排。所以，我們不至於陷入一團混亂。」

韋菲利特用貴族特有的迂迴說法，表示羅潔梅茵不管是被招攬去中央，還是去了爺爺大人身邊，反正結果一樣都是她不在。這是在諷刺王族嗎？霎時間我這麼心想道，但馬上轉念又想，可能這些話在艾倫菲斯特是其他的意思吧。

……要與艾倫菲斯特的人對話果然不容易。

「羅潔梅茵大人離開了這麼長時間確實教人困擾，但只要知道她安然無恙，我們便也不會太過擔心。」

哈特姆特說完，他身旁眾人旋即面露苦笑。發現他們都一副理所當然般地接受了哈特姆特這番說詞，我不禁納悶不已。現在王族之間，甚至出現了羅潔梅茵或許早已登上遙遠高處的猜測。

「為何你能如此肯定，羅潔梅茵安然無恙？」

「因為我能感受到主人的魔力。倘若羅潔梅茵大人早已登上遙遠高處，我也會隨她而去吧。」

哈特姆特笑容可掬地斷然說道。經他這麼一說，我才想起了羅潔梅茵願意成為王族的條件之一，便是要讓她能夠帶著未成年的已獻名近侍來到中央。

……哈特姆特也是獻了名的近侍嗎？

一般不會對外宣揚自己獻名一事，然而哈特姆特卻是毫不諱言地告訴眾人，自己正深受著羅潔梅茵魔力的影響，還一臉自豪地展示掛在脖子上的魔石墜飾。上頭的圖案與艾倫菲斯特書籍的最後一頁一樣，都是羅潔梅茵個人的徽章。

「羅潔梅茵大人的魔力正一天比一天更強。雖然我不曉得她身在何處，但每天的成長都非常驚人。由於至少可以肯定她平安無事，我們才能如常地繼續生活。」

……竟為可以感受到羅潔梅茵的魔力如此喜不自勝，哈特姆特也會跟著一起來到中央吧？看來艾倫菲斯特怪人的比例又要上升了。

緊接著，艾倫菲斯特似乎還是打算對外宣稱，羅潔梅茵依然臥病在床，並且對外這麼說明：由於擔心羅潔梅茵的身體，現在已經讓她返回領地。

「畢竟羅潔梅茵遭遇到了如此不可思議的事情，等她回來，希望王族能向教師們下令，讓她可以盡快參加考試；或者是給予她通融，讓她除了冬天以外的時間也能留在貴族院。」

我對韋菲利特的要求點一點頭。既然要納羅潔梅茵為王族，不必他提出請託，我們自會採取這些措施。

「韋菲利特，我想問你一個問題。之後你將與羅潔梅茵解除婚約，不知你對此作何感想？」

「我認為這是無可奈何的事情，而且我不適合成為羅潔梅茵的未婚夫。若是席格斯瓦德王子，應該多少會匹配一些吧。」

看韋菲利特的表情，似乎對於婚約將要解除沒有任何留戀。想必他內心其實是波瀾萬丈，但他竟能如此自制，實是貴族的典範。

「接下來請當成是我的自言自語……個人認為護身符的製作最好盡早開始。因為羅潔梅茵身上戴了大量的護身符，若想在訂婚之前全部替換掉，恐怕不容易。」

這麼說來，洛飛與英蒙丹克的學生確實曾在報告時說過，他們是被羅潔梅茵護身符的反擊所傷。若要成為古得里斯海得的持有者，最好是做些護身符吧。於是我藉著招呼對方喝茶，向韋菲利特致謝。

結果，時間一轉眼來到了領地對抗戰與畢業儀式，羅潔梅茵還是沒有回來。這兩場重要活動她皆不見蹤影，今年甚至是由奧爾特溫獲得最優秀表彰，他領終於開始議論紛紛。然而，艾倫菲斯特依舊堅稱羅潔梅茵是臥病在床。領地對抗戰上，由於傅萊芮默不停尖聲嚷嚷：「怎麼可能臥病在床這麼久呢！」、「她其實已經登上遙遠高處了吧?!」最終被趕出會場，也確定了要將她遣送回亞倫斯伯罕。這是貴族院所有老師達成共識後，一致做出的決定。

畢業儀式翌日，我忽然臨時起意去了圖書館看看。因為我突然十分在意，不知羅潔梅茵那般惦記的圖書館魔導具是否安好。要是冬季期間完全無人灌注魔力，單憑奉獻儀式時提供的魔石，魔力會在春天至秋天這段時間就耗盡吧。

「席格斯瓦德王子，非常感謝您的關心。」

到了圖書館的辦公室後，索蘭芝告訴我貴族院開放期間，錫爾布蘭德與漢娜蘿蕾都曾以圖書委員的身分幫忙灌注了魔力，另外韋菲利特與夏綠蒂也曾造訪，提供盈滿魔力的魔石，聽完我鬆了口氣。

看樣子暫時都不必擔心，於是我起腳準備返回離宮。然而，走出辦公室後，來到閱覽室的門前時我不自覺地駐足。因為我陡然想起，自己都還沒有去過羅潔梅茵消失蹤影的現場。

為免聲張，羅潔梅茵消失的那一天我便沒有走上二樓閱覽室。後來利用圖書館的學生變多後，身為王族的我也不好造訪，免得引起眾人注意。但現在是畢業儀式的第二天，想必不會遇到任何人吧。因此我走進閱覽室，循著左手邊的階梯拾級而上。

……艾倫菲斯特的披風？

本以為不會遇到任何人，想不到二樓仍有其他人在。閱覽室深處有三道披著艾倫菲斯特披風的身影，羅潔梅茵供給過魔力的魔導具也許就在那附近。

「席格斯瓦德王子？」

轉過身來的人是斐迪南。他便是羅潔梅茵掛念不已的對象，還為他無視慣例。既然會出現在這裡，代表他們知道羅潔梅茵並不是臥病在床，而是下落不明。

「羅潔梅茵真是教人擔心，她離開得未免也太久了。」

「是啊……話說回來，席格斯瓦德王子何故來此？」

「我想大概和你一樣，我來看看羅潔梅茵最後供給了魔力的魔導具。因為先前學生眾多，我不方便過來。」

不過，遇到斐迪南真是太好了。因為我雖然聽說過是二樓的魔導具，卻不曉得是哪個魔導具導致羅潔梅茵消失。

「你了解二樓的魔導具嗎？」我這麼詢問斐迪南後，他便依序告訴我魔導具的所在位置。大大小小合計有十個以上，但我還是不曉得哪一個是羅潔梅茵最後供給了魔力的魔導具。去了他領的斐迪南肯定也不清楚詳情吧。

我向斐迪南道謝，轉身離開。走沒幾步路後，忽然聽見他充滿疲憊的話聲。

「羅潔梅茵還真會打亂別人的計畫……」

他的音量不大，但或許是因為四下無人，話聲相當清晰地傳入了我耳中。我猛地轉身回望，只見斐迪南正瞪著懷中有本偌大書籍的梅斯緹歐若拉神像。

所有學生皆返回領地後，各領便會留下負責聯繫的騎士，然後關閉宿舍。唯獨艾倫菲斯特提出了申請，希望羅潔梅茵的侍從莉瑟蕾塔與谷麗媞亞，以及兩名護衛騎士與專屬廚師能留下來，以備隨時迎接羅潔梅茵的歸來。

對此下達許可的幾天後，我剛用完晚餐便收到了奧多南茲。是父王捎來的。

「席格斯瓦德，我收到了錫爾布蘭德的奧多南茲，說是艾倫菲斯特聯絡了他，想請他打開最奧之間。雖然錫爾布蘭德已說他會過去，但麻煩你陪他走一趟。」

由於同是圖書委員，錫爾布蘭德相當喜愛親近羅潔梅茵，這讓瑪格達莉娜傷透了腦筋。想起這件事後，我立即起身。我先向父王捎去奧多南茲表示沒問題，再告訴錫爾布蘭德要在大禮堂前面會合。另外也寄了奧多南茲給艾倫菲斯特，告訴他們我會到場，請到大禮堂門前來。

「我是羅潔梅茵大人的首席侍從莉瑟蕾塔。竟在這種時間叨擾諸位王族，實在萬分抱歉。但是，因為我已接到羅潔梅茵大人回來了的消息……」

手上捧著好幾塊布料的侍從與護衛騎士們向我們賠罪。此刻外頭的天色已是微暗，由於月亮高掛空中，今晚還算明亮，但一般確實不會在這種時間聯繫王族。但是，總不能照著一般程序向王族提出請求，再把羅潔梅茵大人丟在最奧之間裡長達三、四天的時間——莉瑟蕾塔一臉過意不去地致歉。

「現在羅潔梅茵回來了，這才是最重要的。我們快去迎接她吧。」

「席格斯瓦德王兄，我可以開門了嗎？」

「錫爾布蘭德，你冷靜一點。」

我安撫著明顯興奮不已的錫爾布蘭德，頷首下達許可。大禮堂的大門旋即敞開，我們一行人快步前進，筆直穿越昏暗的大禮堂。遼闊的大禮堂內僅有我們的腳步聲陣陣迴盪，緊接著觸碰盡頭門扉上的魔石，打開了門，穿過油膜一般色彩奇異難辨的結界後，便來到了最奧之間。

「……羅潔梅茵？」

進來後我環顧左右，隨即倒吸口氣。朦朧的月光從等距排開的細長窗子外灑落進來，而屋內有個拿著發光板子、疑似是羅潔梅茵的人影。沐浴在朦朧月光下的那道身影如夢似幻，彷彿不是真實的人類。

與此刻夜空相同顏色的長髮往上盤起了一部分，並且搖曳著我們早已見慣的虹色魔石髮飾。轉頭看來的那雙金色瞳眸與記憶中一模一樣，身上的神殿長服也是失蹤時的那一套。局部分開來看是一樣的，但整體看來卻是判若兩人。原先的羅潔梅茵看起來年紀就與剛入學的學生差不多，現在卻成長到了符合她的年紀。

原本小孩子特有的豐腴臉蛋變尖了些，可愛討喜的五官變得清麗脫俗，有種玲瓏剔透的美感，手指也變得纖細修長，不再帶有小孩子的圓潤。但儘管整體多了份女性的柔美，卻又有種未臻完全的感覺，散發出了成年前少女特有的純淨無瑕。

……諸神的祝福。

腦海中除了這幾個字外，再也沒有其他形容詞。本來羅潔梅茵便是個眉清目秀的孩子，卻沒想到長大之後會變得如此美麗。

面對羅潔梅茵完全出乎預料的美貌，我定在原地屏息凝視，身後她的近侍們則是快步上前。

「羅潔梅茵大人！」

「莉瑟蕾塔，妳幫我帶來了呢。謝謝妳。」

「您沒事真是太好了，我們都很擔心您呢。」

莉瑟蕾塔攤開手中的斗篷，將羅潔梅茵從頭到腳徹底包覆住。真想再看久一點——這樣的惋惜浮上心頭，但我立即將其壓下。

「羅潔梅茵，妳這副模樣是……？」

錫爾布蘭德似乎和我一樣大受衝擊，用有些變尖的話聲問道。畢竟羅潔梅茵之前還與他差不多高，現在卻一下子高出一顆頭以上，也難怪他會感到震驚。

「是艾爾維洛米大人在創始之庭裡，請求培育之神安瓦庫斯讓我長大。」

「創始之庭……？」

錫爾布蘭德還想繼續追問，但羅潔梅茵沒等他說完便消除手中的發光石板，走到我面前來。原先她的頭部只到我的胸口，現在已到了下巴附近。以成年女性來看還是有些偏矮，但考慮到她的年紀，可能以後還會長高。

「席格斯瓦德王子。」

如此呼喚著的嗓音也不復記憶中的稚嫩尖細，而是女性特有的甜美清脆。筆直朝自己看來的金色眼瞳還是和以前一樣，但由於長高了的關係，感覺羅潔梅茵與我的距離變近了許多。

「怎麼了嗎？」

「抱歉如此冒昧，但詳細情況能否容我到了領主會議時再向您稟報呢？我有急事必須立即返回艾倫菲斯特與奧伯商議。領主會議前我一定會回來，還請您見諒。」

羅潔梅茵毫不掩飾臉上的焦急說道。我再真切不過地感受到，此刻在她那雙金色眼眸裡全然沒有我的身影。

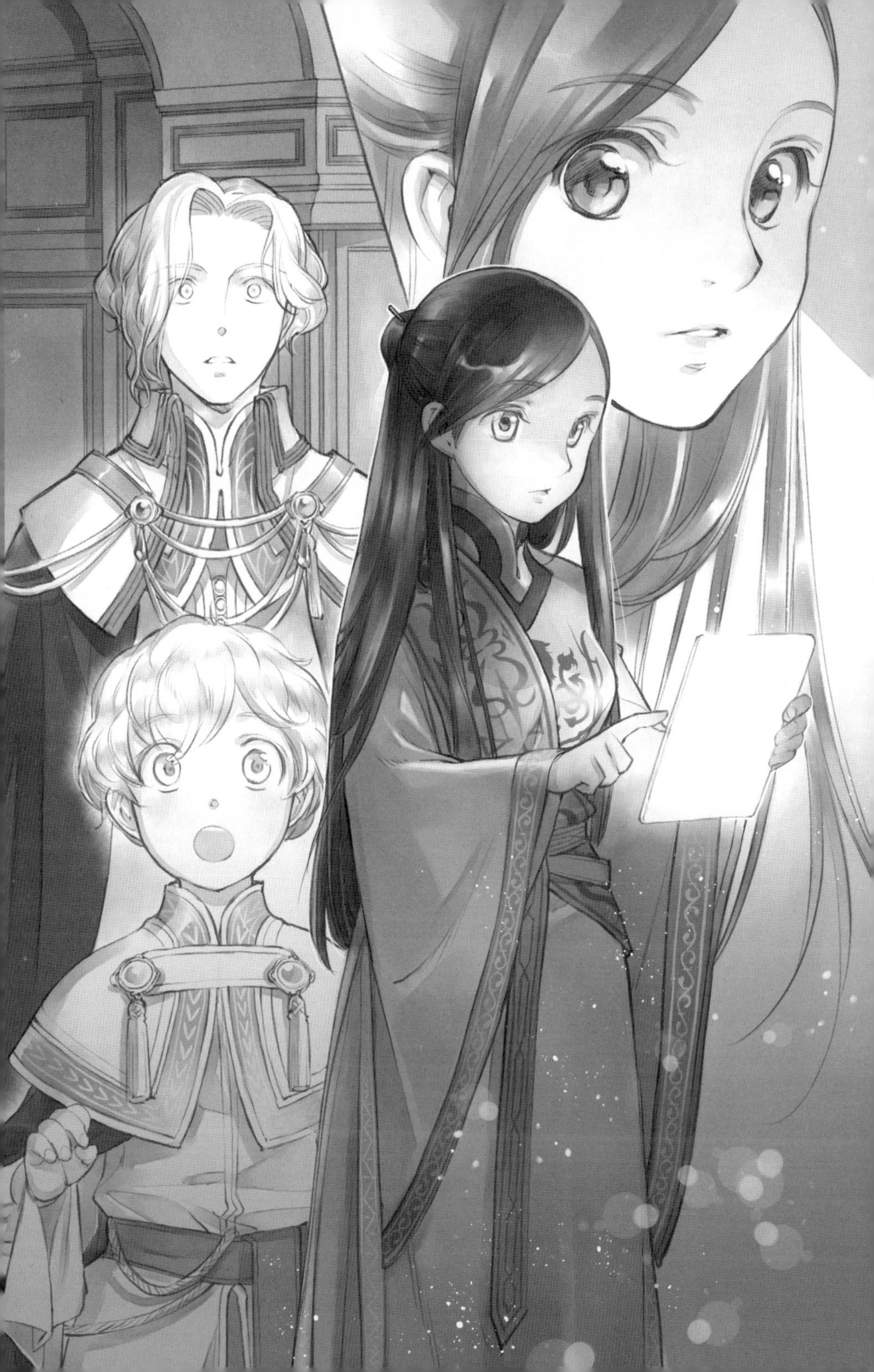

# 姊姊大人不在的貴族院

「夏綠蒂大人、韋菲利特大人，抱歉稍微打擾兩位。」

這天是土之日，也是王族與上級貴族舉行奉獻儀式的日子。我們正用著午餐時，姊姊大人的近侍們現身走來。不同於以領主候補生身分參加了儀式的我與哥哥大人，姊姊大人因為是神殿長，要負責把蒐集到的魔力交給王族，並在會場收拾完畢後進行檢查，所以剛才並未與我們一道回來。不過，現在收拾工作顯然已經結束了。

「……哎呀？沒看到姊姊大人呢，難道是太累回房歇息了嗎？」

明明近侍們都在這裡，卻不見身為主人的姊姊大人，對此我納悶偏頭。聞言，哈特姆特突然一臉陶醉地揚起微笑，並且舉高雙手。

「接下來我們會對外如此宣稱。但是，其實羅潔梅茵大人是收到了睿智女神梅斯緹歐若拉的邀請。啊啊，怎會有如此卓越不凡的奇蹟！祈禱獻予諸神！」

哈特姆特忽然間開始祈禱，還說著讓人摸不著頭緒的話。而為此啞然失聲的人不只有我，餐廳裡的學生與在旁服侍用餐的侍從們，全都露出了「聽不懂他在說什麼」的表情。

我從讚揚起諸神與姊姊大人的哈特姆特身上移開目光，看向其他近侍。只見他們也抱著頭，對哈特姆特的言行感到頭痛，其中達穆爾最先振作起來，開口說道：

「奉獻儀式過後，王族同意了羅潔梅茵大人想分點魔力給圖書館的請求，於是我們便與席格斯瓦德王子一同前往圖書館。到了圖書館後，館內的魔導具又要求羅潔梅茵大人供給魔力。」

……圖書館內的魔導具是指休華茲與懷斯吧。

艾倫菲斯特的所有學生都知道，姊姊大人身為圖書委員會為他們供給魔力。

「然後羅潔梅茵大人應他們的要求，為圖書館的魔導具供給魔力後，她便突然間平空消失了。」

下級貴族達穆爾用著比上級貴族哈特姆特要淺顯易懂的方式進行說明，大家也都認真傾聽，但聽完以後還是無法理解。

「請問，你說姊姊大人消失了是什麼意思呢？」

「羅潔梅茵大人真的就在眼前忽然消失，我們也不明白是怎麼一回事。據圖書館的魔導具所說，她是去了爺爺大人那裡。」

「爺爺大人又是誰？」

哥哥大人滿臉納悶地問道，柯尼留斯接著搖頭。

「聽說他既古老又偉大，但我們毫無頭緒。問了索蘭芝老師與席格斯瓦德王子以後，他們也沒有聽說過。」

「那麼姊姊大人平安無事嗎？」

「由於已獻名的近侍們並無任何異常，我們判定應該是平安無事。至於何時才會回來，似乎全看羅潔梅茵大人。」

柯尼留斯說完，我們都注視著向姊姊大人獻名的舊薇羅妮卡派近侍。姊姊大人一死，向她獻名的人也會死，所以如今姊姊大人不在，他們接下來的生活會是如履薄冰吧。

「我們已經與席格斯瓦德王子談過此事。奉王族之命，在羅潔梅茵大人回來之前，暫時都要對外宣稱她正臥病在床。」

說完，萊歐諾蕾環顧餐廳內的眾人。

「總之羅潔梅茵現在遭遇到了特殊情況，雖然不知何時才會回來，但可以肯定平安無事。然後因為我們什麼忙也幫不上，所以要奉王族之命，對外宣稱她正臥病在床。事情就是這樣，大家都了解了嗎？」

哥哥大人總結了姊姊大人近侍們的說明後，學生們暫且點一點頭。

「反正就算告訴別人她是在供給魔力的途中消失、是受到了睿智女神的邀請，也沒人會相信吧。」

「是的。無論有無惡意，若有人膽敢說出羅潔梅茵大人其實是消失了，不論是王族還是奧伯．艾倫菲斯特，肯定都會加以責罰吧。而且一旦有人說溜嘴，哈特姆特也會再無顧忌，對著他領開始傳頌讚揚。到那時候，不光是宣揚事蹟的哈特姆特，他領會以為我們領內所有人都是他的同類。」

眾人一致默然無語地看向哈特姆特。他依舊神情恍惚，讚美著被睿智女神梅斯緹歐若拉選中的姊姊大人。我想起了近侍鄂妮思塔曾說過，在姊姊大人沉睡於尤列汾藥水中的那兩年，哈特姆特不斷地對外散播艾倫菲斯特聖女的事蹟，導致那段時間他領學生的目光簡直教人如坐針氈。

……絕對要避免讓哈特姆特進入毫無顧忌的狀態！

再者哈特姆特是因為奉獻儀式的關係，破例得到了君騰的許可，所以在所有奉獻儀式結束之前，我們無法單方面地要求他返回領地。

「任何人都不准洩露半個字，這可是事關艾倫菲斯特整體的名譽。」
哥哥大人神情悲壯地這麼宣布後，除了哈特姆特外，所有人都點了點頭。
當天，我們也向人在領內的父親大人報告了這件事，他的回覆則是「就按王族說的做」。除非王族有任何指示，否則對外一律宣稱姊姊大人正臥病在床。父親大人說了，他在領內也會這樣應對。
「要是姊姊大人能早點回來，就不用擔心了呢……」
既然獻名的近侍們平安無事，姊姊大人也就安好無恙。儘管明白這一點，但看不到人還是教人無比擔心。然而三天過去後，姊姊大人並沒有現身。
「現在宿舍內部是什麼情況呢？不是曾有人起鬨說，姊姊大人這是遇上了在貴族院內流傳的奇聞，要去查證看看嗎？消息遲早會從這些人的口中洩露出去吧？」
貴族院內長年來流傳著許多不可思議的奇聞，比如「畢業儀式夜裡跳舞的神像」、「時之女神會惡作劇的涼亭」、「開始比迪塔的加芬納棋」等等。其中有則奇聞是「祭壇的最高神祇」，內容在說有個學生對供奉神祇的祠堂惡作劇後，因為觸怒眾神，某天便突然消失了蹤影。之前見習護衛騎士馮傑爾來向我報告過，說有學生們在討論：「這是不是跟羅潔梅茵大人的情況很像？」由於男學生的房間在二樓，而在二樓發生的事情大多不會傳入女學生耳中，因此我一直等著男性近侍的回報。
「後來他們被哈特姆特大人抓個正著，所以應該不敢在外面亂說話了吧。」
馮傑爾說他當時正好在現場，看見哈特姆特面帶駭人的笑容逮著他們，斥責道：「羅潔梅茵大人是收到了眾神的邀請，你們當真認為她會做出觸怒眾神的事情嗎？身為艾倫菲斯特的學生，還擁有聖女的庇佑，你們要為自己的無知感到羞愧。」

「哈特姆特大人還說：『既然你們想要查證，那得能夠完美地獻上祈禱才行。』然後逼著他們祈禱了好幾次。在我看來，他們早在那時候就不敢亂來了，但哈特姆特大人沒有輕易放過他們，聽說他要他們背誦羅潔梅茵大人的事蹟。」

「背誦嗎？」

「是的，還說這個比上課更重要。看到他們這副模樣，其他學生都不敢再隨口提起羅潔梅茵大人了。」

看來哈特姆特時時留意著宿舍裡的情況，一邊說著對姊姊大人的讚美，一邊也拐彎抹角地警告學生。如果是學生間發生問題的時候，那自然是無可奈何，但就好比男學生禁止進入三樓一樣，身為女學生的我平常也無法踏進二樓。

「雖然已經慢了好幾拍，但我是不是該以領主候補生的身分出面阻止呢？哥哥大人不知道這件事嗎？」

「韋菲利特大人知道喔。因為近侍們曾去喚他，那些學生好像也去找過韋菲利特大人，希望他能制止哈特姆特大人。」

「……那哥哥大人怎麼說呢？」

「他一口回絕了，還說他早就提醒過大家不要亂說話，是他們自己要在哈特姆特大人聽得到的地方討論羅潔梅茵大人。最後更勸他們死心，乖乖背誦……」

我完全可以明白哥哥大人不想與哈特姆特扯上關係的心情。那麼我也向哥哥大人看齊，當作沒有這回事吧。

「畢竟現在最重要的，是要避免學生們不小心說出姊姊大人消失不見的消息嘛。與其接到王族或父親大人的召見被訓斥一頓，哈特姆特這麼做，從長遠來看並沒有什麼壞處吧。」

在我決定宿舍內部的監視工作就交給哈特姆特他們以後，隔天赫思爾老師毫無預警地現身宿舍。赫思爾老師是舍監，本來舍監出入宿舍是很正常的事情，但因為在艾倫菲斯特舍，她不在才是常態。

「我聽說羅潔梅茵大人臥病在床，便來探望她了。但她竟然與往年不同，還沒修完課就完全不見蹤影，實在不像她的作風，而且沒修完課要怎麼去圖書館呢？」

是不是出了什麼事？赫思爾老師目光犀利，紫色雙眼中還有著探究。對此，我與姊姊大人的近侍們還有哥哥大人互相對望。

……既然王族對於老師沒有任何的事前知會與說明，現在最好含糊其辭吧？

畢竟姊姊大人甚至沒能去參加考試，老師們難免起疑。可是，至少在聯繫過王族、取得指示之前，現在必須隱瞞真相。

「我們本打算先觀察幾天再聯絡老師呢……」

「我已經觀察過好幾天了才會過來。雖不曉得有怎樣的隱情，但與亞倫斯伯罕的共同研究現在打算怎麼辦呢？研究所用的原料也都在羅潔梅茵大人手上吧？」

儘管赫思爾老師臉上笑咪咪的，但顯然完全不打算就此罷休。見狀，哥哥大人死心似地嘆了口氣。

「倘若目標是研究所用的原料，那再怎麼想蒙混過關也沒用吧……」

「布倫希爾德、莉瑟蕾塔，真是不好意思，能請妳們帶著老師去姊姊大人的房間，為她說明嗎？」

我們決定交由姊姊大人的女性近侍們說明情況，並讓赫思爾老師與我們統一口徑。之所以指定姊姊大人的房間為談話地點，是為了排除哈特姆特。因為他一在場，便會無謂地滔滔不絕讚美，讓談話根本無法進行。

姊姊大人的近侍們與赫思爾老師談過話後，聽說已拜託了她幫忙隱匿此事，也請她在姊姊大人回來時，幫忙協調考試與上課的時間；然後做為交換，則是提供了姊姊大人帶來要做圖書館魔導具的研究用原料。

「往年姊姊大人都是很快便修完課，但其實在最終測驗之前修完就可以了呢。她應該能在最終測驗之前趕回來吧？」

「嗯，您放心，她一定能在這之前回來的。」

儘管與首席侍從瓦妮莎有過這樣的對話，但後來還是沒有任何變化發生，轉眼又到了土之日。這次是中級貴族要舉行奉獻儀式，並由哥哥大人扮演神殿長的角色。聽說還未入學的錫爾布蘭德王子也會參加，但我無法出席，只能等著前去參加的近侍們回來報告。

「今天的奉獻儀式怎麼樣呢？他領的學生應該也開始發現姊姊大人其實是失蹤

了吧？」

雖然哥哥大人說了，就連一起上課的同年級領主候補生們也沒發現異樣，但現在一週都已經過去了。好比赫思爾老師便起了疑心，戴肯弗爾格的漢娜蘿蕾大人也捎信來問候過，到這時候大家都該覺得奇怪了吧。然而，我的見習侍從凱薩琳與卡珊朵拉卻只是對看一眼，然後雙雙偏頭。

「大家好像沒起什麼疑心呢。錫爾布蘭德王子還當著大家的面，向韋菲利特大人問起羅潔梅茵大人的情況，沒有人會懷疑王族說的話吧。」

「只是問了情況嗎？沒有其他指示或吩咐？」

「是的。王族應該是希望保持現狀吧，說不定也已經知會老師們了。」

由於前幾天都被赫思爾老師發現了，我還以為老師之間多少會有些流言碎語，但卡珊朵拉說她從來沒有聽到類似的傳聞。

「讓人比較在意的，大概就是庫拉森博克的珍希安娜大人了吧。她好像想參加圖書委員的活動，還對韋菲利特大人說了，她等著羅潔梅茵大人身體康復。另外，我們也向庫拉森博克借到了共同研究用的資料。」

「那麼那些資料現在是在哥哥大人那裡……？」

如果是共同研究用的資料，那便必須在貴族院的奉獻儀式結束後、開始與他領交流前看完。

「不，被哈特姆特大人拿走了。好像是因為羅潔梅茵大人十分期待看到庫拉森博克的資料……他搶走時還說：『等我抄好了，就可以供艾倫菲斯特在進行共同研究時使用，所以先給我吧。』伊格納茲大人很是消沉呢。」
既然是共同研究的資料，真希望能交給我或是哥哥大人的近侍呢。不過，我們現在都還沒修完課，確實也不可能馬上看完。
「等到進入社交期間，便要與庫拉森博克討論共同研究，在那之前抄寫得完嗎？」
「哈特姆特大人說他會在返回領地之前，動員所有的近侍抄寫完畢。」
「那就不用擔心了呢。」
「不過，韋菲利特大人對於共同研究雖然積極，但收到邀請函時卻都說交給夏綠蒂大人，所以我們可能得開始為社交活動做準備了。」
凱薩琳露出有些困擾的表情，輕嘆了口氣。哥哥大人每當收到女性的邀請，便會全部推給我。大概是打算把與庫拉森博克的茶會都交給我準備，自己只負責攬下共同研究的成果吧。
「那我們是不是該先找布倫希爾德商量呢？」
「是的。非常抱歉，都怪我們能力不足。因為我們是中級貴族，很難從庫拉森博克那裡蒐集到情報……」
「身分差距是無法彌補的嘛。請妳們在自己的能力範圍內，盡力輔佐布倫希爾德她們吧。」
珍希安娜大人因為是一年級生，其他領地還沒有人知道她喝茶的喜好。雖然必須透過侍從間的資訊交流來獲取情報，但上位領地領主候補生的侍從多是上級貴族，初次見面時，中級見習侍從的身分似乎不容易得到理睬。凱薩琳她們與那些侍從碰到面時，雖然也能說上幾句話，但與布倫希爾德相比，得到的情報量有相當大的差距。

……因為我以前招攬近侍，都是以將來會離開領地為前提……

先前負責指導的上級貴族如今早已畢業，年級比我低的上級見習侍從則是要從現在開始栽培。此外，大概是因為祖母大人當年太過跋扈，似乎少有上級貴族願意讓自己的孩子成為領主一族的近侍，所以與我還有哥哥大人同世代的學生當中，很少有能成為近侍的上級貴族。

「夏綠蒂大人，真是抱歉。我明明是上級貴族卻幫不上忙……」

「伊迪琳娜，妳才一年級嘛。要是已經有認識的上位領地貴族，那才奇怪呢。我會拜託布倫希爾德，請她連同貝兒朵黛一起指導妳，所以今年先努力讓大家認得妳吧。」

「遵命。」

伊迪琳娜與貝兒朵黛都是今年入學的新生，也都是上級見習侍從。而現在最為重要的，就是要趁著布倫希爾德還在的時候，與上位領地的見習侍從們建立起交情。

從明年開始，我將在成為國王養女的姊姊大人庇護下，一邊由瓦妮莎負責輔佐，一邊由伊迪琳娜與貝兒朵黛帶領艾倫菲斯特舍裡的眾人，與上位領地往來交流吧。

「……現在十天都過去了，不知道姊姊大人還好嗎？」

「夏綠蒂！」

「啊……」我急忙摀住嘴巴，但已經來不及了。只見哈特姆特往上站起，雙眼陡地迸射亮光。下意識站起來阻止我的哥哥大人，在看到哈特姆特這副模樣後，只能「啊～」地按著額頭重新坐下。

「請您放心吧！羅潔梅茵大人正在一天天地長大，這我感覺得到！」

……真是失策。

哈特姆特的姊姊大人頌歌又開始了，必須想辦法轉移話題。於是我沒有看向哈特姆特，而是把目光投向其他已獻名的近侍。

「姊姊大人若有所成長，當然是值得高興的事情，但光憑哈特姆特單方面的主張，可信度並不高呢。倘若已獻名的近侍都能感覺到主人的魔力，那其他人也能感受到姊姊大人的成長嗎？」

我想聽聽其他人怎麼說，請你安靜一下——我委婉地如此要求後，哈特姆特似乎感受到了我的意圖，便閉上嘴巴看向羅德里希與馬提亞斯。

「呃，那個……我在調合之類的時候能稍微感覺到差異，所以羅潔梅茵大人的魔力應該確實增長了沒錯……但這是否代表她的身體也有所成長，恕我無法判斷。」

「儘管沒有哈特姆特那麼明顯，但我也感覺得到羅潔梅茵大人的魔力增強了。」

「我能感覺到羅潔梅茵大人的魔力變多以後，開始穩定下來，所以也許真如哈特姆特所說，她的身體也成長了吧……但我並不確定。」

聽完其他近侍消極的同意，我點一點頭。姑且不論有無身體上的成長，但看來魔力本就十分豐富的姊姊大人，魔力確實又成長了。我正感到佩服時，發現哈特姆特對於其他已獻名的近侍們面露不滿。
「這表示論忠心與細心，沒有人比得上哈特姆特呢。身為姊姊大人最優秀的近侍，希望你今後能繼續為她盡心盡力。」
「一定謹遵夏綠蒂大人的吩咐。」
為免他開始無謂的指正與斥責，我開口這樣制止後，哈特姆特露出心滿意足的笑容。而他身旁姊姊大人的近侍們，都顯得一臉如釋重負。就在這個時候，莉瑟蕾塔往前站了一步。
「夏綠蒂大人、韋菲利特大人，我有事向兩位稟報。」
莉瑟蕾塔告訴我們，今天漢娜蘿蕾大人透過侍從送了本書過來，要借給姊姊大人當作探病禮物。她也已經代替主人寫信致謝，並將姊姊大人預先準備好的書籍借給漢娜蘿蕾大人做為回禮。
「兩位之後若在課堂上或茶會上見到漢娜蘿蕾大人，也請代羅潔梅茵大人為借來書籍一事致謝。」
「我知道了。而且戴肯弗爾格的人都很擔心姊姊大人呢。好比茶會上有機會交流的時候，我也會表達謝意。」
「嗯，因為漢娜蘿蕾大人非常體貼細心啊。但從哈特姆特他們的描述來看，羅潔梅茵應該過得很好，根本不用擔心……」
……哥哥大人，怎麼可以說「根本不用擔心」呢！請擔心一下！
明明姊姊大人的近侍們眼神變得那般冷冽，他都沒有發現嗎？我只能輕聲嘆氣。

後來，下級貴族的奉獻儀式也順利結束。多虧哈特姆特等人做好了萬全的準備，我只要照著指示行動、詠唱禱詞就好。真是感謝提出了請求、讓哈特姆特等人可以留在貴族院的父親大人，以及對此下達許可的君騰。換作是艾倫菲斯特的學生，若每週都要自己進行這些準備，肯定會出紕漏吧。

「夏綠蒂大人，您辛苦了。另外，布倫希爾德大人請求與您會面，似乎是有急事想要商議。」

奉獻儀式結束後，我一回到宿舍，便見伊迪琳娜神色緊張地等著我回來。於是我決定先會面再更衣，便吩咐凱薩琳她們準備茶水，然後向布倫希爾德送去奧多南茲，告訴她我現在可以會面。

「夏綠蒂大人，感謝您欣然答應求見。您竟然甚至尚未更衣……」

「哎呀，不是有急事嗎？那應該需要這個吧？」

我遞出防止竊聽的魔導具後，布倫希爾德輕笑著接下。

「其實是哈特姆特回來時，帶了席格斯瓦德王子給的邀請函。」

「但王族應該不會跳過哥哥大人，只邀請我吧……」

以往都是姊姊大人會收到王族的邀請，而姊姊大人不在時，則是會找哥哥大人。因為哥哥大人的年級較高，又同是男性，跟他談話想必比較自在，所以我始終沒來由地認為自己不會收到邀請。

「席格斯瓦德王子除了指定兩位，還有羅潔梅茵大人的近侍。」

「……席格斯瓦德王子是以怎樣的基準在挑選出席者呢？」

「他給出的理由，是要慰勞辛苦舉行儀式的人，因此哈特姆特在猜想，可能是想討論有關羅潔梅茵大人的事情吧。因為還指定了必須是儀式上穿過青衣神官服的人，顯然排除了庫拉森博克的珍希安娜大人。」

相較於艾倫菲斯特，一同進行這項共同研究的庫拉森博克與王族的關係要更親近。然而，這次卻沒邀請他們，那麼哈特姆特的猜想多半八九不離十吧。

「由於可能會提到羅潔梅茵大人要前往中央一事，因此最好別讓您與韋菲利特大人的近侍同行。」

「可是，姊姊大人的近侍都受到邀請了，我很難想出藉口不讓他們隨行。」

「能否請您向他們聲稱，王族只允許領內會與羅潔梅茵大人一同出入神殿的人同行呢？因為我認為最好在正式的場合上，讓今後將與羅潔梅茵大人一同前往中央的獻名近侍，以及將成為領主一族的我，先與席格斯瓦德王子打過照面。」

也就是說除了這些人，即便是姊姊大人的近侍，也不會帶去參加吧。

「我明白了，我會努力說服近侍們。」

「還有，此事也需要與奧伯．艾倫菲斯特商議，但這就交給您與韋菲利特大人，之後請再向我告知結果。」

聽說是因為若布倫希爾德主動去找哥哥大人的近侍，對方有時會拐彎抹角地對她冷嘲熱諷，意思不外乎是說：「妳已經當自己是領主一族了嗎？」所以根本無法議事。

「因為哥哥大人並不贊成布倫希爾德成為第二夫人，近侍們也完全不曉得他將與姊姊大人解除婚約，所以才敢這樣大放厥詞吧……但居然無法制止自己的近侍們，哥哥大人也真教人傷腦筋。」

「近侍其實都是照著主人所思所想在做事。因此，我實在是希望韋菲利特大人能更認真地思考近侍們的未來，畢竟之後將會宣布解除婚約。」

在布倫希爾德眼中，她覺得哥哥大人幾乎不為近侍們的未來著想吧。與急著交接的姊姊大人不同，哥哥大人奉命必須維持現狀，所以或許也是有些情有可原，但我也不太清楚哥哥大人目前的情況。

……在婚約宣布解除以後，哥哥大人究竟打算怎麼做呢？

在參加席格斯瓦德王子舉辦的慰勞宴之前，我成功說服了近侍們，也認為這次出席，自己不過是順帶被邀請而已，因此徹底鬆懈了心防。

「我們確實會擔心。但是，為了在自己離開以後，艾倫菲斯特仍能維持正常運作，羅潔梅茵早已花了半年以上的時間做好安排。所以，我們不至於陷入一團混亂。」

……哥哥大人，這種話也太不敬了吧?!您這樣說，對方可能會以為您是在諷刺要將姊姊大人收為養女的王族……

哥哥大人多半只是想要強調，現在姊姊大人在艾倫菲斯特領內進行的交接工作非常順利，所以請王族不用擔心吧。但是，席格斯瓦德王子未必會照著字面上的意思這樣解讀。實際上，此刻的他正有些歪過頭。

……我忘記要針對哥哥大人擬定對策了！

我感到胃部一帶隱隱作痛，與布倫希爾德對看一眼。只見她一臉彷彿「這我早就料到了」般，向哈特姆特使了一個眼色。難道他們早就擬好對策了嗎？不愧是姊姊大人的近侍們。我投去期待的目光後，哈特姆特卻是對著席格斯瓦德王子開始滔滔不絕。

……哈特姆特，這些話請在宿舍裡面說就好！

我在心裡厲聲慘呼，但哈特姆特儼然一切盡在計畫之中的表情，分散了席格斯瓦德王子的注意力。被迫欣賞了帶有徽章圖案的魔石後，王子滿臉困惑，想必早已忘記了剛才與哥哥大人有過的對話。哈特姆特不厭其煩地說著對姊姊大人的讚美，讓在場眾人目瞪口呆的同時，再把話題轉移到與姊姊大人有關的傳聞上，以及她回來時後續的課要如何處理。他怎麼有辦法做到這種事？我簡直百思不得其解。

「之後為了領內的奉獻儀式，我們將會返回領地。屆時預計對外宣稱，身體狀況不佳的羅潔梅茵大人同樣返回了領地。」

我們也說好會向父親大人報告。等到所有的談話告一段落，席格斯瓦德王子便向哥哥大人問起他對解除婚約一事的看法。

「我認為這是無可奈何的事情，而且我不適合成為羅潔梅茵的未婚夫。若是席格斯瓦德王子，應該多少會匹配一些吧。」

哥哥大人的回應讓我狠狠倒吸口氣。前半句還沒問題，但後半句、後半句未免也太過失禮……

……再加上居然還對王族說：「若想在訂婚之前全部換掉恐怕不容易」……哥哥大人，您知道自己在說些什麼嗎?!

我戰戰兢兢地窺看席格斯瓦德王子的表情，但他並未顯露出任何情緒，這樣子反而更恐怖。不過，席格斯瓦德王子在思忖了一會兒後，卻是招呼哥哥大人喝茶。

……難不成原本除了領地以外，對於將失去下任領主資格的哥哥大人個人，也會有什麼保證嗎？他解讀成了哥哥大人是婉拒的意思……？

總之席格斯瓦德王子看來並無不快的樣子。我終於卸下了心頭的重石。

「感謝你們的幫忙，領地的奉獻儀式也麻煩你們了。」

這天，我們目送了哈特姆特一行人返回領地。從現在開始，面對他領要改口說姊姊大人已經返回領地舉行奉獻儀式。由於姊姊大人回領本就是常有的事，宿舍內的緊張氣氛霎時緩和不少。

「這樣一來就和往年一樣了。雖然突然消失讓人嚇一大跳，但羅潔梅茵不在也不會惹出不必要的麻煩，真是太好了。」

「哥哥大人，您在說什麼啊?!」

「我說的是事實啊，今年的報告書幾乎沒有事情需要寫喔。」

……就算哈特姆特他們回去了，也還有其他近侍在喔！

畢竟對象是領主一族，因此姊姊大人的近侍們並不會反駁或是抱怨。但是，他們對哥哥大人的觀感卻是越來越糟。為什麼哥哥大人總愛說些不必說出口的話，讓人對他心生反感呢？

「姊姊大人不在，我倒是很困擾喔。因為他領提出的社交邀請，目的都是想與姊姊大人有交流呀。」

「這點不也和往年一樣嗎？沒什麼好困擾的吧。」

……我擔心的才不是今年！

可以的話真想脫口而出，但由於禁止洩露機密，這我當然不能說。我硬生生地將這句話吞回肚子裡，再化作嘆息往外吐出。

一旦姊姊大人前往中央，他領面對艾倫菲斯特不僅是看法不同，社交往來上也會有很大的改變吧。本來今年冬天應該盡量與姊姊大人一起行動，向他領突顯我們與姊姊大人的交情，這樣才對艾倫菲斯特的將來有益。然而姊姊大人不在，便無法突顯這一點。

……姊姊大人，拜託您快點回來吧。

不久後社交週開始了。與往年相同，都是由我與哥哥大人帶著領內眾人參加社交活動。今年帶頭的還有布倫希爾德，因為她是姊姊大人的近侍，也是未來領主一族的一員。布倫希爾德的身分有了改變以後，能找她商量的事情比去年要多得多，因此她的加入讓我感到非常安心。

「聽說姊姊大人答應了庫拉森博克的珍希安娜大人，會讓她成為圖書委員之一，請問這該怎麼辦才好呢？珍希安娜大人似乎也因為奉了奧伯之命，希望能在姊姊大人的身體狀況好些時見一面……」

為了歸還庫拉森博克借給我們的資料，一起舉辦茶會後，珍希安娜大人的要求卻令我十分為難。因為我並不是圖書委員，完全不曉得要做哪些事情才能加入，甚至我也不清楚姊姊大人是否真的答應過她。

「羅潔梅茵大人是曾咕噥說過，庫拉森博克透過艾格蘭緹娜大人拜託了她這件事情。那麼我們也透過艾格蘭緹娜大人回絕吧，要不然，請她改為拜託同是圖書委員的錫爾布蘭德王子如何？」

主人與近侍是不是會越來越像呢？既然是王族提出的要求，那就再丟回給王族——這種思考方式與姊姊大人真是像極了。但當然這些話我只會放在心底。

撇除珍希安娜大人的詢問，其他領地對於姊姊大人長時間臥病在床，完全沒有半個人有過質疑，來信問候的也只有特定幾人。眼看沒有半點風聲傳入他領耳中，我感到安心的同時，不知為何也感到非常寂寞。

「現在不是感傷的時候喔。等到了領地對抗戰，問起羅潔梅茵大人的人勢必會變多吧？可能得提前與奧伯還有王族商量此事。」

「我想恐怕沒有這個必要……因為父親大人肯定只會繼續堅稱，姊姊大人是臥病在床，畢竟他對領內的人好像也是這麼說。先不說這個了，父親大人送了怎樣的髮飾給妳呢？聽說妳還建議父親大人，也送個髮飾給母親大人吧？」

如今既已確定姊姊大人與哥哥大人將解除婚約，往後萊瑟岡古的貴族們會轉為對布倫希爾德的孩子寄予厚望吧。屆時布倫希爾德想要統領一族的人，會比過往還要困難。

「我說過我會支持芙蘿洛翠亞大人，便會信守承諾。為此，夏綠蒂大人也要覓得佳婿才行呢……」

「可是，會有男士能夠接受我只是暫代領主嗎？要是往上位排名的領地尋找對象，對方會覺得應該要自己來治理吧……？」

「現在似乎有許多領主都收養了子女，領主候補生的人數變多了，您要不要也考慮看看年紀小一些的對象呢？」

一旦布倫希爾德有了孩子，我便打算在那孩子受洗前繼承領主之位，一邊削弱萊瑟岡古貴族的勢力，一邊等著麥西歐爾長大成人。往後若想順利地將領主之位讓給麥西歐爾，我的配偶最好是來自排名與我們相當的領地，而麥西歐爾最好是能迎娶到上位領地的女性領主候補生。

社交週結束後，便是領地對抗戰。不出所料，眾多他領的貴族都問起了姊姊大人。但是，除了一再堅稱姊姊大人正臥病在床，我們也別無他法。

……叔父大人也露出了懷疑的眼神在蒐集情報呢……

無論是對叔父大人還是對他的近侍們，我們都不能說真話。因為亞倫斯伯罕的人始終在一旁看著，想要知道我們交換了哪些情報。王族與中央騎士團也盯著我們的一舉一動，因此我們什麼也不敢說。頂多只能麻煩莉瑟蕾塔，將姊姊大人準備好的物品交給叔父大人。明明以前還會順便附上信件與餐點，這次卻什麼都沒有，叔父大人肯定能猜到姊姊大人出了什麼不尋常的事情吧。

……要是能找叔父大人商量就好了。

大概是因為叔父大人以前一直在幫姊姊大人收拾善後的關係吧。我總是沒來由地覺得，叔父大人定能找出姊姊大人消失不見的原因。

畢業儀式上父親大人擔任了布倫希爾德的男伴，藉此向眾人昭告她將成為自己的第二夫人。看到父親大人竟然護送著母親大人以外的人，我總覺得有些不可思議。因為從以前到現在，父親大人眼中真的就只有母親大人。

「韋菲利特，你臉上的笑容太不明顯了喔。」

母親大人面帶微笑，如此提醒哥哥大人。原本在宿舍裡頭，哥哥大人更加露骨地表現出了不滿，但在母親大人將他與近侍們叫到會議室裡訓了一頓後，現在勉強都擠出了貴族該有的表情。我覷向兩人時，母親大人將臉龐轉向我。

「那個髮飾是用了我的髮色與領地代表色唷。儘管我告訴她，應該要選用適合自己的顏色才對，她卻非常堅持。明明是未婚夫送給自己在畢業儀式上配戴的髮飾，竟然優先選擇了領地的代表色……」

母親大人說完，我看向布倫希爾德那頭深紅色的髮絲。以領地代表色編織而成的髮飾，再清楚不過地展示了她的決心。

「因為布倫希爾德想要的並不是父親大人的愛呀。最重要的是不與母親大人對立，以及牽制萊瑟岡古貴族。母親大人頭上的髮飾也很適合您唷，這是用了與布倫希爾德髮色相近的顏色吧？深紅色的迷佛亞讓母親大人比平常更光彩動人。」

用了對方髮色來製作的髮飾，讓兩人彷彿正相互輝映。迷佛亞的花語是「合作」，正好完美展現出了兩人的意志。

母親大人發出銀鈴輕笑，輕拍了拍我的手說：「下次夏綠蒂也一起定做吧。」

畢業儀式結束以後，學生們便開始返回領地。今年我們向王族提出了申請，為了姊姊大人不關閉宿舍，然後留下兩名侍從、兩名護衛騎士、一名專屬廚師與兩名下人，我們自己則返回了領地。

就在慶春宴結束的隔天，我在房裡用著早餐時，收到了奧多南茲。原來是昨夜便接到貴族院的通知，說姊姊大人回來了。

「那姊姊大人馬上就要回來了吧?!」

用完早餐，我與近侍們一起討論了今天的行程要做哪些更改，隨即進行準備。離開房間下了樓，便看見哥哥大人與麥西歐爾的身影，於是三個人一同前往轉移廳。到了以後，只見父親大人、母親大人與波尼法狄斯大人也在。姊姊大人的近侍們都顯得有些心神不寧，讓我不覺莞爾。

緊接著轉移陣充滿了魔力，開始綻放金黑兩色的光芒。隨著如火光般搖曳的光芒逐漸暗下，轉移陣上也出現了三道人影。

原本想說「歡迎回來」的我，卻半點聲音也發不出來。因為出現在眼前的姊姊大人，完全成長為一名面容姣好的絕世佳人。儘管哈特姆特總說「羅潔梅茵大人長大了」，但我怎麼也沒想到姊姊大人的成長會如此劇烈，彷彿換了一個人。

一頭美麗的夜空色長髮輕柔飄逸，金色眼瞳雖然有些侷促不安地望著四周，但平視時的高度已經比我要高，整個人看起來幾乎已與成年人無異。再也沒有半個人能用「可愛」來形容姊姊大人了吧，那精雕細琢般的美貌令我情不自禁發出讚嘆，想要從各種不同的角度一直看著。

「養父大人，我回來了。抱歉讓您擔心了……我有非常重要的事情要向您稟報。」

姊姊大人最先向父親大人問好後，立即要求會面。明明臉上的疲憊還未消除，卻馬上就要前往領主辦公室。姊姊大人彷彿是看見了某些我完全不明白的東西，也好像是已然洞悉一切，這副模樣讓我想起了當年洗禮儀式上，我曾感覺自己與姊姊大人之間有著難以填補的差距。

……怎麼辦？感覺姊姊大人突然變得好遙遠。

我頓時有些瑟縮，只是在一旁看著姊姊大人與波尼法狄斯大人說話。這時哥哥大人忽然邁著大步上前，用著和以前沒有兩樣的態度對姊姊大人露出笑容。

「哈特姆特每天都在滔滔不絕，說妳長大了，沒想到竟然是真的，嚇我一大跳。」

「唔呵呵，我變得很漂亮吧？看到鏡子裡的自己，我也嚇了一大跳呢。」

「嗯，的確是變漂亮了，但妳的內在完全沒成長嗎？」

哥哥大人與姊姊大人的對話也和以前一模一樣。看來就算外表改變了，就算變得比我還要高，姊姊大人仍是姊姊大人。對於能夠毫不猶豫地保持原本態度的哥哥大人，我既佩服又感謝地吐了口氣，接著終於有辦法出聲呼喚。

「姊姊大人，歡迎回來。」

# 各自的野心

「把萊蒂希雅她們關在這裡，等船一到就把她們帶過去吧。啊，對了，你們需要可以出入北邊與西邊別館的許可吧，只要帶著這個便可以穿過結界，那邊的女性就讓她陪著萊蒂希雅沒關係。另外，支持我的貴族就交給你們聯絡了。雷昂齊歐大人，那我們前往使館吧。」

蒂緹琳朵大人向自己的護衛騎士們下了幾個指示後，便面帶愉快的笑容開始移動。絕望得渾身瑟瑟發抖的萊蒂希雅大人與其見習侍從，就這麼被關進了原先關著璐思薇塔的房間裡。

接下來萊蒂希雅大人房間所在的北邊別館，以及斐迪南大人房間所在的西邊別館，館內所有的魔導具與魔石都將被搬空，之後與萊蒂希雅大人她們一起被搬上船。

……雖然有些令人同情……

但與其讓萊蒂希雅大人留在這裡，被蒂緹琳朵大人處處針對，倒不如前往蘭翠奈維，以魔力豐富的女性身分展開新生活，受到眾多男性的疼愛呵護，想必可以過得更幸福吧。很清楚蒂緹琳朵大人有多麼不待見她的我，向房門瞥去一眼後，便護送著蒂緹琳朵大人前往城堡的正門玄關。

「啊，必須通知母親大人計畫成功了才行呢，她一定迫不及待地等著我計畫成功的消息。」

喬琪娜大人「為了祈福儀式」，早在幾天前便乘坐馬車，出發前往了鄰近艾倫菲斯特領地邊界的土地。聽說名喚奧多南茲的白鳥魔導具最遠只能送到那裡，而喬琪娜大人便是在那裡待命，等著收到命令達成的報告。

……儘管她沒有詳細告知過在這之後的行動，但肯定是要奪取艾倫菲斯特吧。

喬琪娜大人唯一關心的就只有艾倫菲斯特。從她的言詞之間，我能感覺到不管是蘭翠奈維、亞倫斯伯罕還是中央，甚至是自己的女兒們，都不過是她為了將艾倫菲斯特納入掌中的棋子。

而這樣的她對蒂緹琳朵大人下達的命令是：「等萊蒂希雅大人將斐迪南大人變成了魔石再通知我。」然而，蒂緹琳朵大人卻是兩手空空地從供給室裡出來，還說那個劇毒對斐迪南大人沒有效。無可奈何下，她似乎為他戴上了可封住思達普的手銬魔導具，再將他關在裡頭供給魔力，直到魔力枯竭為止。換言之，現在尚未能確認他的死亡。

「報告前沒先取得斐迪南大人的魔石，真的沒問題嗎？」

儘管蒂緹琳朵大人單純地笑道：「母親大人一定會為我的成功感到高興。」但對象可是喬琪娜大人，絕不可能有這種反應吧。那位大人僅會為了自己的計畫，淡漠地擺布棋子。一旦計畫失敗，她便會再執行其他計畫來做彌補，抑或訂定新的計畫。「再過不久就會死」這種模稜兩可的報告，恐怕令她最為反感，而且隱瞞微小的失誤，使得計畫無法及時修正，有時更會導致致命性的失敗。

「哎呀，雷昂齊歐大人，難道您要我一直在供給室裡面守著，直到斐迪南大人魔力枯竭為止嗎？我才不要。那個人可是就算中了那種劇毒也沒有變成魔石，況且受了傷的野獸會更殘暴唷。」

……但正因他是如此危險的存在，喬琪娜大人才會吩咐「確認他死亡後，要將魔石交給蘭翠奈維」吧？

由於蒂緹琳朵大人一直刻意隔開我們兩人，除了寒暄問好外，我與斐迪南大人幾乎沒有接觸過。蒂緹琳朵大人向我這麼形容他：「他是個愛嫉妒，什麼事情都要反對我的冷漠男人。」喬琪娜大人對他的評價則是：「他以往在貴族院曾獲選為最優秀者，是最有可能阻撓我計畫的存在。」

……此外，中央騎士團長也對他深惡痛絕。

雖然不清楚詳情，但聽說斐迪南大人是逃出了阿妲姬莎離宮的魔石。中央騎士團長的身影浮現至腦海，極力主張：「他本就應該變回原有的樣子，被送去蘭翠奈維。」

……雖然我對他並沒有個人的私怨……

尤根施密特發生政變以後，蘭翠奈維公主所在的離宮便被就此關閉，蘭翠奈維也不曾再收到魔石，一晃眼十年便過去了。雖說去年多虧蒂緹琳朵大人通融的關係，再加上今晚的魔石狩獵，將能得到往年不曾有過的優質魔石，但魔石當然是越多越好。

因魔力豐富，不得不奉命來到大領地當入贅夫婿的阿妲姬莎之實，究竟變作魔石時會是什麼模樣？本來我還十分期待，但倘若是魔力枯竭而亡，得到手的只會是空魔石，未免太浪費了。

「其實不需要等，只要動動手便能得到魔石……」

「哎呀，您怎能要求女性做出這種野蠻的行徑呢。」

蒂緹琳朵大人不快地皺起臉龐，瞪了我一眼。她似乎認為身為女性領主一族，直接對敵人下手是非常有失體面的行為。對比為了執行自己的計畫，據說連自己的丈夫也能痛下殺手的喬琪娜大人，眼前的她顯然並無任何覺悟。

「但至少該向喬琪娜大人正確地報告消息，說斐迪南大人還活著吧？」

「那樣一來母親大人會斥責我吧？反正我已經拔掉了登記魔石，還把它拿在手上，斐迪南大人不可能有辦法離開供給室。時間一久他自然會死，這樣不就好了嗎？」

蒂緹琳朵大人說著：「因為如果只是取下來，近侍有可能再放回去吧？」然後向我展示被她帶走的登記魔石。她說沒有這個魔石，即使斐迪南大人有辦法停止供給魔力，也沒有辦法離開供給室。

……換言之，不是魔力枯竭而亡就是餓死嗎？

這時掃了蒂緹琳朵大人的興致只是自找麻煩，再者喬琪娜大人行事那般縝密，肯定在訂定計畫時也考慮到了女兒的個性吧。想必早就吩咐其他人，要向自己報告正確的消息。況且沒有思達普的我用不了奧多南茲，在這裡也無法使用蘭翠奈維慣有的通訊方式。於是我放棄了聯絡喬琪娜大人，並且堆起微笑討好蒂緹琳朵大人，護送她上馬車。

「若我具有進入供給室的資格，便不用勞煩美麗的蒂緹琳朵大人親自動手了，我只是為此感到悔憾。是否惹您不高興了呢？」

「沒辦法，那我就原諒您吧。那麼待會兒見。」

……這樣的虛與委蛇，也只要再忍耐一段時間便能結束。

目送載著蒂緹琳朵大人的馬車出發後，我也坐進為自己備好的馬車。若沒有喬琪娜大人或萊蒂希雅大人等其他同乘者在，蒂緹琳朵大人便不會與我同坐一輛馬車。明明在人前那般與我依偎，但是在她心裡，似乎仍認為自己身為未婚的女性，與我在交流上守著應有的分際。然而，我經常能夠看見身邊的人出言勸阻她，由此可知她的標準異於常人，抑或有著某些嚴重的誤解。
……真累。
坐進馬車裡後，我緩慢地吐出一口長長的氣。在外人面前總是擺出隨從姿態站在我身後的堂弟喬達諾，這時也在我旁邊坐下來，咧嘴露出笑容。為了迎合尤根施密特的貴族，原先故作正經的表情此刻已完全消失。
「雷昂齊歐，事情完全按照計畫。這下子一切都能順利進行吧。」
「我只覺得這一切終於開始了，但能不能順利還不知道吧？」
我斥責喬達諾太早便下結論，但他只是輕輕聳肩。
「雖然還不知道一切能否順利進行，但至少今晚的魔石狩獵與貴族女性的運送是可以肯定的吧？只要這兩件事能成功，就算離宮不可能重新開啟，我們暫時也能支撐一段時間吧？」
今夜蘭翠奈維的人將大開殺戒，因為喬琪娜大人與蒂緹琳朵大人已同意我們襲擊支持萊蒂希雅大人的貴族們。蒂緹琳朵大人是因為那些貴族比起自己更支持萊蒂希雅大人成為下任領主，為此感到生氣；喬琪娜大人則是為了往後著想，想先排除掉有可能妨礙自己的人；我們則是需要品質優良的魔石，三方因此完美地達成了共識。
「哎啊～尤根施密特的貴族大人還真恐怖，對待反對自己的人毫不手下留情……但是這樣一來，王族終於能夠恢復力量了吧。倘若計畫順利進行，蔻拉蓮耶一族的地位也將大幅提升。」
蘭翠奈維有著以尤根施密特的花為名的三大家族，分別是蔻拉蓮耶、懸汀思與蘭柏萊亞。源自於蘭翠奈維的公主住在離宮時，所用的房間之名。

我只是聽國王說起過，對離宮並不清楚，但聽說離宮內有三個房間，時常有三位公主入住。依照慣例，蘭翠奈維公主誕下的其中一名男孩會在成年的同時得到思達普，然後回到蘭翠奈維成為下任國王。但是，為免血緣關係太過接近，尤根施密特每幾代才會接受一次蘭翠奈維的呈獻。聽聞這段時間，會由公主的女兒們住在離宮裡生活。

而在尤根施密特長大的下任國王，回到蘭翠奈維後會由國王收為養子，成為王族。這樣的他對蘭翠奈維自然不甚了解，因此會由親族陪在身旁，教育並輔佐他成為國王。一般是母親的親族會擔下此重任。

我的祖父基亞弗雷迪國王的母親是蔻拉蓮耶的公主，傑瓦吉歐國王的母親則是蘭柏萊亞的公主。想當然耳，傑瓦吉歐國王身邊全是蘭柏萊亞出身的親族。儘管基亞弗雷迪國王指定了自己的女兒嫁予傑瓦吉歐國王為妻，但不知是與傑瓦吉歐國王合不來，還是她並非他喜歡的類型，雖能得到一定的敬重，卻不受到寵愛。

因此傑瓦吉歐國王繼位後，受到重用的多是他的親族蘭柏萊亞一族，以及得其寵愛的妻子所屬的懸汀思一族，我們蔻拉蓮耶一族逐漸被排除在了權力中心外。

與此同時，為了將少量的魔石運用到極致，國內這方面的技術日新月異，也逐步發展出了魔力以外的能源。人們開始在說，雖然蘭翠奈維需要有持有思達普的國王才能讓城市繼續存在，但不需要有那麼多僅僅只有魔力的王族。

我若想以王族的身分留在城堡，就必須讓妹妹以蔻拉蓮耶的公主之身分進入阿妲姬莎離宮，並在日後輔佐下任國王。然而，想將公主送往離宮，必須要有君騰的首肯。政變過後，尤根施密特決定關閉離宮時，蘭翠奈維雖曾提出抗議，卻慘遭漠視。因此，眾人普遍認為若沒有認識的人能居中協調，讓君騰願意傾聽我們的意見，離宮恐怕不可能再次開啟。於是，我們只能靜靜等著王位再次交接。

然後大約在兩年前，使者受喬琪娜大人所託，帶著她寫的信回到了蘭翠奈維。當時前任奧伯・亞倫斯伯罕仍然在世。

「蘭翠奈維的國王認識中央騎士團長嗎？」

那封信上就只有這麼一句話，非常簡潔。而且明明是在提問，卻連中央騎士團長的姓名也沒寫下。

「中央騎士團長是保護君騰的護衛騎士，我記得總是跟隨在君騰左右，但幾乎不曾造訪過離宮，私下也沒有打過招呼，稱不上是認識。況且，信上所說的騎士團長與我所知的是同一人嗎？說不定早已換人。」

傑瓦吉歐國王說他毫無頭緒。但是，這可是能與君騰牽上線的寶貴機會，說什麼也不能錯過——城堡裡的人為此熱切地議論起來。信上所說的蘭翠奈維國王，會不會並不是指傑瓦吉歐國王，而是指上一任的基亞弗雷迪國王？會不會是陪著君騰造訪離宮時曾碰過面？也許在君騰與下任國王互道寒暄的時候，兩人曾說過話？有沒有可能對方曾在離宮裡與下任國王十分親近，後來當上了中央騎士團長？眾人激動萬分地討論過後，最終決定先試著與之接觸。

但是，總不能毫無查證便讓國王前往亞倫斯伯罕。因為傑瓦吉歐國王若出了什麼意外，蘭翠奈維國內並沒有下任國王。在國王親自前往之前，最好先派人前去交涉。

為了向喬琪娜大人與中央騎士團長問個清楚，也為了多增加一些能幫忙交涉的管道，讓君騰同意開啟離宮。最壞的結果，至少也要透過貿易取得比現在更多的魔石……

但就連要派誰前往，大家也吵得不可開交，最終在複數的候補人選當中，由我贏得了擔任使者的機會。

「倘若這次的計畫能順利進行，蘭翠奈維也將迎來巨大的改變吧。」

我說完後，喬達諾點一點頭。隔著馬車的窗子可以看見港口，只見蘭翠奈維的船隻已經抵達。看來計畫進行得很順利，我難以壓下心頭澎湃的情緒，等著馬車抵達蘭翠奈維之館。

「啊，亞絲娣德大人，沒想到您已經到了。」

「既然會有客人來訪，我想自己應該先到比較好。方才我已接到通知，說是船隻抵達了港口。那麼客人應該快到了吧？」

先一步到達的蒂緹琳朵大人似乎已經迅速進入館內，並未看見她的身影，反倒是她的姊姊亞絲娣德大人出來迎接我。其實現在亞絲娣德大人才是為亞倫斯伯罕基礎染色的人，雖然還未得到君騰的認可，但實質上的奧伯是她。

亞絲娣德大人是位二十出頭的上級貴族，有著一頭偏紫的藍髮以及亮綠色眼眸。儘管髮色、瞳色及五官與喬琪娜大人十分相似，但可能是因為她個性寡言文靜，又有種時時在看旁人臉色的感覺，給人的印象完全不一樣，很難說是一對相像的母女。

在我看來，她不僅被母親，也完全被妹妹牽著鼻子走。因為本是前任奧伯之女的她會下嫁給上級貴族，正是母親的主意；現在會為基礎魔法染色，又是因為母親與妹妹的計畫。明明還有個年幼的女兒，卻也被迫參與此次計畫。

「亞絲娣德大人，您還真是辛苦。記得以前聽您說過，您並不想成為奧伯……」

「是呀。但我雖然不想成為奧伯，現在的情況也不算與我的心願背道而馳。」

聽說她的丈夫布拉修斯本是領主一族，還以下任領主為目標，政變之際卻因為母親出身領地的關係被降為了上級貴族。

「我想讓布拉修斯大人回到他原本的身分。如果事情能按母親大人的計畫進行，那麼我之後可以再將亞倫斯伯罕的基礎魔法讓給丈夫。而且趁著現在，還能將女兒以領主候補生的身分栽培長大。」

……政變發生以後，真的都沒帶來什麼好事呢。難怪蒂緹琳朵大人會將現在的君騰數落得一文不值。

「離宮被關閉以後，蘭翠奈維的人也為此坐困愁城吧？希望這次的計畫可以順利進行。」

我們一邊這麼聊著，一邊進入館內。到了會客室後，只見蒂緹琳朵大人正吩咐侍從泡茶。屋內亞絲娣德大人的丈夫布拉修斯大人也在，明明這座使館是供蘭翠奈維的人休憩所用，兩人卻彷彿當成了自己的宅邸一樣，感覺得出身後的喬達諾為此發出嘆息。蒂緹琳朵大人一來，蘭翠奈維的人便會被趕去其他房間，這已是司空見慣的光景。

「姊姊大人，那扇門您打開了嗎？我已經把鑰匙給您了吧？」

「不，還沒有。因為我想得等妳過來……母親大人也是這麼吩咐的吧？」

儘管實際上為基礎魔法染色的真正奧伯是亞絲娣德大人，但對外仍然宣稱蒂緹琳朵大人才是奧伯。我想起了喬琪娜大人曾嚴加囑咐過，在打開只有奧伯能開的門扉或是境界門時，一定要有蒂緹琳朵大人在場。

「姊姊大人，您還是老樣子，這麼聽母親大人的話。不過，對方可能已經在等我們了唷，至少先把門打開吧。」

「是呀，對方說不定已經等得不耐煩了呢。」

蘭翠奈維之館內，有著公主要前往離宮時，以及下任國王要從離宮前往蘭翠奈維時所用的轉移陣。而亞倫斯伯罕這邊的轉移廳，只有奧伯才能開門。

……恐怕沒有人想得到，就為了能夠使用這個轉移陣、自由來去離宮與亞倫斯伯罕，前任奧伯．亞倫斯伯罕便因此遭到殺害。

當然喬琪娜大人想必還有其他的理由，但這肯定是理由之一。然而，在殺害了前任奧伯，再讓亞絲娣德大人為基礎魔法染色後，好不容易可以自由使用這個房間了，王族卻在這時為離宮決定了新主人。

不是為了迎接蘭翠奈維的公主，而是為了提供給領主會議上將被君騰收養的人做使用。我只覺得王族這麼做，是為了徹底粉碎蘭翠奈維還冀求著君騰能重新打開離宮並接受公主的希望。

為了重新布置與打掃，還有搬運家具，工匠們開始出入離宮，王族也不時前來監督檢查，所以喬琪娜大人根本無法使用轉移陣。儘管這對她的計畫並未造成太大影響，但聽說對於她的協助者來說卻是始料未及的失算，使得計畫嚴重受挫。

近來離宮似乎終於整頓完畢，不再有工匠進出，因此能夠使用轉移陣。從現在開始直到領主會議時新主人入住為止，我們都能自由使用這個轉移陣與離宮。

……那個計畫真能順利進行嗎？

儘管馬車上我對喬達諾說了，「還不知道能否順利進行」，但其實比任何人都強烈希望著可以成功的人肯定是我。

「那我打開了。」

亞絲娣德大人插入鑰匙的瞬間，鑰匙倏地亮起黃色光芒，緊接著門扉上浮現出魔法陣。我壓下了想要大叫「怎麼回事?!」的衝動，將驚叫聲吞回肚子裡。經常與蒂緹琳朵大人一起行動的我，一直以為自己更懂魔法，然而，我卻從未見過這樣的光景。

乍然浮現的魔法陣固然令我驚訝，但看到門扉只是插入鑰匙便自行打開，這更令我倒吸口氣。周遭貴族們的表情卻是文風不動，顯見這樣的魔法對他們來說理所當然。

門扉打開以後，空蕩蕩的白色房間映入眼簾。房內空無一物，只有地板上畫著一個巨大的魔法陣。

「那個便是轉移陣。雖然兩邊都要消耗魔力，但可以傳送人或是物品喔。」

蒂緹琳朵大人神情得意地為我說明。與此同時，她的近侍往轉移陣放下字條，上頭寫著：「準備已經就緒。」亞絲娣德大人則是走向柱子後頭，不知做了什麼，只見轉移陣在剎那間綻放明亮光芒。

……思達普就在轉移陣的另一頭嗎？

被那轉瞬即逝的光芒吸引，我不自覺地往前踏了一步。

我太想擁有自己的思達普了。
有了思達普，不必等到妹妹誕下子嗣，我便能靠著自己將權力握在手中。
我不由自主又往前跨了一步時，轉移陣再度亮起光芒。這次並非轉瞬即逝，湧現的光芒交織著金黑兩色，宛如火焰一般不可思議地搖曳擺動著，是我平生未見的景象。我吃驚得回過神來，收回腳步。
「哎呀，果然讓你久等了呢。歡迎來到亞倫斯伯罕。」
光芒暗下後，出現在轉移陣上的人便是中央騎士團長勞布隆托。看到方才還不在的人此刻突然現身，我不覺屏住呼吸。這也讓我切身地感受到，蘭翠奈維的技術再進步，面對這種大型魔法依然無法與之匹敵。
「勞布隆托大人，客人就快到了唷。剛才已經收到通知說船隻抵達港口了。」
上前迎接的蒂緹琳朵大人這麼說完後，勞布隆托大人高興得瞇起眼角。
「這樣啊，終於能夠迎接我主人的到來……這一刻我等得真是太久了。」
……記得他還說過，竟然因為要整理離宮而無法使用轉移陣，實在是失算吧。
我們原定在夏天的葬禮時進行最後一次討論，並在秋天執行計畫，結果卻因為要等到離宮整頓完畢、再也無人進出，只好拖到了現在。對此最為長吁短嘆的，便是眼前這個男人。
「既然你已經在等著我們，代表那邊做好準備了吧？想必已經知道如何助我成為君騰。」
勞布隆托大人先是環顧聚集在轉移廳裡的眾人，然後向著我們蘭翠奈維一行人用力點頭。

「一切正按計畫進行，我將能給予各位冀盼已久的事物吧。」

他的嗓音與話語都低沉而帶有重量，有著讓人想要無條件給予信任的力量。我的胸口因期待而發熱。

……我的願望終於要實現了嗎？

「啊，勞布隆托。真是久違了。」

從港口駛來的馬車抵達後，接著走進館內的正是傑瓦吉歐大人。只見中央騎士團長跪在蘭翠奈維的國王身前，這幕奇妙的光景讓我無法移開目光。

「我的主人，終於前來迎接您了。沒能完成您最後的命令，保護好瓦拉瑪莉娜大人，我實是萬分……」

「夠了。雖然教人遺憾，但瓦拉瑪莉娜那也是無可奈何。那裡的規矩就是如此，你已經為此痛苦多年，別再自責了。」

……瓦拉瑪莉娜是誰？

我從沒聽過這個名字，但既然是兩位都認識的人，多半與離宮有關吧。來到亞倫斯伯罕後，我才得知傑瓦吉歐大人還住在離宮時，勞布隆托大人曾是他的護衛騎士。正是因為這樣，國王傑瓦吉歐大人才會來到這裡。

「等這一切結束，結局將能皆大歡喜吧。勞布隆托，由你帶路，前往我多年未見的離宮。」

「遵命。」

# 後記

大家好久不見了，我是香月美夜。

非常感謝各位購買本作，《小書痴的下剋上：為了成為圖書管理員不擇手段！【第五部】女神的化身VII》。

序章是斐迪南視角。秋季尾聲，他收到了羅潔梅茵在就讀貴族院前送出的物資。這一篇算是把原本放在網路上的短篇〈他國的點心與玩具〉，以斐迪南視角重新再寫了一遍。閱讀時兩篇一起比對，說不定會更有樂趣唷。內容描寫到了斐迪南進入秘密房間後，在看信與檢查羅潔梅茵寄來的原料時，心裡在想些什麼。

本傳內容從過冬的準備開始。除了必須準備自己要帶去貴族院的物品，將以孤兒身分受洗為貴族的戴爾克與貝特朗，兩人的準備也同樣重要。谷麗媞亞的話語雖然直接傷人，卻是不爭的事實，羅潔梅茵也得重新檢視自己的言行才行呢。

到了貴族院參加交流會時，戴肯弗爾格的位置就只剩下漢娜蘿蕾一人，亞倫斯伯罕還是由上級貴族瑪蒂娜做為代表，寫著寫著竟讓人感到十分寂寞。

而為了在貴族院舉行奉獻儀式，成年近侍們獲准暫住一段時間，然而，羅潔梅茵竟在奉獻儀式過後消失無蹤。故事寫到這裡的時候，我整個人興奮不已。滿腦子都想著：爺爺大人、培育之神安瓦庫斯，麻煩你們啦！

不僅一口氣長大許多，羅潔梅茵還得到了內容有所缺失的梅斯緹歐若拉之書。儘管為此咳聲嘆氣，但也因此察覺到了喬琪娜的計畫。正在商討對策時，斐迪南竟突然出現在眼前……這與第二部討伐陀龍布時，路茲說他看見梅茵遇到了危險是一樣的情況。

終章是萊蒂希雅視角。這篇可說是斐迪南身陷險境時的現場實際情況，也是當事人視角，改寫自網路上的短篇〈平穩的終結〉。畢竟以萊蒂希雅的身分，她終究無法當個普通的孩子，最終慘遭身邊人們利用。希望她也能得到拯救。

這集的全新短篇由夏綠蒂與雷昂齊歐擔任主角。

在夏綠蒂視角的短篇中，大略講述了羅潔梅茵不在時貴族院是怎樣的情況。另外還有哈特姆特與布倫希爾德的活躍、宿舍內部的情形以及夏綠蒂的努力，希望讀者們都能感受到。

雷昂齊歐視角的短篇則是發生在終章之後。內容包括蘭翠奈維的現況與雷昂齊歐的野心等等，試著描寫了在暗地裡展開行動的這一群人。這還是我第一次從蘭翠奈維的角度書寫短篇，寫得相當開心。

本集請椎名老師設計的新角色有艾爾維洛米與奧伯．戴肯弗爾格。艾爾維洛米就和想像中一模一樣，全身雪白，有著一頭長髮，衣服長到拖地，真是太厲害了。而奧伯・戴肯弗爾格呈現出來的感覺，就好像隨時要上戰場一樣。我懂，感覺會拿了武器就走，但與此同時看來也很強大，有著值得予以信賴的沉穩。

然後有消息要通知大家。

●動畫版第三季。

目前第一季與第二季正在重播，第三季則會從二〇二二年四月開始播出，預告以及主視覺宣傳海報也已經公開。飾演齊爾維斯特的是井上和彥先生，同樣也在廣播劇當中扮演齊爾維斯特。動畫現正緊鑼密鼓製作中。

●【三月十日】短篇集Ⅱ發行。

收錄內容包括從第四部Ⅴ直至第五部Ⅲ的特典短篇，以及網路上未收錄的短篇。由於許多讀者都曾表示非常期待，希望大家看得開心。

●【四月九日】第五部Ⅷ＆廣播劇7發行。

第五部Ⅷ也將推出廣播劇，主要劇情為一行人如何去解救身陷險境的斐迪南，而且這次的廣播劇竟然有兩張CD！時長將是以往的兩倍，請盡情徜徉在聲音所建構的《小書痴的下剋上》世界裡吧。

這集封面是進入創始之庭前與進入創始之庭後的羅潔梅茵，背景還因此有所不同。一個是看到幻想圖書館興奮不已的羅潔梅茵，一個是在最奧之間裡看著梅斯緹歐若拉之書的羅潔梅茵。因為穿著一樣的衣服，明顯可以看出長大了呢。

拉貢海報則以中毒倒地的斐迪南為中心，然後是看著他的羅潔梅茵、設下圈套的蒂緹琳朵與雷昂齊歐、陷入絕望的萊蒂希雅，以及臉色大變的艾克哈特與尤修塔斯。這種場面當然必須畫成彩色的，所有讀者一定也這樣想！強烈抱著這樣想法的我於是提出了請求。椎名優老師，真的是萬分感謝。

最後，要向購買本書的各位讀者獻上最高等級的謝意。

第五部Ⅷ預計春天發行，期待屆時再相會。

二〇二一年九月　香月美夜

每回都出場的
卷末漫畫
輕鬆悠閒的家族日常
作畫 椎名優
閃亮閃亮 閃亮
啊啊，不知身在何處的羅潔梅茵大人，今日她的魔力也有所成長。
我的身心都感覺得到
讓人有些發毛。
貼心
為了讓各地至少先將樣書送來，艾薇拉大人正在想方設法唷。
母親大人！
哈特姆特是為妳著想，不想打擾到妳久違的寶貴閱讀時光喔。
……噢噢，哈特姆特。
……明明同樣是在為我著想，
為什麼哈特姆特就是讓人無法由衷地感到開心呢？
直白！
大概是因為他又吵又讓人不舒服吧？
羅潔梅茵大人送給我的護身符今日也閃耀著光芒
有道理

## 思考過多

梅斯緹歐若拉的智慧下載中
咚啪—
不要抗拒，必須悉數接收。
嗚嗚，我想要的是書，
才不是這種灌進腦海裡的知識！
啊啊，如果這些其實是大量書籍的話，
我現在就是這世上最幸福的人了！
噢噢噢
啊，可是不行！那樣一來又會像麗乃一樣被書壓死了!!
別再想了快點接收！
oh-My God—

## 人妻女伴

奧、奧黛麗。
是？
冒汗
能請妳擔任我畢業儀式上的女伴嗎？
什麼？
請再大聲一點
冷汗直流

●中文版書封製作中

香月美夜特別解說，
大受好評的短篇集！

# 小書痴的下剋上

## 短篇集Ⅱ

**香月美夜** 原作　**椎名優** 繪

我的名字從梅茵變成了羅潔梅茵，身高長高了二十五公分左右，而在我不知道的地方，大家好像也發生了很多事呢……不看不知道的短篇集Ⅱ！收錄第二部到第五部Ⅳ的首刷特典、WEB版刊載內容，共計十九篇本傳未收錄的精采短篇。描寫家人、夥伴、近侍、他領貴族、王族們等不同角色的視角，隨著尤根施密特領地變遷，這些故事也和本傳交織出更龐大的小書痴世界！

【2023年8月出版】

國家圖書館出版品預行編目資料

小書痴的下剋上：為了成為圖書管理員不擇手段！.
第五部，女神的化身．Ⅶ / 香月美夜 著；許金玉 譯．
-- 初版．-- 臺北市：皇冠文化出版有限公司，2023. 05
368面；21×14.8公分．--（皇冠叢書；第5093種）
(mild；49)
譯自：本好きの下剋上：司書になるためには手段を選んでいられません．第五部，女神の化身．Ⅶ

ISBN 978-957-33-4012-6（平裝）

861.57　　　　112004676

皇冠叢書第5093種
mild 49

# 小書痴的下剋上

## 爲了成爲圖書管理員不擇手段！

### 第五部 女神的化身Ⅶ

本好きの下剋上
司書になるためには
手段を選んでいられません
第五部　女神の化身Ⅶ



作　　者—香月美夜
譯　　者—許金玉
發 行 人—平　雲
出版發行—皇冠文化出版有限公司
　台北市敦化北路120巷50號
　電話◎02-27168888
　郵撥帳號◎15261516號
　皇冠出版社(香港)有限公司
　香港銅鑼灣道180號百樂商業中心
　19字樓1903室
　電話◎2529-1778　傳真◎2527-0904
總 編 輯—許婷婷
責任編輯—蔡承歡
美術設計—嚴昱琳
行銷企劃—蕭采芹
著作完成日期—2021年
初版一刷日期—2023年5月

法律顧問—王惠光律師

讀者服務傳真專線◎02-27150507
電腦編號◎562049
ISBN◎978-957-33-4012-6
Printed in Taiwan
本書定價◎新台幣320元/港幣107元